小虎妻智求多福 2

風文創 1221

途圖 著

目錄

第二十六章

福生剛離開，趙蓁就回來了。

「皇兄！」

趙霄恆見到趙蓁，便問：「妳不是去東宮了嗎？」

趙蓁點點頭。「皇嫂說，這邊才是正宴，讓我過來陪陪母妃。」

趙霄恆輕輕嗯了一聲。「妳皇嫂可有說什麼？」

趙蓁努力回想，道：「好像沒什麼特別的……對了，她說你會疼人！」

趙霄恆長眉微挑。「疼人？」

趙蓁表情認真。「沒錯，她是這麼說的。」

趙霄恆沈默一會兒。「罷了，妳快去陪嫻妃娘娘吧。」

「喔。」趙蓁有氣無力地應了聲，乖乖回到席位上找嫻妃。

她一走，趙霄恆又被人拉去喝酒了。

「捨得回來了？」嫻妃見女兒跑得小臉紅撲撲，讓宮女端了一碗羹湯，放到她面前。

趙蓁一坐下，便神秘兮兮地看向嫻妃。「母妃，我聽說姑母又調戲美男子了，是不是真的？」

嫻妃愣了下，道：「別胡說。」

趙蓁的好奇心一轉起來，是擋也擋不住的，見嫻妃不答，遂將腦袋轉向一邊的六皇子趙霄平。

「六皇兄，到底怎麼回事？」

趙霄平面露難色，語氣尷尬。「這……」

嫻妃道：「別為難妳六皇兄了，以為人人都像妳一樣，跟個皮猴兒似的。看熱鬧少不了妳，讀書做女紅就不見蹤影。」

趙蓁有些不服。「六皇兄不也不愛讀書，日日躲在房中研究機關奇巧嗎？還整日紮風箏呢。六皇兄可以這樣，我為什麼不可以？」

嫻妃蹙了蹙眉。「妳這孩子，一說妳，就往旁人身上推，實在太過失禮了。」又對趙霄平道：「六殿下切勿放在心上。」

趙霄平憨厚一笑。「七皇妹說得也沒錯，我確實文不成、武不就，就喜歡做些小玩意兒，讓嫻妃娘娘見笑了。」

嫻妃溫和地笑了，念叨趙蓁。「看看妳六皇兄，比妳大不了多少，卻比妳懂事多了。」

趙蓁調皮地吐吐舌頭，又一溜煙地跑了。

「這孩子！」嫻妃實在拿女兒沒辦法，長長嘆出一口氣。

趙霄平道：「七皇妹性子活潑，討人喜歡，嫻妃娘娘不必擔心。」

嫻妃搖了搖頭。「若是長在尋常人家也罷了，可蓁蓁偏偏生在皇室。皇室子女的婚姻，大多由官家決定，都是金尊玉貴的出身，誰又能包容誰呢？」

聽了嫻妃的話，趙霄平心頭微微一頓。

其實，並非所有皇室子女的婚姻都由皇帝作主，若母家足夠強大，也可以想辦法爭取。只是，他沒這個機會罷了。

趙霄平緩緩抬起眼簾，望向殿中。女眷們個個衣著光鮮、爭奇鬥豔，有些人連說起話來也很做作，聒噪得很。

唯獨角落之中那個身影，靜靜地坐著，與這一切格格不入。

田柳兒似乎感覺到什麼，抬起頭，不偏不倚地迎上趙霄平的目光。

四目相接的瞬間，田柳兒慌忙避開，低下了頭。

趙霄平唇角微抿，沈默地收回目光，隨即端起桌上的酒杯，一飲而盡。

田柳兒如坐針氈，低聲問小若。「什麼時辰了？」

小若回答。「快戌時了。」

田柳兒緊張起來，思忖一會兒，開口道：「是時候出去了。」拎起裙裾，悄無聲息地帶著小若離開了宮宴。

兩人出了集英殿，一路往後宮走去。

冬夜裡北風呼嘯，吹得人渾身發冷，但田柳兒的手心卻滲出了一層汗。

她快步繞過集英殿，走上人跡罕至的小路，一刻鐘後，才在一座破舊荒涼的宮殿前停下腳步。

看門的御林軍見到田柳兒，向她行禮。「這麼晚了，田側妃還來探望麗妃娘娘嗎？」

田柳兒淡然一笑。「如今二殿下離京，我怕娘娘夜裡傷心，想來瞧瞧，不知大人可否行個方便？」

她說罷，小若掏出一錠銀子，塞給御林軍。

御林軍老練地收下，笑道：「好，田側妃可別待得太久，不然小人不好交代。」

田柳兒點頭，帶著小若進入冷宮。

雖然麗妃被褫奪妃位，但還是二皇子之母，母族勢力如故。內侍省不敢得罪，便將她單獨安排在某座宮殿裡。

小若向御林軍借了一盞燈籠，在前方為田柳兒照路。

「姑娘，小心點兒。」

冷宮到了晚上就十分陰森，寒風一吹，院子裡的枯葉從地上捲起，沙沙作響，彷彿是人的腳步聲，讓田柳兒毛骨悚然。

她強忍著心裡的害怕，拾階而上，抬手叩門。

「麗妃娘娘，您在嗎？」

麗妃早算好了日子，知道今夜是太子大婚，一直在等田柳兒的消息。聽到田柳兒的聲音，立即打開了門，一把抓住田柳兒，厲聲質問。

「妳怎麼這時候過來，東宮那邊都準備好了嗎？」

她入冷宮不過十幾日，身旁沒了人伺候，看起來蒼老不少。加上瘋狂的神情，看起來更多了幾分猙獰。

田柳兒猶疑一下，開口回答。「已經準備好了。只是，娘娘當真要置東宮於死地？」

麗妃冷笑起來。「怎麼，妳心軟了？」

田柳兒看著麗妃，忍不住道：「太子和太子妃沒有做過對不起我們的事，娘娘這樣做，不怕報應嗎？」

「笑話！」麗妃的面容有些扭曲。「本宮若是害怕報應，便不會在宮中屹立多年了。」

她揪住田柳兒的手腕，眸色微瞇，語氣狠辣。

「妳不會動搖了吧？別忘了，妳還是昀兒的側妃，是二皇子府的人。若是妳不聽話，本宮自有辦法送信給昀兒，讓他好好『管教』妳。」

田柳兒面色一白，忙道：「娘娘，妾身知道錯了，一定會辦妥您交代的事。」

麗妃見田柳兒如此不經嚇，扯了扯嘴角。

「這就對了。本宮知道，妳嫁給昀兒，不是心甘情願的；昀兒這孩子年輕，也不太懂得體恤妳。只要此事一了，我們東山再起，妳想要什麼，本宮就給妳什麼。」

田柳兒被麗妃揪得手腕疼，掙脫開來。

「現在太子在集英殿大宴賓客，太子妃獨自守在東宮，要放火也不難。」田柳兒頓了頓，道：「難的是，放了火之後，如何撇清干係。」

麗妃胸有成竹地笑了。「妳可記得大理寺抓到的歌姬？」

田柳兒回想著。「之前誣告太子的那個？」

麗妃頷首，幽幽道：「不錯。」

田柳兒有些不解。「這件事與歌姬有什麼關係？」

麗妃道：「幸虧官家命黃鈞查案，他看起來人模人樣，沒想到也是個廢物。黃鈞只抓到了歌姬，卻不知她真正的來歷。」

田柳兒詫異地看著麗妃。「那歌姬不是您和二皇子安排的嗎？」

「想利用一個卑賤的歌姬將太子拉下馬，這麼愚蠢的事，本宮可做不出來。」麗妃笑得輕蔑。「只有薛拂玉那個蠢女人，才會做出這樣的事。」

田柳兒愣住。「娘娘的意思是，歌姬案是皇后設計的？」

「沒錯。」麗妃的聲音帶了一絲隱隱的興奮。「他們想敗壞太子名聲，讓常平侯府主動退婚，沒想到東宮有人站出來，扛下這件事。而後，那歌姬怕事情敗露，想捲走銀子逃跑，正好撞到了本宮手上。」

麗妃說著，面上越發得意。「這麼好的把柄，怎麼能不抓在手中呢？」

田柳兒大為震驚。「所以，您就讓廖姑姑看著那歌姬？聽說歌姬神志不清，難道也是您故意為之？」

麗妃一笑。「歌姬整日想著逃跑，本宮自然要想些法子絆住她。況且，她吃了混思散，即便旁人將她劫走，她也不可能恢復神智，成為證人，只能為本宮所用。」

她說罷，雙目緊緊盯著田柳兒。「妳記好了，今晚得手之後，去鳴翠宮，到本宮妝奩下的暗格中找出解藥，設法拿進牢裡，讓歌姬吃下去。

「接下來，妳想法子讓歌姬指證皇后，只消揭露皇后利用歌姬陷害趙霄恆之事，以官家多疑的性格，定會覺得今夜東宮那把火也是皇后所為。唯有這樣，本宮才有機會出去。妳記住了嗎?!」

田柳兒凝視麗妃。「之前大理寺審案，即便他們將歌姬案算到您的頭上，您寧可受罰，也不肯說出皇后的計謀，就是為了今日？」

麗妃下巴微揚。「那是自然。皇后得知大理寺抓到歌姬，便曉得我有了她的把柄，這才急著將本宮打入冷宮，簡直是鼠目寸光。」

田柳兒不可置信，這計策環環相扣，招招狠辣，麗妃居然早就打算好了，不但要放火殺害太子妃，還要將一切罪責推到薛皇后身上。

這樣一來，便是一箭雙鵰！

麗妃見田柳兒不說話，催促道：「妳還杵在這裡做什麼？快去，機不可失！」

田柳兒神色複雜，帶著小若離開了冷宮。

此時，門口的御林軍已經不見蹤影。

田柳兒抬眸看去，狹長的甬道中，立著一個頎長的身影。

她定了定神，穩住腳步走去，微微福身。「參見太子殿下。」

趙霄恆緩緩轉過來，身上的喜服還未更換，華麗繁複的衣紋在月光照耀下，顯得高貴又威嚴。

他沈聲開口。「如何？」

田柳兒回答。「都招了。」

趙霄恆牽了牽唇角。「很好，有勞田側妃了。」

田柳兒小聲問道：「殿下打算如何？」

趙霄恆道：「她敢害孤的太子妃，孤自然要一報還一報。後面的事，就不用田側妃操心了，但孤會保證妳和田大人的安全，這一點大可放心。」

田柳兒行禮。「多謝殿下，妾身先告退了。」帶著小若，身影消失在甬道裡。

趙霄恆立在黑暗之中，慢慢抬起眼簾，凝望破敗的冷宮。

這座皇城金玉其外，冷宮卻像其中敗絮，充滿了詛咒與殺意。

片刻後，趙霄恆緩緩出聲。「于書——」

于書拱手。「小人在。」

趙霄恆淡淡吩咐。「孤還要去集英殿走個過場，這裡交給你了。」

于書道：「小人領命！」

趙霄恆轉過身，離開了冷宮。

集英殿裡，氣氛逐漸熱烈起來。

靖軒帝大宴群臣，酒席從集英殿內一直擺到殿外，大臣們傳杯換盞，華臺上歌舞昇平。

趙獻最愛飲酒，加之今日又是趙霄恆的大婚，更是興奮，喝得紅光滿面，見誰都要稱兄道弟。

「福生，殿下去哪兒了？」趙獻抱著酒壺，目光在大殿裡轉了一圈，沒有看到趙霄恆的身影。

福生笑著回答。「世子，方才殿下喝了不少酒，恐怕是出去解手了。」

趙獻哦一聲。「今日高興，多喝些也無妨。日後有太子妃管著，不見得能這麼盡興，哈哈哈……」

他話音未落，便見福生驚呼著迎上前去。「殿下！」

趙霄恆面色泛紅，在于劍的攙扶下，腳步虛浮地走過來。

福生連忙問道：「殿下，您沒事吧？」
趙霄恆擺擺手，推開于劍，自己站穩。
大臣們見趙霄恆回來了，紛紛圍上前，想向他敬酒。
趙獻自然不甘落後，見到趙霄恆，登時來了精神，抄起酒杯塞到他手中，接著斟滿。
「殿下，我等你一晚了！」他也幫自己倒了杯酒。「祝殿下三年抱倆，兒孫滿堂！」
一名文官道：「世子，殿下連洞房都還沒入呢，怎麼可能這麼快就兒孫滿堂了？」
眾人忍不住笑了起來。
趙獻有些尷尬。「何必這般咬文嚼字，意思差不多不就行了嗎？」
趙霄恆一笑。「承嚴書吉言，一杯怎麼夠呢？」當著眾人的面，連飲三杯。
一旁的大臣們見了，交口稱讚。
趙獻見趙霄恆如此給他面子，更是起勁，急忙替趙霄恆添酒。
趙霄恆喝得連站都站不穩了，福生和于劍慌忙扶住他。
寧頌離得不遠，見狀快步走過來。
「世子，別灌了，今日殿下喝得夠多了。」
趙獻一聽，忍不住嘟囔。「這才幾杯呀？」
福生低聲提醒。「世子，太子妃還在東宮等著呢。」
趙獻頓時醍醐灌頂，哈哈大笑。

「沒錯沒錯，是我糊塗了，快送殿下回東宮。良辰美景，春宵一刻，豈可辜負？」

有了趙獻這話，其他大臣不敢再來纏著趙霄恆，福生和于劍便將爛醉如泥的趙霄恆帶出集英殿。

步輦早已停在外面，趙霄恆半躺上步輦後，太監們抬著他，飛快走向東宮。

于劍低低問道：「殿下真的喝醉了嗎？」

福生小聲嘀咕。「若是真的醉了，那才好呢。」

想起太子殿下娶了位虎背熊腰的女青天，他就有些犯愁啊……

喜娘等人得了消息，候在東宮門前。

喜娘見福生和于劍將趙霄恆架回來，連忙迎上去。

「福生公公，合巹酒還沒喝，蓋頭也沒揭，殿下怎麼就不省人事了？」

福生一臉無奈。「我也沒法子，誰叫殿下今日是新郎官呢？殿下喝得太多，喚也喚不醒，你們先下去，這兒交給我吧。」

眾人不疑有他，聽了福生的話，無聲退下。

于劍抱著劍守在門口，福生順勢將趙霄恆扶進新房。

思雲和慕雨聽到動靜，立即上前幫忙。

福生隔著屏風，對寧晚晴欠身。

「稟太子妃，今天殿下喝多了，後面的禮節只怕不成了，還請太子妃海涵。」

寧晚晴道：「無妨，你們先下去吧。」

福生低聲應是，和思雲、慕雨一起退出新房。

第二十七章

寧晚晴緩緩起身，繞到屏風前。

趙霄恆正閉著眼趴在桌上，一動不動。

寧晚晴盯著他一會兒，道：「人都走了，殿下不必再裝了。」

房中紅燭微閃，影影綽綽之下，趙霄恆睜開了眼，若無其事地坐直身子。

「二姑娘怎麼知道孤沒醉？」

寧晚晴乾脆地回答。「猜的。」

趙霄恆無言，剛要開口，目光卻微微一頓。

寧晚晴的蓋頭早揭掉了，杏眸清靈，香腮似雪，紅唇微微勾出笑意，嫣然無雙。

唯有這樣明豔的臉，才襯得起頭上璀璨的珠冠，和身上華麗的翟衣。

寧晚晴見趙霄恆盯著她，解釋道：「頂著蓋頭，做什麼都不方便，臣女便自己取下了。殿下不介意吧？」

趙霄恆收回目光，平靜道：「無妨。」

寧晚晴又問：「殿下可要醒酒湯？」

趙霄恆搖頭。「不必了，孤很清醒。」

寧晚晴道：「既然殿下還清醒著，臣女有一件要事，想與殿下商量。」

趙霄恆笑了笑。「洞房花燭夜，二姑娘能有什麼要事？」

寧晚晴唇角微勾，從自己的妝奩裡掏出一本藍色冊子，又從冊子裡拿出一張信紙，遞給趙霄恆。

「請殿下過目。」

趙霄恆伸手接了。「合作協議？」長眉微挑，目光投向寧晚晴。

寧晚晴從容不迫地開口。「不錯，這是殿下與臣女的合作協議。」

「在萬姝閣那晚，殿下與臣女已有約定，但畢竟是君子之約，口說無憑。為了能好好跟殿下合作，臣女便寫下雙方應盡的責任和報償。殿下看看，可有什麼要改的？」

趙霄恆一目十行地看完。「二姑娘當真是面面俱到。上面寫著常平侯府只效忠於孤，可二姑娘之前說過，妳父兄並不知道我們的合作，既然如此，如何保證他們不生二心？」

寧晚晴回道：「臣女的父兄為人忠貞，只要殿下一心為國，他們自然願意跟隨您。況且他們視臣女如珍如寶，定不會偏幫旁人。」

「可人是會變的，不是嗎？」趙霄恆緊緊盯著寧晚晴。

寧晚晴從容不迫道：「不錯，但若初心不改，就萬變不離其宗。如今殿下是一人之下，萬人之上，不過你我都知道，這距離看似一步之遙，實際上卻是荊棘滿布，險象環生。常平侯府願助殿下一臂之力，對殿下忠心不二，臣女要的不多，唯願有一方自由自在的天地，和家人的平安罷了。」

趙霄恆目不轉睛地看著她。

寧晚晴眼神誠懇，不卑不亢，繼續道：「換句話說，現在的合作，是基於我們對雙方的信任。但凡信任別人，都是有風險的，可是臣女願意承擔風險，信任殿下。」

她說罷，掏出自己的私印，打開印泥，當著趙霄恆的面，蓋了上去。

鮮紅的印記讓這份協議看起來莊重不少，可惜字跡還是一言難盡。

趙霄恆沈吟片刻，取下手上的墨玉戒。

墨玉戒內側刻著細密的字跡，正是他的私印。

趙霄恆將墨玉戒放入印泥中輕壓，隨後抬起，便要在協議上蓋下。

寧晚晴冷不防開口。「殿下當真想好了嗎？一旦蓋下私印，這協議便成立。君子一諾千金，不可背信棄義。」

趙霄恆笑了笑。「二姑娘都敢下賭注，孤有什麼不敢的？」將私印蓋在協議上。

兩枚鮮豔的紅色印記，似乎為這張協議賦予了生命，變得鮮活不少。

寧晚晴忍不住勾起唇角，小心翼翼地將協議書收好，再將那本藍色冊子遞給趙霄恆。

趙霄恆有些納悶。「這是什麼？」

寧晚晴答道：「協議附錄。方才殿下簽的那一份，是框架協議，這本附錄才是日常的行事準則。」

趙霄恆濃眉微蹙。「為何妳不先說有附錄？」

寧晚晴莞爾一笑，打開蓋了印鑑的協議書。「上面不是寫了，『行事細則以附錄為準』，難道殿下沒看見？」

趙霄恆定睛一瞧，下面果然有一行極小的字，顏色比尋常墨跡淡了不少。加之房中燈火幽暗，不拿到燈下仔仔細細地看，完全看不出來。

他眸子微瞇，伸手就要奪過協議書。

寧晚晴眼疾手快，連忙收回去，寶貝似的藏進貼身內袋裡。

趙霄恆差點氣得笑出來。「二姑娘，這就是妳說的忠心不二？」

寧晚晴無辜地眨眨眼。「殿下，方才臣女還提醒了您，是您說『二姑娘都敢下賭注，孤有什麼不敢的』，莫非這麼快就忘了嗎？」

趙霄恆暗驚，這些年來在前朝後宮，他什麼風浪沒見過，居然陰溝裡翻了船！

他無語半晌，才一把抓起附錄，翻看起來。

「二姑娘不是只要一方自由天地嗎？為何離宮之時，還要孤多賠一倍的嫁妝？」

寧晚晴理直氣壯道：「如今官家春秋鼎盛，臣女說不定要陪殿下熬上十幾二十年。光陰一去不復返，女子青春難再回，難道殿下不該補償臣女一點？」

趙霄恆聽得好笑，又指著另一行問：「那這條呢？東宮寢殿以外琴瑟和鳴，寢殿以內則互不相擾。逾矩一次，須罰黃金萬兩？眼下寢殿裡只有一張床榻，二姑娘還是自己再添一張吧。妳我最好分榻而眠，免得孤日日被訛詐。」

寧晚晴笑意溫和。「添一張床榻事小，但壞了我們相敬如賓的名聲，可就得不償失了。殿下放心，只要您以禮相待，臣女不會錙銖必較。」

趙霄恆挑眉。「二姑娘都敢誆騙孤蓋印了，還有什麼事是做不出來的？」

寧晚晴安撫道：「殿下別著急，這附錄對殿下也不是全然沒有好處，請參見第三頁第二十八條。」

趙霄恆嘩嘩翻了過去，頓時眼角一抽。

寧晚晴解釋。「殿下請看，上面寫了，無論您喜歡什麼樣的女子，臣女都不會干涉。不但如此，臣女還會幫殿下好好照顧、約束她們，不讓她們爭風吃醋，勾心鬥角，以免壞了殿下大計。」

趙霄恆哭笑不得。「這麼說來，孤還得謝謝二姑娘了？」

寧晚晴道：「殿下不必客氣，這都是臣女……不，是妾身應該做的。」說罷，走向鋪滿紅綢的桌子，端起喜娘備好的合巹酒，送到趙霄恆面前。

她端起酒杯，俯下身，眉眼輕彎地看著他。「來日方長，還請殿下多多指教。預祝我們合作愉快？」

趙霄恆端起酒杯，叮的與寧晚晴碰了下，語氣頗有幾分咬牙切齒。

「合作愉快，愛妃。」

見協議締成，寧晚晴心情大好，幾乎是立即進入了賢良淑德的角色，溫聲道：「殿下累了吧，不如讓妾身伺候您更衣？」

趙霄恆微扯嘴角。「愛妃開心了，可孤卻睡不著了。愛妃陪著孤出去走走？」

「現在？」

寧晚晴有些詫異，哪有洞房花燭夜出去散步的，太子莫不是被附錄氣瘋了？

趙霄恆挑眉。「不錯。若愛妃連冬夜踏雪都不肯陪孤，又怎會與孤風雨同舟呢？」

寧晚晴一向能屈能伸，立即應下。「只要殿下想去，妾身必然相隨。」

趙霄恆勾唇一笑。

寧晚晴進了內室，脫下珠冠，將墨色長髮隨意簪起，再換上輕便的衣裳。待她出來之後，趙霄恆也換了深藍常服。

寧晚晴正要推門喚人，趙霄恆卻道：「走這邊。」

寧晚晴回頭一看，趙霄恆竟不見了蹤影！

房中多了一束光，她順著光抬眸，發現屋頂開了扇天窗，大約能容一人通過，而趙霄恆已經爬上去了。

寧晚晴大驚。「殿下?!」

趙霄恆笑道：「把蠟燭吹熄，然後站上椅子，我拉妳上來。」

寧晚晴有些無語，只得乖乖照做。

她吹滅了紅燭，而後扶著椅子，小心地站上去，抬頭看向趙霄恆。

「殿下，我準備好了。」

房中暗了下去，清冷月光透過天窗照在寧晚晴的面頰上，更顯得膚色雪白，瞳仁烏黑，唇若紅菱，美得有些不真切。

趙霄恆斂起神色，握住她的手，輕輕一拉，將她帶上去。

屋頂上冷風蕭蕭，寧晚晴只恨自己沒有多穿些衣裳；可若把自己穿成一顆球，只怕會從屋頂上滾下去。

趙霄恆看她站立不穩，便將手臂遞給她。

寧晚晴像見了救命稻草一般，連忙抓住趙霄恆。

「殿下，為何我們要在三更半夜爬上屋頂？」

趙霄恆淡淡道：「看戲。」

寧晚晴滿臉狐疑。「看戲？」

「抓緊了！」

趙霄恆說完，帶著寧晚晴，從寢殿屋頂點瓦而起。

寧晚晴的心差點跳出了嗓子眼，不由抓緊趙霄恆，緊緊地閉上眼。

耳邊風聲呼呼，寧晚晴只覺得兩人飛了很遠，才落到一處房頂上。

待她睜開眼睛，發現自己立在某處高聳的宮殿上，而這宮殿恰好在其他兩座宮殿的夾角處，不易被人發現。

趙霄恆的聲音自頭頂傳來。「愛妃打算什麼時候鬆開孤？」

寧晚晴這才發現，她一直揪著趙霄恆的衣襟，將他的門襟都揉皺了，連忙放開了手。

趙霄恆好整以暇地理了理衣裳，笑道：「愛妃逾矩了，不知是否也要罰上黃金萬兩？」

寧晚晴乾笑兩聲。「不用，附錄上沒有這一條。殿下，這裡是哪兒？」

趙霄恆緩緩抬手，指向不遠處。「看到那座宮殿了嗎？」

寧晚晴順著趙霄恆指的方向看去，一片宮殿之中，有一座瓦頂簡陋、略矮一些的建築。

她入宮之前，特意看過皇宮裡的地圖，結合附近的地形推測，開口道：「這一帶有不少廢棄的宮殿，難道那是麗妃所居的冷宮？」

趙霄恆悠然抬頭，看了看深邃的天幕。「時辰差不多了。」

那座宮殿上空，突然冒出一股濃煙，夾雜著枯葉、木料的燒焦味，直衝雲霄。

片刻後，一陣騷動響起，有宮人慌張大喊：「走水啦！冷宮走水啦！」

寧晚晴驚訝。「這是殿下的手筆？」

趙霄恆的俊美面頰在夜色下無懈可擊，笑得恣意溫柔。

「這是孤送給妳的新婚大禮，喜歡嗎？」

寧晚晴不記得她是什麼時候回東宮的，只記得沾上床榻就睡著了。

再次醒來時，天已經亮了。

寧晚晴擁著被褥坐起身，秀眸惺忪地轉過頭，看見趙霄恆正坐在內室一角的長椅上忙碌著，左側放了不少鼓鼓囊囊的信封，疊起來約莫兩寸高；右側是不少已經拆開的信。

她穿好衣服，下了床，走到趙霄恆身旁。

「殿下這是在處理各地發來的消息？」

趙霄恆放下手中的信紙。「愛妃聰慧，一猜就準。」

寧晚晴心想，這並不難猜。前世她上班的時候，一大早到了律師事務所，不也是先看郵件嗎？

趙霄恆見寧晚晴盯著這些信，道：「想看？」

寧晚晴搖搖頭。「不想。若是殿下需要妾身看，妾身再看。」

趙霄恆挑眉。「妳倒是乖覺。愛妃如此聰慧，日後待在孤的身旁，只怕孤是一點秘密都藏不住了。」

寧晚晴從容道：「殿下最大的秘密，不就是同妾身的協議嗎？」

假成婚、真結黨、謀求皇位，哪一項不是死罪？

趙霄恆看著寧晚晴，忽然笑了起來。「愛妃當真有趣，孤從前怎麼沒發現呢？」

寧晚晴報以一笑。

趙霄恆站起身，喊道：「福生——」

福生微躬著身子進來。「殿下有何吩咐？」

話音未落，他便愣住了。眼前的女子未施粉黛，卻燦若明珠，容姿耀人。

他有些不確定地喊了聲。「女青……啊不，太子妃？」

寧晚晴笑了下。「你就是福生？」

福生連忙斂神，跪下行了大禮。「小人福生，叩見太子妃。」

寧晚晴點頭。「免禮。本宮初來乍到，對宮裡還不太熟悉，以後得要多仰仗你們。」

福生聞言，受寵若驚，一張圓臉笑得更圓了。「太子妃有什麼事，儘管吩咐小人，小人必當竭盡全力。」

趙霄恆覺得福生的激動有些不對勁，但沒說什麼，指了指那些拆開的信。

「可以燒了，你去叫元姑姑過來。」

福生連忙應是，抱著信出去了。

寧晚晴笑道：「福生挺有趣的。」

趙霄恆卻說：「但這皇宮可不是什麼有趣的地方，一著不慎，便會死無葬身之地。妳剛入宮不久，身旁需要人提點。」

他剛說完，元姑姑就到了。

寧晚晴抬眸，這位姑姑看著約三十多歲，眉眼間一派溫和淡然，慧而不顯，恰到好處。

元姑姑向趙霄恆和寧晚晴行禮。「奴婢元舒，參見太子、太子妃。」

「元姑姑不必多禮。」趙霄恆對寧晚晴道：「元姑姑原本是母妃身邊的老人，如今是東宮的掌事姑姑。妳有什麼事不明白的，皆可問她。」

寧晚晴聽罷，鄭重道：「元姑姑有禮。」

元姑姑見寧晚晴大方謙和，亦為趙霄恆高興。「能伺候太子妃，是奴婢的福氣。」

趙霄恆對寧晚晴道：「孤已經免了婚假，自今日起開始上朝。妳晚些去皇后宮裡請安的時候，讓元姑姑陪著去吧。」

寧晚晴心頭一動，立時明白了趙霄恆的意思。

薛皇后表面看起來端莊高貴，實際上卻是歌姬案的幕後黑手。

明槍易擋，暗箭難防。與這般表裡不一的人相處，還是要小心為上。

寧晚晴點頭。「多謝殿下提醒，妾身心中有數了。」

趙霄恆嗯了聲，轉身更衣去了。

思雲和慕雨進來，很快幫寧晚晴打扮妥當。

一會兒後，寧晚晴帶著元姑姑、思雲、慕雨出了東宮，去了坤寧殿。

第二十八章

坤寧殿離東宮有一段路，縱使寧晚晴早早出了門，待到坤寧殿時，大部分的妃嬪和公主都到了。

七公主趙蓁坐在嫻妃身旁，見到寧晚晴，立即興奮地招手。

「皇嫂快來，坐這兒！」

十五歲的少女，嗓音最是清脆，惹得所有人回過了頭——

寧晚晴身著一襲緋紅刺繡對襟小襖，石榴裙垂順曳地。明明穿得不少，但她腰肢纖細，身姿修長，再加上一張明豔照人的臉，彷彿春光入嚴冬，將整個大殿照得亮了幾分。

寧晚晴落落大方地含笑點頭，坐到趙蓁身旁。

嫻妃溫和地看著她。「昨日大婚，沒來得及仔細瞧妳。今日一見，容姿倒是比千秋節時更盛了。」

寧晚晴淺笑。「娘娘過獎了。」

兩人寒暄幾句，薛皇后便帶著五公主趙矜和薛顏芝到了。

眾人起身，向薛皇后行禮。

薛皇后的目光淡淡掃過眾人。「都免禮吧。」

眾人起身落坐，薛皇后見長公主趙念卿也來了，道：「念卿，聽聞妳昨夜喝多了，如今可好些了？」

趙念卿把玩著自己的長髮，慵懶開口。「好與不好，臣妹不是都來了嗎？母后她老人家要禮佛，就讓我過來看一眼。」

這話沒給薛皇后多少面子，薛皇后仍大度地笑了笑，並沒有計較。

而後，寧晚晴按照規矩，來到大殿中央叩拜，一絲不苟地向薛皇后敬茶。

薛皇后坐在高榻上，居高臨下地看著寧晚晴。

片刻後，她才從寧晚晴手中接過茶水，抿了一口。

「日後便是一家人了，太子妃不必多禮。」

寧晚晴道了聲謝，回到自己的座位上。

趙蓁立即湊過來，耳語道：「皇嫂，妳快看薛顏芝。」

寧晚晴抬眸瞥向薛皇后身側，見薛顏芝雙目紅腫、面色蒼白，脂粉也遮不住滿臉憔悴。

趙蓁這個小話癆又開了口。「薛顏芝一直喜歡太子哥哥，昨日你們大婚，她定是哭了一夜，不然眼睛不會腫得像桃子。哈哈哈，誰叫她在千秋節害妳，活該！」

寧晚晴微微一愣。「妳怎麼知道她在千秋節害我？」

趙蓁道：「是母妃說的。她接手六宮事務後，去查賀禮丟失一事，小太監禁不住嚇，全都招了。母妃將那人趕出宮，還將此事告訴皇后，皇后痛罵了薛顏芝一頓。」

寧晚晴若有所思地點點頭。嫻妃看似溫順和善，卻心明眼亮，辦起事來毫不含糊。
方才來的路上，她便聽元姑姑說了嫻妃的事。
嫻妃是珍妃的至交好友，在宋家四面楚歌時，她是唯一對趙霄恆伸出援手之人。嫻妃願意出手去查賀禮丟失的事，恐怕也是看在趙霄恆的面子上，愛屋及烏。
寧晚晴明白過來，對著嫻妃一笑。「多謝娘娘。」
嫻妃笑而不語，只輕輕點頭。

另一邊，薛顏芝目不轉睛地盯著寧晚晴，心頭的火氣不斷往上竄，覺得嗓子要冒煙了。
五公主趙矜與薛顏芝的交情不錯，見到她這般難受，便想幫她出氣。
於是，趙矜笑著開口。「母妃，日前父皇賞賜了一種新茶給兒臣，名為『紫陽靖尖』。兒臣不敢獨享，故而帶過來，想請母妃與各位娘娘一同品鑑。」
薛皇后笑著點頭。「矜兒有心了。」
趙矜一聲令下，宮女們魚貫而入，為眾人奉上茶盞。
趙蓁端起茶盞，輕輕揭開蓋子，便聞到一股清新的香氣，抿了一口。
「唔，好茶！」
趙矜得意地笑起來，目光轉向正在飲茶的寧晚晴。「不知皇嫂覺得如何？」
寧晚晴放下茶盞，正要說話，趙矜卻呀了一聲，面上露出一絲懊惱。

「臣妹忘了，皇嫂出身武將之家，只怕對插花點茶、詩詞歌賦都不感興趣吧？」

此言一出，全場頓時鴉雀無聲。

大靖重文輕武，士族以風雅為樂，常常看不起寒族武人。

常平侯便是寒族出身，靠著一刀一劍在疆場拚殺，才換來如今的功績和地位。

這話表面上是自責，可人人都能聽得出來，趙矜在嘲諷寧晚晴粗俗，比不上其他的大家閨秀。

趙蓁滿臉不高興。「五皇姊，平日也沒見妳對茶道多感興趣啊。」

趙矜輕蔑地笑了。「妳懂什麼？我感不感興趣是一回事，但到底懂不懂，又是另一回事了。」

這般冷嘲熱諷，在場的人聽了都忍不住交頭接耳。更有甚者，居然幸災樂禍地笑起來。唯有趙念卿掩唇打了個哈欠，彷彿事不關己的樣子。

薛皇后不鹹不淡地出了聲。「矜兒，不得無禮。」

趙矜滿臉無辜。「母后，兒臣不過是與皇嫂聊天而已，皇嫂不會連這樣的小事都要生氣吧？」

寧晚晴不慌不忙地道：「自然不會。」玉白的手指捧著茶盞，看向趙矜。「五公主既然得了這茶，可知它的來歷？」

趙矜微微一愣。「不就是上貢的茶，還能有什麼來歷？」

寧晚晴一笑。「非也。」揭開茶盞的蓋子，緩緩道：「這紫陽靖尖原名『紫陽峽尖』，產自西域昌陵一帶。」

「昌陵？」趙蓁瞪大了眼。「就是多年前大靖與西峽國爭奪的地方嗎？」

寧晚晴唇角微揚。「不錯。」

趙蓁反應過來。「我記得父皇說過，昌陵乃兵家必爭之地，西峽為了搶奪昌陵，與我們打了好幾場仗，但都敗了，後來昌陵便歸了大靖。難不成，昌陵是皇嫂的父親打下來的？」

此言一出，眾人紛紛豎起了耳朵。

寧晚晴淡淡道：「不是我父親，而是我兄長。昌陵地勢險要，易守難攻，我兄長帶領四萬精銳，花了一個月工夫，攻下此地。入城之後，安撫百姓，派粥送藥。昌陵百姓感念朝廷恩德，便歸順大靖，連盛產的『紫陽峽尖』都改成了『紫陽靖尖』。」

話音落下，在座的人露出崇拜的眼神。

「常平侯府帶領的西凜軍，果然名不虛傳！」

「若是沒有打下昌陵，咱們也沒有這麼好的茶喝了。」

「就是，沒想到小小一盞茶湯，背後還有這麼多故事，真是托了寧將軍的福！」

後宮的女子們難得有點新鮮事可談，妳一言、我一語地說著，氣氛很熱烈。

趙矜的臉色難看至極，連眼前這盞茶都喝不下去了。

薛皇后的唇角依舊勾著，眼裡卻沒有多少笑意。

就在此時，趙念卿冷不防開口。「皇嫂，聽聞昨夜冷宮失火了？」

眾人頓時安靜下來，寧晚晴的目光也放到了薛皇后身上。

薛皇后道：「昨日太子大婚，宮裡宮外放了不少煙火，許是有火星子落到冷宮裡，點著枯枝，便燒了起來。」

趙念卿又問：「那麗妃如何了？」

「麗妃燒傷了半邊身子。官家仁德，不計前嫌地派太醫去看，不然怕是早就沒命了，如今還沒清醒。」

薛皇后面上沒什麼表情，心裡卻恨不得麗妃被燒死才好。

在座的人一聽，曾經寵冠後宮的麗妃落得這樣的下場，忍不住有些唏噓。

趙蓁小聲道：「不知道有沒有傷到臉？父皇還會去看她嗎？」

嫻妃搖了搖頭。「麗妃自詡美貌，平日裡連油皮都沒破過一點。如今燒傷了半個身子，就算妳父皇想去看她，她也不會見他的。」

寧晚晴安靜地聽著。昨夜趙霄恆告訴她，麗妃打算讓田柳兒放火燒新房，著實讓她嚇了一跳。

趙霄恆這樣做，也算是以其人之道，還治其人之身了。

眾人議論紛紛，趙念卿卻毫不顧忌地笑了起來。「燒得好！」

此言一出，眾人忍不住看向她，連薛皇后都開了口。「念卿，妳這話是什麼意思？」

趙念卿道：「麗妃作惡多端，數次暗害太子和太子妃，皇兄只褫奪她的妃位，懲罰實在是太輕了。」

她說罷，目光轉向薛皇后，似笑非笑道：「可見，有些債若人不討，上天自會來討。天理循環，報應不爽，不是不報，不過時候未到罷了。」

薛皇后聞言，面色明顯難看了幾分。

趙念卿恣意地笑起來。

寧晚晴注視著趙念卿，這位長公主似乎並不喜歡薛皇后。

薛皇后到底性子沈穩，很快便斂起神色。

「念卿，就算是麗妃得了報應，這話也不該由妳來說。妳待字閨中，若是傳了出去，說妳刻薄狠毒，如何議親？」

寧晚晴是第一次見到趙念卿，聽到這話，壓低聲音問：「長公主沒有成婚嗎？」

趙蓁小聲回答。「姑母說過，男子都是負心薄倖的壞東西，她不成婚，跟府裡的幕僚過一輩子就行了。」

寧晚晴不語。果然，在這個時代，女人的巔峰一是太后，二是公主，連皇后都要看長公主的臉色。

原本趙念卿面上帶著笑，聽到「議親」二字，臉色瞬間垮下來。

「臣妹的親事，就不勞皇嫂操心了。若皇嫂有空，不如去矜兒的公主府坐坐。聽聞矜兒有十幾個幕僚，且都正值壯年，長相俊美。不知等矜兒議親之時，那些幕僚該如何是好？」

薛皇后登時變了臉色，倏地看向趙矜。「妳還留著那些人?!」

大靖民風開放，男女和離之後，再嫁、再娶的不在少數。可趙矜畢竟還沒有出嫁，便鬧出這等事來，實在是引人非議。

趙矜神色慌張，支支吾吾道：「之前遣散了不少，餘下的不過幾個讀書人……」

趙念卿哈哈大笑。「整日寫些淫詞豔曲討主子歡心，也叫讀書人？」

趙矜滿臉通紅。「姑母！」

「五公主當真如此不檢點？皇后娘娘怎麼也不管管啊……」

在場的妃嬪們都被趙念卿的話驚呆了，反應過來後，頓時炸開了鍋。

「如何管得住？五公主早就出宮立府了！」

「怪不得，五公主都十六、七歲了，婚事還沒有著落。」

「這算什麼？薛大姑娘不也為了太子殿下耽擱至今？只怕兩人的婚事都難了。」

薛皇后氣得伸手壓了壓眉心。「吵吵鬧鬧，成何體統?!」

一聲喝斥下，妃嬪們終於噤了聲。

嫻妃出來打圓場。「皇后娘娘，妾身想起宮中還有些事，向您告個假，先走了。」

薛皇后點頭，順著她的話往下說：「本宮乏了，今日到此為止，都散了吧。」

妃嬪們起身，三三兩兩離開了坤寧殿。
待眾人走後，薛皇后瞪趙矜一眼。「本宮怎會生出妳這麼個蠢東西？」
趙矜嘴巴一癟，差點哭了出來。

趙蓁與寧晚晴並肩而行，興高采烈地走出大殿。
兩人剛離開坤寧殿沒多久，便見到趙念卿。
趙念卿立在長廊下，手裡抱著精巧的暖爐，蔻丹染得鮮紅，顯得那雙白皙的手格外修長美好。
趙蓁揚聲喚道：「姑母！」
趙念卿緩緩回頭，神情淡漠地瞧兩人一眼。「熱鬧看夠了？」
趙蓁嘿嘿笑了聲。「五皇姊氣得臉都歪了。姑母可真厲害！」
趙念卿扯了扯嘴角。「就妳嘴甜。」
寧晚晴上前，向趙念卿行禮。「參見長公主。」
趙念卿沒說話，從頭到腳打量寧晚晴一遍，不冷不熱地哼了聲，轉身離開。
寧晚晴詫異，元姑姑扶起她，低聲道：「太子妃莫要放在心上，長公主殿下就是這個脾氣。其實，她也是個可憐人。」
寧晚晴聽了元姑姑的話，還想多問一句，但嫻妃率人走了過來。

嫻妃向寧晚晴打個招呼，便帶趙蓁走了。
元姑姑出聲提醒。「太子妃，殿下應該下朝了。」
寧晚晴會意，道：「回宮。」

寧晚晴回到東宮時，趙霄恆已經待在寢殿裡了。
她見門虛掩著，便直接推開。
于劍正在說話，見到寧晚晴進來，就噤了聲。
寧晚晴覺得這氣氛有些不妥，遂道：「不知殿下在此議事，妾身這就出去。」
「等等。」趙霄恆道：「無妨，進來吧。」
寧晚晴愣了愣，趙霄恆又對于劍道：「繼續說。」
于劍見趙霄恆沒打算避著寧晚晴，便繼續回稟。
「麗妃一事鬧得滿宮沸騰，消息恐怕不日就會傳出去。按照日子算，二殿下還有幾日即抵達東海，便會得到這消息了。」
趙霄恆思索著。「他的岳丈不是還在吏部嗎？應該要不了幾日，消息就會到他手上。」
于劍道：「不知二殿下得知後，會如何應對？」
麗妃在後宮盛寵多年，經此一事，想要復寵是不可能了。
所以，趙霄昀想回京，只能靠自己。

趙霄恆看向寧晚晴。「愛妃如何看？」

寧晚晴沈吟片刻。「聽聞二殿下只帶了正妃去東海，想必是為了牽制吏部尚書。若他要回京，只有兩條路可走：一是藉由吏部尚書設法，二是真的剿匪立功，才可能東山再起。」

趙霄恆贊同地點點頭。「第二條路自然難以走通，便只能靠吏部尚書白榮輝了。」又問于劍。「吏部的考察安排得怎麼樣？」

于劍答道：「回殿下，按照您的吩咐，之前由吏部選拔出來的武官都將參加考察，預計兩日後開始；新任武官選拔的擂臺賽，將在明日舉行。白大人還送了摺子來，問殿下是否能一同去瞧瞧。」

「擂臺賽？」寧晚晴眸光一亮。「是那種比武大賽嗎？」

趙霄恆笑了。「怎麼，愛妃有興趣？」

寧晚晴忙不迭點頭。「妾身從沒有看過比武大賽，能不能隨殿下一起去？」

趙霄恆道：「想去便去吧。」

于劍微微一驚。「殿下，這不妥吧？太子妃千金之軀，豈能到演武場那種龍蛇混雜的地方拋頭露面？」

寧晚晴卻道：「殿下將來是萬民之主，有百姓的地方才是我們該去的地方，不是嗎？」

趙霄恆聽罷，面上笑意更盛。「愛妃說得沒錯。于劍，下去準備。」

于劍張了張嘴，終究沒再多說，轉身出去了。

于劍沒走多遠，便遇到了回宮的于書。

「哥！」于劍將于書拉到一旁。「太子妃要去看比武，殿下居然答應了。這不妥吧？」

于書瞥他一眼。「殿下新婚燕爾，與太子妃如膠似漆，可不是正常的嗎？」

于劍想了想，道：「話是沒錯，但殿下不像是會被美色沖昏頭的人啊。」

于書看著一個頭兩個大的弟弟，耐著性子解釋起來。

「殿下韜光養晦多年，許多事不方便自己出面，我們能做一部分，卻不能做全部。可太子妃不一樣，她背靠常平侯府，如今又是殿下明媒正娶的嫡妻，有她輔佐殿下，必然事半功倍。你就別瞎操心了，有空多讀讀書不好嗎？你瞧人家福生，都知道讀書。」

于劍有些不服。「福生讀的都是話本子，我好歹還讀了不少《大靖律典》呢。」

于書嗤了一聲。「你還好意思說，那本《大靖律典》抄了一個月吧？一章都沒有背下來。還不如看話本子呢，起碼能多認識幾個字。」

于劍被懟得無話反駁。

第二十九章

翌日，寧晚晴早早起了床，發現趙霄恆已經坐在寢殿中看信。

「殿下每天都起得這麼早嗎？」

趙霄恆並未抬頭，只淡淡嗯了一聲。

寧晚晴抿唇笑了。

趙霄恆抬眸看她。「笑什麼？」

寧晚晴一面理妝、一面道：「外面傳言，太子殿下憊懶怠惰，貪圖享樂，可見不實。」

趙霄恆回答。「他們說得也沒錯。依他們看，現在孤仍沈迷在溫柔鄉裡，不肯起來。」

寧晚晴恍然大悟。「原來這就是殿下常常在寢殿處理政務的原因？」

趙霄恆笑而不語，算是默認了。

寧晚晴越發好奇，趙霄恆明明卓爾不群，有稀世之才，又得了太子之位，為何還要這般小心謹慎？

雖說木秀於林，風必摧之，身為儲君，有時需要隱藏鋒芒，但從趙霄恆的行事來看，他不但收斂自己的能力、少問朝事，還任由官員和百姓詬病，甚至連身子都要裝得弱不禁風，實在過分保守了些。

寧晚晴腦子裡默默思索著，總覺得有哪裡想不通，但趙霄恆這個人深不見底，就算她開口問，他也不見得會說出來。

「準備好了嗎？」

趙霄恆看完所有的信，照例將信全扔進火盆裡。

寧晚晴斂起思緒，道：「妾身收拾好了，我們出發吧。」

吏部選拔武官的擂臺，就搭在城南的演武場上。

演武場周圍地勢寬闊，不少百姓聽聞今日有比武，早早聚集在此處，一時人頭攢動，摩肩擦踵。

待趙霄恆的馬車出現在道路中央時，吏部尚書白榮輝連忙從椅子上站起身，帶著吏部一眾官員，前來迎接。

寬敞華麗的馬車緩緩停住，趙霄恆率先下車，卻沒有向前走，反而回過頭，伸出了手。

一隻玉白的素手搭在他的手心上，趙霄恆牽著寧晚晴緩緩下了馬車。

百姓們最愛看熱鬧，兩日前才見識了太子大婚的盛景，今日又見太子攜太子妃來看比武，頓時炸開了鍋——

「太子妃可真美啊！」

「就是，太子妃不但美，還體恤百姓呢。大婚那日，是她發話要御林軍保護百姓的。」

「太子殿下與太子妃出雙入對，一定很恩愛吧！真羨慕……」

趙霄恆與寧晚晴肩並著肩向前走，低笑道：「孤竟不知，愛妃在民間有此聲望。」

寧晚晴微微一笑。「他們看的不是妾身，而是殿下。」

白榮輝迎上來，俯身行禮。「微臣參見太子、太子妃。」

趙霄恆一臉溫和。「白大人不必多禮。」

白榮輝道：「時辰差不多了，還請殿下和太子妃上座。」

趙霄恆點點頭，帶著寧晚晴坐到演武場的高臺上。

吏部侍郎羅錢見趙霄恆已坐定，走近白榮輝，低聲問：「白大人，沒想到殿下真的親臨，那我們之前的安排……」

白榮輝回道：「殿下身子孱弱，不通武藝，能看出什麼來？照常即可。」

羅錢會意點頭。「是，大人。」

高臺上，趙霄恆與寧晚晴一左一右地坐著，于劍和慕雨分別立在兩旁，靜待比武開始。

片刻後，鼓點聲響起，現場肅靜下來。

羅錢行至場中，展開卷軸，開始朗讀比武規則。

武官選拔一共分為兩輪，第一輪是比試武藝，各地會選出一名武試優勝者，所有優勝者會暫時放到吏部，由吏部安排授課。一段時日之後，再行考核，優勝劣汰。

羅錢讀完規則，鼓點再次響了起來。

一位身材魁梧的大漢在眾人的期待聲中，登上擂臺。

武試不許使用兵器，只比拳腳。羅錢與幾位武官商量一番，推派一位身形相當的武官出來應戰。

雙方站定，大漢對著武官虛虛拱手，武官面無表情地點了下頭，就算是準備好了。

噹！小吏抬起鑼槌，使勁砸向金鑼，比試便開始了。

大漢二話不說，掄起拳頭向武官打去。

武官微微偏頭，躲開大漢的攻擊。

大漢使力太過，一下收不回手，後背失了防禦，武官毫不猶豫地飛踢一腳。

大漢嗷的叫了一聲，趔趄滾地，快到場邊紅線時，連忙撐起手肘，讓自己停下來。

結束的鑼聲敲響之前，誰出了紅線，便算輸了。

慕雨看得心驚肉跳。「那人的拳頭比沙包還大，幸好武官沒有被打到，不然還得了？」

于劍小聲道：「他那拳頭看著厲害，實則笨重。只要有點實戰經驗，就不難躲開。」

慕雨這才放下心來。

寧晚晴也不通武藝，但所謂的比武，不過是內行看門道，外行看熱鬧。

她側目看向趙霄恆，只見趙霄恆面色始終如一，沒有太多的起伏。

果不其然，不到十個回合，大漢便敗下陣來。

武官毫不費力地抽身而退，周圍一片叫好聲。

寧晚晴見場邊坐著三位武官，便問：「要打贏武官才能入選嗎？」

趙霄恆點頭。「不錯，這三位武官擅長的路數都不相同，如果遇到功夫門路類似的人，便一一對應比試。若連現有的武官都打不過，就沒必要招進來了。」

寧晚晴若有所思地點點頭。趙霄恆此舉，恐怕是想為朝廷招攬一些高手了。

「若是有好幾個人打贏武官，都能去吏部聽講嗎？」

趙霄恆道：「依規矩辦。」

寧晚晴好奇地問：「什麼規矩？」

趙霄恆勾了勾唇角。「當然是孤的心情了。」

寧晚晴瞇細了眼瞧著他。

趙霄恆見狀，笑道：「逗妳的。一地只取一人，若有多人勝了武官，那便逐一對決，直到有人勝出。」

他的話音落下，又有人上了擂臺。

寧晚晴垂眸看去，此人衣著不凡，年紀不大，卻是一身倨傲之氣，一上來便自報家門。

「吾乃東海孫志遠，還望各位大人不吝賜教！」

羅錢看了這架勢，轉頭對其中一名武官道：「張教頭，這回你去吧。」

張教頭站起身，走向擂臺中央。

兩人四目相對，金鑼一響，正式比武。
張教頭先發制人，一掌劈向孫志遠。
孫志遠靈活一閃，輕輕鬆鬆避開他的攻勢，而後足尖點地一躍，站上旁邊一人高的木樁，金雞獨立擺得穩穩當當。
張教頭見狀，再次衝上去。
孫志遠與張教頭對打起來，一會兒鯉魚打挺、一會兒倒立相搏，看得人眼花撩亂。頃刻之間，便過了數十招。
百姓們看得津津有味，不時為孫志遠叫好。
慕雨目瞪口呆。「太子妃，這個孫志遠好厲害啊！」
寧晚晴也看得目不轉睛，卻道：「不知為何，我總覺得有些怪怪的。張教頭出招看似凌厲，但每次擊中孫志遠的時候，好像都慢了一拍？」
趙霄恆道：「連愛妃都能看出來，看來這幫人真是連作假都不用心。」
寧晚晴不可置信地望著擂臺。「這麼多人看著，還能作假嗎？」
趙霄恆笑了。「怎麼不能？現場懂武藝的，能有幾人？況且，就算有人看出來，也未必敢說出口。」
寧晚晴問他。「那孫志遠的武藝到底怎麼樣？」
未等趙霄恆答話，于劍這個武癡就忍不住開口了。「花拳繡腿，十招裡有九招是有意賣弄，當真是丟我們習武之人的臉！」

就在這時，金鑼響起，比賽結束了。

羅錢揚聲道：「第一局，孫志遠勝。」

張教頭喘著粗氣離開擂臺，孫志遠則得意洋洋地拱了拱手。「承讓了！」

人群裡一陣騷動，有竊竊私語的，也有不明就裡叫好的。

「殿下，您不管管嗎？」寧晚晴秀眉微蹙。「此人能勝出，一看就是有貓膩。」

趙霄恆卻一副事不關己的樣子，悠閒地坐著。

「孤一不通武藝，二身子不好，如何爭得過吏部那幫老頭子？今日前來，不過是當個擺件罷了，睜一隻眼、閉一隻眼就行。」

寧晚晴無語。

孫志遠贏過張教頭後，又陸續來了幾個人挑戰，但都是中看不中用，還不如第一個大漢能打。

寧晚晴眼看排隊的人越來越少，不由有些著急，懶得再問趙霄恆，轉向了于劍。

「後面還有幾個人？」

于劍踮起腳看。「回太子妃，還有一人。」

若最後一人依然輸給武官，那孫志遠豈不是要入選了？

正當寧晚晴暗暗擔心之時，最後一人一步一步走上了擂臺。

待他在場中站定，寧晚晴定睛看去，心頭微微一頓。

此人約莫不到四十歲，生得高大壯碩，膚色黝黑。駭人的是，他平平無奇的臉上，掛著一條極其可怖的疤痕，從左眼上方一直延伸到右邊臉頰，彷彿一條兩寸長的蜈蚣盤踞在臉上，看著十分嚇人。

與方才幾人上場的情形不同，前排的百姓看清了此人的相貌，頓時鴉雀無聲，帶著孩子的婦人甚至往木樁旁邊挪了挪，生怕嚇著孩子。

那人對這些反應視而不見，沈聲對羅錢道：「淮北周昭明，請武官賜教。」

羅錢一見周昭明這架勢，知道他並非等閒之輩，遂遞了個眼色給張教頭。

「張教頭，有勞了。」

張教頭立即會意，起身向場中走去，到了周昭明對面，點了點頭。

周昭明拱手。「請！」

金鑼一響，張教頭欺身而出，倏地探向周昭明的咽喉。

周昭明面不改色，任由他逼到近前，忽然抬手扼住他的手腕，輕輕一拉——

張教頭猝不及防地撞上周昭明的肩頭，強烈的撞擊刺痛他的鼻腔，抬手一擦，手上居然全是血。

張教頭勃然變色，長眸微瞇，深吸一口氣，毫無保留地使出了自己的看家本領。

然而，無論他出什麼招數，周昭明都能遊刃有餘地應對。

張教頭兩次被打得趴在地上，差點爬不起來。

羅錢見狀，暗道不好。萬一周昭明勝了，便要與孫志遠對戰，就孫志遠那三腳貓的功夫，如何打得過周昭明？

打鑼的小吏多次想抬起鑼槌，但瞧見羅錢的面色，又不敢妄動了。

張教頭自然也很著急，即便被打得滿嘴是血，仍不肯認輸，非要強撐著站起來。

「娘，叔叔流血了！」

一個稚嫩的聲音響起，張教頭看去，只見一個被娘親抱著的四、五歲小男孩，正目不轉睛地盯著他，似乎面有擔憂。

張教頭心生一計，忽然拍地而起，往周昭明打去。

周昭明被他逼到木樁旁邊，正要反擊，卻見張教頭縮回了手。

下一刻，張教頭縱身一躍，一腳踢在一人高的木柱上。

強大的衝擊之下，木柱轟然而動，直直朝場外觀戰的母子倆倒去！

眾人一片驚呼，寧晚晴的心跳也漏了一拍，驚得站起來。

前排的百姓太多，本就擁擠不堪，這突如其來的意外讓所有人都慌了。

那對母子避無可避，萬分驚恐之下，婦人將孩子抱在懷中，緊緊閉上了眼。

然而，想像中的重壓並沒有來臨，婦人詫異地睜開眼，只見周昭明不知什麼時候下了擂臺，擋在他們身前，兩隻手奮力扛起了木樁。

因為用力，他額頭上青筋暴起，原本就醜陋的面容變得更加猙獰。

婦人抱著孩子來到他跟前，熱淚盈眶道：「多謝恩公救命！」

眾人驚魂未定，突然聽得一聲鑼響，這才反應過來，比賽結束了。

侍衛們連忙上前接過木樁，周昭明則面色沈重地上了擂臺。

張教頭滿臉是血，唇角掛著一絲得逞的笑。「周壯士，身手不錯啊。可惜腦子不靈光，只要一出界，就算是輸了。」

羅錢也開口道：「第五局，張教頭勝。」

百姓們一陣唏噓，被救的婦人有些不甘。「大人，方才諸位都看見了，是張教頭刻意踢倒木樁，險些害了我們的性命。周壯士挺身而出，才讓我們母子倖免於難，怎麼能判周壯士輸呢？」

羅錢冷冷道：「規矩就是規矩，紅線劃得如此明顯，你們難道看不見嗎？只要出了線，便是輸了。再說了，比武場上拳腳無眼，張教頭只是不慎踢倒木樁，妳再胡言亂語，就別怪本官不客氣！」

婦人一聽，心中更是不服。「這不公平！」

眾人也紛紛附和——

「就是，就算張教頭是無意踢倒木樁，難道周壯士要見死不救嗎？」

「周壯士的武藝明顯在張教頭之上，為何一直不敲鑼？朝廷處事不公，我們不服！」

演武場上亂成一團，百姓們義憤填膺地聲討朝廷。

羅錢見狀，立時有些心虛。「你們這些刁民，莫不是西峽或北僚派來的奸細，故意擾亂武官選拔吧？再吵，本官就讓御林軍把你們抓起來！」

御林軍聞言，亮出兵器。百姓們驚得後退幾步，被救的孩子也被嚇得哇哇大哭了。

第三十章

情勢劍拔弩張，周昭明立在場中，緩緩抬眸，望向高臺上的太子和白榮輝等人。

「是草民犯規在先，大人判草民輸，草民不敢有任何怨言。只是，方才事發突然，在百姓性命與輸贏之間，草民定會先顧及百姓的安危。還請大人看在草民一心報國的分上，再給草民一次比試的機會。」

羅錢猶豫地看向白榮輝，白榮輝虛虛笑了下。

「周壯士的俠義之心值得讚揚，但規則就是規則，若為你一人破例，豈不是對其他輸的人不公平？」

周昭明抿唇。「大人說得是，草民明白了。」說罷，轉身要走。

「且慢。」

悅耳的女聲響起，霎時吸引了所有人的注意。

寧晚晴一身華服，仙姿玉色，讓眾人看得屏住呼吸。

她沿著臺階，優雅地徐徐走到白榮輝旁邊。「敢問白大人，朝廷為何要選拔武官？」

白榮輝疑惑地看她一眼，回答。「太子妃恐怕不熟悉我朝的武官制度。選拔武官，對外需保衛疆土，對內要護佑萬民。」

「說得好。」寧晚晴微微一笑。「既然如此，方才周壯士行了護佑百姓之事，武藝更是不在話下，白大人為何對這樣的人才視而不見？難不成，吏部只會招些陰險虛偽之徒？」

此言一出，張教頭立時冷汗涔涔，連鼻血都不敢擦了。

白榮輝心中不悅，但礙於寧晚晴的身分，只得道：「太子妃有所不知，這規矩是吏部上下同官家一起訂的。」

「規矩是死的，人是活的。」寧晚晴毫不客氣。「若訂下規矩後，便不再修改，那吏部要這麼多人何用？直接沿用上一朝的規矩不就行了？」

白榮輝仍然不死心。「可是官家那裡……」

寧晚晴蹙眉。「白大人不是堂堂吏部尚書嗎，怎麼這點小事都要抬出父皇來？若事無鉅細都要父皇過問，那白大人不如將俸祿退還給父皇好了。」

白榮輝頓時氣結。

百姓們聽到這裡，不由樂了，七嘴八舌地討論起來——

「太子妃說得對，規則就該根據情況來改！」

「吏部的老頭子怎麼這麼古板啊？」

「太子妃真是人美心又善，支持太子妃！」

白榮輝氣得臉色一陣青白，為難地看向趙霄恆。「殿下，您看這……」

趙霄恆依舊是一副老好人的笑臉。「規則重要，民意也重要，孤真有些為難啊。不過，愛妃所說的，確實有些道理。」

白榮輝見趙霄恆鬆了口，不敢再辯，咬牙道：「好，讓周壯士與別的教頭再比一場。」

「不是同其他的教頭比。」寧晚晴直接打斷他。「而是同孫志遠比。」

白榮輝雙目圓睜，憤然反問。「太子妃的意思是，直接判周昭明勝，進入下一場?!」

寧晚晴一笑。「不然呢？」

「眾目睽睽之下，張教頭蓄意踢倒木樁，陷一眾百姓於危難，此事說得好聽點，是武官失德失責，吏部監管不力；說得難聽些，那就是殺人未遂！按照《大靖律典》，輕則抄家流放，重則午門斬首。這樣，白大人還敢判張教頭贏，是嫌吏部的臉丟得不夠多嗎？」

白榮輝氣得吹鬍子瞪眼，卻拿寧晚晴沒辦法，只得答應讓周昭明和孫志遠比試。

孫志遠本就是濫竽充數，自然不想再和周昭明比，羅錢遂壓低了聲音提醒他。

「孫公子，無論如何，您都要使出渾身解數，與周昭明比一場。萬一讓太子殿下看出端倪，將咱們的事捅到上面，怕是你我都是吃不完兜著走了。」

孫志遠面色僵了僵，即便再不情願，也只好硬著頭皮上。

金鑼再次響起，百姓們紛紛為周昭明吶喊助威，但才喊了沒幾聲，便見孫志遠被周昭明打得滿地找牙，不住求饒。

羅錢別無選擇，只得宣布周昭明勝出。

百姓們的歡呼聲如山呼海嘯般傳來，孫志遠灰頭土臉地走了。

寧晚晴勾了勾唇角。「恭喜周壯士。」

周昭明向寧晚晴一揖。「多謝太子妃。」

這場武官選拔在一片歡呼中結束，趙霄恆攜著寧晚晴下了高臺，百姓們叩首行禮，恭送他們離開。

東宮裡，福生和于書並肩坐著，兩人皆目不轉睛地盯著面前的于劍。

于劍繪聲繪色地描述著今日的比試經過。

「……那木樁粗得連尋常女子都抱不住，就這樣直挺挺地倒了下去，現場傳來一片哀嚎聲。就在千鈞一髮之際，周昭明一個箭步下了高臺，毫不猶豫地扛起木樁，小孩和他母親才轉危為安。」

福生瞪著眼看他。「然後呢？」

于劍說得口乾舌燥，指了指旁邊的茶壺。

福生二話不說，立即幫他倒了一杯茶。

于劍欣然接過茶盞，痛飲而下，繼續道：「周昭明就這樣成了百姓們的英雄，但因為他出界了，吏部侍郎羅老頭便說他犯規了，要判他輸。」

福生蹙眉。「那怎麼行？周昭明是為了救人啊！」

于書摸了摸下巴。「於規則而言，周昭明確實是輸了，但那個利用百姓安危贏得比賽的張教頭，才最是可惡。」

于劍忙道：「是啊，百姓們聽說周昭明輸了，自然不高興，當即便與羅老頭爭吵。孰料羅老頭和白老頭囂張如斯，威脅百姓，如果他們再鬧，便將他們抓起來。就在這時，咱們的太子妃出場了！」

于劍說到這裡，下巴都抬了起來，滿臉驕傲之情。

「太子妃怒斥白老頭一頓，說得他的臉一會兒紅、一會兒白，好看極了！還有那張教頭，太子妃說他當眾行凶，需得好好審問一番，太子殿下臨走時，便停了他的職，百姓們都直呼大快人心！」

福生一臉激動，又十分懊惱。「早知如此，今日我就求著殿下帶上我，這可比話本子裡看到的刺激多了。」

于書卻笑了。「你們瞧瞧，我說過什麼？有些事殿下不能做，太子妃可以；有些話殿下不能說，太子妃便替他說。依我看，殿下和太子妃，是天作之合。」

于劍和福生連連點頭。

于劍道：「我忽然明白了學習《大靖律典》的意義。今日太子妃義正詞嚴地訓斥白老頭時，用的就是《大靖律典》裡的內容，說得白老頭啞口無言，真是太威風了！我這就回去看書，我就不信了，抄上一百遍，難道還學不會？」

于劍說罷，風風火火地走了。

福生亦起身。「我忽然想起有個話本子沒看完，我、我先回去了。」也跟著走了。

于書笑著搖搖頭，這兩人當真說風就是雨。不過，自從太子妃來了後，東宮好像比從前熱鬧多了。

吏部尚書府的書房中，燈火幽幽閃爍，讓人心煩意亂。

白榮輝神情凝重地坐在太師椅上，似乎在等待著什麼。

片刻之後，叩門聲響起，管家的聲音傳進來。「老爺，羅大人到了。」

白榮輝眼眸一瞇。「快讓他進來。」

管家引著羅錢進了書房，又安靜地退出去，小心翼翼地關上門。

白榮輝開門見山地問：「孫志遠如何了？」

羅錢滿臉鬱色。「孫志遠被周昭明打得傷勢不輕，下官去的時候，他們連見都不肯見我，還說……」

白榮輝緊盯著他。「說什麼？」

羅錢嘆了口氣。「小廝說，明日他們便要啟程回東海，還會將京城發生的事盡數告訴齊王妃。」

白榮輝頓了頓，氣得一掌拍在桌上。

「豈有此理！要不是二殿下如今虎落平陽，被貶到東海剿匪，老夫怎麼會去求齊王府？

二殿下只是想請齊王出兵襄助他剿匪罷了，齊王的態度卻不清不楚，我們才求上了齊王妃。話說回來，老夫雖答應齊王妃幫忙，但不代表隨便來個草包都能過關！」

羅錢忙道：「孫志遠實在爛泥扶不上牆，偏偏自視甚高，如今輸了，非要說是我們沒有處理好，說我們不該判周昭明入選，與他比試。」

「胡說八道！」白榮輝面色惱怒。「為了保他，老夫白白折了張教頭！他自己不爭氣，還怪得了別人？」

羅錢接話。「白大人說得是。可不管怎麼樣，他都是齊王妃的表弟，若真的添油加醋，亂說一通，只怕有百害而無一利。不如先想法子將他留在京城，待有機會，再安排個缺？」

白榮輝聽罷，收斂自己的怒氣。「眼下只能先這樣了。不過，太子妃恐怕不簡單。」

羅錢道：「太子妃一介女流，喜歡仗著身分發號施令罷了，白大人在擔心什麼？」

白榮輝沈聲道：「你也說了，太子妃是一介女流，她對老夫出言不遜，太子卻沒有制止，這不就是在支持嗎？只怕太子沒有你我想得那麼簡單。二殿下離開京城時，同老夫說過，常平侯府下毒之事，還有千秋節的風波，表面上看起來並無關聯，但大理寺查案時，卻藉由一個宮女將兩件案子串起來，判案之快，實在令人咋舌。

「後來，老夫派人去查大理寺正黃鈞，發現他到大理寺不過半年，便破了不少案子，繼而探知他的出身，才知道他是寧頌的妻弟。黃家素來不張揚，黃鈞又是憑著自己的本事考入大理寺，故而知道這層關係的人並不多。」

羅錢思索。「這麼說來，黃鈞也可能是常平侯府的人？他與太子妃還沾著親呢。」

白榮輝沈聲道：「常平侯府與東宮結盟，早已同氣連枝，若黃鈞是他們的人，如今這一切就解釋得通了——二殿下和麗妃娘娘之所以落得如此下場，便是太子的精心布局。」

羅錢聽了白榮輝的推斷，覺得背後發冷。若太子真的如此精明，那周昭明……

「周昭明會不會是太子的人？」

白榮輝沈吟片刻。「老夫也想過這個。周昭明出場時技驚四座，但無論中途落敗還是最終勝出，太子似乎都沒有特別的反應。而且，若他是太子的人，太子妃還這般為他辯駁，豈不是此地無銀嗎？」

羅錢聞言，心中的大石頭才放下了些。「那就好……」

白榮輝沈默下來。無論如何，他都得想辦法讓二皇子快些回京才是。

月上中天，趙霄恆並沒有如往常一般留在寢殿裡，而是去了書房。

于劍吩咐門口的侍衛。「今夜殿下要讀書，你們不必守著了，交給我便是。」

侍衛們應聲退下。

于劍抱著劍立在門口，于書和福生陪著趙霄恆進入書房。

趙霄恆對于書道：「等會兒你換上孤的衣服，坐在桌前。」

于書認真道：「殿下放心。」

趙霄恆這才點了點頭，帶著福生往書架走去。

書架裝在雕花牆面之前，上面的正經書並沒有多少，反而擺了不少雜談、話本，還有些稀奇古怪的小玩意兒。

福生搬開一疊話本，書架便空出一截。他伸手去撥牆面的一處雕花，而後，半面牆無聲地轉動起來，裂開一尺寬的門洞，恰好能容一人通過。

福生端起油燈，率先入了密室，確認裡面沒有異狀，才對趙霄恆道：「殿下，請。」

兩人一前一後走進密室，經過一段黑暗的甬道。過了甬道，才到了一處石屋。

石屋內別有洞天，燈火也明亮不少，左右兩旁擺著長長的書架，從詩詞歌賦，到策論兵書，應有盡有。中間有一處煮茶小憩的地方，還有一張長方形的古樸案桌，上面放著筆墨紙硯，儼然是一間寬敞的書房。

福生低聲道：「殿下，人已經到了，就在隔壁。」

趙霄恆微微頷首，讓福生留在原地，自己走向書房的門。

房門虛掩著，趙霄恆抬手推開，淡淡的檀香味便飄了出來。

房中擺著一張香案，香案上燈火如豆，微弱的火光照亮立在香案面前的男子。

男子身量高大，穿了尋常的武袍，黝黑的臉頰上，蜿蜒著一條觸目驚心的疤痕。

他目不轉睛地盯著牆上的畫像，雙目猩紅，唇角緊抿，整個人微微顫抖。

趙霄恆沈默片刻，才低聲開口。「周叔，好久不見。」

這聲呼喚，似乎穿透了十一年的時間，直直衝向周昭明的耳畔。

他驀地回頭，看清趙霄恆的那一刻，幾乎熱淚盈眶。

周昭明兩步上前，一撩袍，直挺挺地對著趙霄恆跪下。

「罪人周昭明，叩見小公子。」說罷，以頭觸地，磕出一聲沈重的悶響。

趙霄恆俯身去扶。「周叔這是做什麼？快起來！」又讓周昭明坐在一旁的木椅上。

周昭明努力壓下內心的情緒，凝視趙霄恆，神情頗為欣慰。

「小公子長大了，當真一表人才。若是大公子還在，定會高興不已。」

周昭明口中的「大公子」，便是趙霄恆的元舅、珍妃的兄長——宋楚天。

趙霄恆心頭亦有千般滋味，低聲道：「周叔也變了不少。要不是提早得了消息，今日在擂臺上，我怕是認不出周叔來。」

在周昭明面前，趙霄恆彷彿暫時忘記了自己的太子身分，而是變回當初那個無憂無慮、集萬千寵愛於一身的宋家小公子。

周昭明道：「是啊……當年我隨大公子入伍時，總被他們嘲笑太過白淨斯文，不像行軍打仗的武人，反而像手無縛雞之力的書生。如今這樣也好，忘了從前的自己，才有勇氣繼續向前。」

趙霄恆認識周昭明的時候，他還是個二十出頭的俊秀青年。

每每周昭明隨著宋楚天回京，便會偷偷帶著趙霄恆出去玩耍，每次都惹得街上的姑娘暗送秋波，可他一心只想去郊外跑馬。

如今這張臉，走在日光之下，旁人卻是避之不及了。

第三十一章

周昭明看出趙霄恆的惋惜，不甚在意地笑了笑。

「小公子別難過，我這張臉毀了多年，早就不在意了。」

趙霄恆沈吟片刻，問道：「周叔，當年你到底經歷了什麼？」

周昭明唇角微抿，也沒打算瞞著他，說起十一年前的事。

「玉遼河一戰後，我身受重傷，墜入河裡，被河水沖到了下游。一名獵戶救起我，但我一直昏迷不醒，直到半個月後，才從鬼門關撿回一條命。

「我的傷勢太重，又在水裡泡得太久，兩條腿險些廢了，養了好幾個月，才能勉強下地。山中與世隔絕，消息閉塞，我能走動之後，辭別獵戶下山，去打探玉遼河一戰的消息。」

周昭明說著，神情凝重。「我打聽後，才知道北驍軍折損大半，連大公子也以身殉國，宋家家將、家臣更是無一生還，全部折在玉遼河上。可都這樣了，天下之人還說是因為大公子怠忽職守，才貽誤戰機，導致大靖戰敗。

「我是被老爺撿回來的孤兒，自小便陪著大公子，他的為人，我一清二楚。大公子忠君愛國，一片赤誠，那些人怎能將髒水潑到他的身上？我不服，所以上了京。

「等我到了京城，才發現一切都變了。」周昭明回憶起當初的遭遇，眼神不忍又不甘。「從前那些爭先恐後攀附宋家的小人，急著與我們劃清界線，更甚者，還落井下石。我托了多方關係才打聽到，自大公子戰死之後，宋家上到老爺，下到奴僕的孩子，盡數入獄。珍妃娘娘因為此事珠沈玉碎，而老爺也……」他說到此處，幾乎哽咽。

趙霄恆想起外祖父和母親，眸中也多了一抹痛色，但很快收斂情緒，道：「所以，周叔便等到了仲舅他們出獄？」

周昭明點頭。「不錯。三公子在牢獄中待了數月，出來時瘦骨嶙峋，與從前相比，簡直判若兩人。當時，了解事情全貌的人要麼已經身死，要麼便是緘口不言。我曾勸三公子上奏，請求官家重審此案，我願出面為玉遼河一戰作證，三公子卻拒絕了。」

「仲舅說了什麼？」

周昭明道：「三公子說，官家朝臣也好，平民百姓也罷，他們要的並不是真相，而是一個令所有人都滿意的結果。」

戰無不勝的北驍軍敗北，還折損大半兵力，讓大靖威嚴掃地，朝廷無法收場。一蹶不振的北疆、沸騰高漲的民怨、口誅筆伐的奏摺，都需要一個發泄的靶子。而這個靶子，就是宋家。

周昭明繼續道：「後來我才知道，三公子入獄時，玉遼河一戰早已被查了多次，證人和供詞改了又改，但詭異的是，戰敗的結果都指向了大公子。我便明白了，或許是背後之人太過厲害，三公子知道無法翻案，這才帶著我們回了淮北。

「我因為毀容，又被報了戰死，索性改了名字，換了新身分，跟在三公子身旁。那幾年來，三公子放下他最愛的詩詞與瑤琴，日夜鑽研用兵之道，才有了翻身的機會……」

趙霄恆聽完，久久不語。半晌過後，才抬起頭，看向周昭明。

「周叔，我知道仲舅不肯再次將此事揭開，是有他自己的考量。但對我來說，卻是非做不可。」

周昭明微微蹙起濃眉。「過了這麼多年，且不說能不能找到當年的證人和證據，就算一切齊備，此事也是官家逆鱗，無法輕易觸碰。如今小公子已是儲君，不日便將榮登大寶，若是因為此事惹怒官家，豈不是白費了多年的經營？」

趙霄恆道：「我苦心經營不假，但這一切並非只為了皇位，而是為了探尋真相。天下之人可以不關心真相，我卻不能。我身上流著一半宋家的血液，不能看著他們蒙冤受屈。而我亦是大靖的太子，若連至親的公道都討不回來，日後有何顏面許天下公道？」

周昭明神情嚴肅，擔憂地問：「此案錯綜複雜，不少關聯之人已經身居高位，若是真的查清楚了，也未必能動得了他們。」

「一日動不了，那便用十日；十日動不了，便用百日。」趙霄恆眸色冷肅，聲音越發深沈。「終有一日，我要讓這一切大白於天下。

「周叔，我知道仲舅讓你進京，是為了勸我收手，可我心意已決。」

周昭明默默凝視著趙霄恆。「小公子當真想好了？不後悔？」

趙霄恆不假思索地回答。「絕不後悔。」

周昭明無奈地笑了笑。「好，周叔就助你一臂之力。」

趙霄恆微微一愣。「周叔……」

周昭明低聲道：「其實，回京之前，三公子便與我商量過，如今你已成家立業，該走的路和該做的事，都由你自己選擇。我們身為長輩，該勸的已經勸了，若你堅持要走這條路，我們就支持你。」

趙霄恆有些意外。「仲舅當真這樣說？」

周昭明點頭。「以前三公子不跟你提當年之事，是怕拖累了你，但他才是最放不下的人。今日我參加完吏部選拔，他的消息就送到了，著急地問我是否順利。所以，就算你不查吏部，他也會動手的。」

提起吏部，趙霄恆道：「吏部尚書白榮輝曾經在工部任職，玉遼河一戰中，他被借調去負責戰船的部署。曾有證人說過，大戰當日，戰船似乎出了些小問題，可經查證之後，又否認了這個說詞。但我總覺得事有蹊蹺，遂派人潛入工部打探，可惜當年造船的圖紙和案牘都不見了，所以才想著從白榮輝身上入手。」

「小問題？」周昭明沈下臉色。「笑話！」

趙霄恆面色一變。「周叔，這到底是怎麼回事？」

關於玉遼河一戰的細節，趙霄恆曾多次詢問宋楚河，但宋楚河總不肯說，故而他的線索都是七拼八湊而來，並不完整。

周昭明深吸了口氣，道：「當年，北僚挑釁大靖，聲稱要南下直搗京城，大公子便帶我們屯兵於玉遼河南岸，嚴陣以待。」

周昭明記得，玉遼河非常寬闊，甚至望不到對岸。兩軍對壘，北僚在北，大靖在南，就這樣僵持了許多天。

「後來，前方斥候來報，說是北僚已經整裝待發，要乘船南下偷襲我們。玉遼河南岸一馬平川，若是真讓他們渡河，整個北疆可能都會失守。最好的辦法，就是在敵人上岸之前，將他們全部殲滅。

「當時，大公子已經與我們商議戰術多日，早早傳令工部，讓他們檢查戰船。工部給的答覆是一切如常，我們也對這一戰信心滿滿。

「然而，到了開戰那日，河面水霧繚繞，看不清前後。」燈火微微一閃，將周昭明面上的溝壑照得更深。「於是，我們派了第一艘船去試探，卻遲遲不見戰船返航。大公子擔心戰船被狙，便派斥候再去打探。」

周昭明說到這裡，表情變得十分沈重。

趙霄恆忍不住問：「那斥候回來了嗎？」

周昭明的薄唇幾乎抿成一條直線，片刻之後，才緩緩出聲。

「回來了。他眼睜睜地看著戰船，在玉遼河中心一點一點沈了下去……那些身先士卒的將士們，沒有死在敵人的刀劍之下，卻死在了滾滾沈沈的河水裡。」

密室彷彿一處與世隔絕的天地，讓周昭明沈浸在當年的回憶中，無法自拔。

趙霄恆聽到這裡，面上彷彿籠罩了一層冰霜，卻依舊一言不發地聽著。

「大公子得知戰船有異，勃然大怒，立即派人重新檢查戰船。那戰船是工部主造的，自然就找工部負責此事的人——白榮輝。

「前方刺探敵情的斥候，不斷傳來北僚即將南攻的消息，大公子催得更急。工部的人也不含糊，不到半個時辰，便查完所有戰船，回稟萬無一失。

「軍情緊急，大公子無暇追究第一艘船沈之事，下令綁了那艘船的船工，等回來再行審問。又安排其餘船工隨軍，萬一出了什麼紕漏，也好隨時補救。

「出兵的號角響起，我身為副將，也上了自己那艘戰船。河水濤濤，但一路還算平穩，我們渡到河中央時，便與敵軍正面交手。戰船炮火激烈，火藥用完，將士們便打算衝鋒陷陣，近身與敵人搏殺。」

周昭明的聲音斷斷續續，聲音因為激動而有些沙啞。

「就在這時，誰也沒想到，船居然慢慢傾斜了。我以為是敵人的炮火打中船艙，派了船工去看，才知道居然是船底滲水。」

此言一出，趙霄恆渾身如墮冰窖。

船底滲水，若不是因為撞上礁石，就是造船時出了問題。

周昭明面色悵然，喃喃道：「當時，我立即隨船工去看，還帶了十幾個人補船、抽水，卻徒勞無功。船沈已成定局，不過是早一刻、晚一刻的差別罷了。」

他說罷，兩人都沈默了。

趙霄恆低聲問：「那艘船的船骸，後來搜到了嗎？有沒有找到船沈的原因？」

周昭明搖頭。

「當時，我想著，與其就這樣沈船，不如與北僚狗賊同歸於盡！所以我下令，在沈船之前調轉方向，狠狠地朝最近的北僚戰艦撞過去。」

趙霄恆面色微怔，凝視周昭明疤痕顯著的面龐，望進了他漆黑的眼眸。

那裡彷彿有一片風浪無邊的河面，俊朗的青年副將神色執拗，狠狠揮刀下令，隨後巨大戰船便不顧一切地撞上敵艦，發出響徹天際的悲壯聲。

趙霄恆心頭起伏不定，好一會兒才平靜下來。「後來呢？」

周昭明道：「我們的船壞得厲害，下沈得越來越快。北僚的戰艦也沒有好到哪裡去，一時間，雙方都有不少士兵落水。

「北驍軍擅長陸戰，卻很少水戰。那些日子屯兵水上，總有些士兵不適，頭暈嘔吐，加之鏖戰大半日，已經沒了多少體力，落進冰冷的河水之中，更是雪上加霜。很多人沒堅持多久，便沈了下去。

「我運氣好些，抱住一塊浮木，被河水沖到下游……後面的事，你都知道了。我去查過名錄，當時船上一共四百一十二人，只有我一人生還。」

趙霄恆心頭沈重。「周叔，你可知道，我元舅後來如何了？」

周昭明無聲搖頭。「那日河上的霧太重，稍微離遠些，便看不清了。自出兵之後，我就再也沒有見過大公子。」

密室祠堂裡的檀香，已經燃盡。

趙霄恆立在香案前，好像有一塊巨大的石頭，壓得他喘不過氣來。

他不由抬起頭，凝視牆上的畫像。

這裡一共掛著三幅畫像，最左邊的一幅是他的元舅宋楚天，中間則是他的外祖父宋摯；右邊那一幅，是他的母親宋楚珍。

周昭明已經走了，可他的話還陣陣迴盪在耳邊——

「我平生最後悔的事有兩件，第一便是玉遼河一戰中，沒有守在大公子身旁；第二件，是沒能早些回京，見老爺最後一面。

「老爺育我長大成人，大公子待我如手足兄弟；宋家於我，恩重如山。只要能讓宋家昭雪，我赴湯蹈火，在所不惜！」

趙霄恆注視著畫像上的宋楚天，忽然想起了多年前，北驍軍入城的情景——

那時候的趙霄恆才六、七歲，因自小聰明伶俐，便被靖軒帝放在手心上寵著。登上城樓檢閱軍隊入城時，也會帶著他。

趙霄恆原本乖乖地立在一旁，但聽到禮樂聲響，便忍不住奔向了扶欄邊——

京城中萬人空巷，長街上擠得水泄不通，人頭攢動，百姓們面上洋溢著期待的笑容，就為了一睹北驍軍的風采。

宋楚天驅馬入城，一身銀甲在日光照耀下，閃著凜冽威嚴的光芒，連胯下駿馬也是雄姿勃勃。

將士們昂首挺胸，軍容肅整，步伐劃一地入了城。這如雷般的腳步聲，帶著一股疆場歸來的血性與豪邁，百姓們的歡騰之聲不絕於耳，夾雜著明快的禮樂，直衝雲霄。

年幼的趙霄恆激動出聲。「快看呀，那是我舅父！」

稚嫩的聲音引得他人紛紛側目。

那時的靖軒帝獨寵珍妃，又對宋家格外優待，便默許他們母子可以自由出入宮廷，時常與家人團聚。

元舅宋楚天與仲舅宋楚河很不同，每次趙霄恆見到宋楚天，他都是一身鎧甲，披風獵獵，英武的眉毛微微上揚，眼角掛著豪邁的笑意。

他伸出粗礪的大手，笑道：「恆兒，快讓舅父抱一抱，看看重了沒有？」也不等趙霄恆回答，便一手抄起他，扛在肩上。「好小子，還真重了不少！哈哈哈……」

小小的趙霄恆雙腳亂蹬。「舅父，快放我下來！」

趙霄恆崇拜宋楚天，但很不喜歡被他扛著，因為他身上的鎧甲太硌人，又滿臉的絡腮鬍子，蹭得人臉疼。

這時，一身文衫的宋楚河便搖著摺扇，悠悠笑道：「臭小子再忍忍，快些長大，你元舅就扛不動你了。」

於是，「快些長大」便成了趙霄恆最大的願望。

皇宮中，即便靖軒帝待他比其他皇子親厚，但終究君臣有別，他心裡敬愛父親，也不敢過分親近。更謹記母親的囑咐，在其他皇子面前，不可過分出頭。

在宋家卻不一樣，他可以和同年紀的孩子一樣爬樹玩水，打石捕蟬。府裡上至外祖父宋摯，下至侍女小廝，要麼對他直呼其名，要麼稱他一聲小公子。他不再是那個被寄予厚望的三皇子，不需要事事完美、出類拔萃，可以肆意嬉戲。

唯有在宋家，他才能真正做自己。

回憶如潮水般湧來，化成一隻無形的手，緊緊攥住趙霄恆的心臟。

他伸出手撐在香案上，竟有些喘不過氣來。

福生擔憂地開口。「殿下，都過去了……如今周副將潛入吏部，以他之能，相信不日便可查到白榮輝的罪證，定能將他繩之以法。」

趙霄恆面色蒼白如紙，許久之後，才緩緩站直身子，淡淡說了句。「把香續上。」便離開了密室。

他追查此案多年，消息不少，卻難辨真假。直到今晚見到周昭明，當年的真相才一點點浮出水面。

然而，這還不是全貌。

打造戰船耗費甚鉅，並非一人可以主導，就算白榮輝參與其中，也不能證明白榮輝就是主謀。他看過大理寺的證詞，最早的文書裡，有人提到船隻有異，但最後的證詞中，卻被抹掉了。

可見，有人刻意隱瞞船沈之事，將戰敗的責任全推到宋家身上。

想證明戰船有問題，最好的法子便是找到當年的船工，但大多船工隨軍出征，恐怕早已在玉遼河一戰中殞命。

被扣下的那幾名船工，倒是一個突破口。

但時隔多年，要到哪裡去尋他們呢？

第三十二章

趙霄恆心思沈沈，腳步虛浮，不知道自己是如何回到寢殿的。

此時已近子夜，但寢殿的燈還亮著。

趙霄恆走到門口，壓下心裡的情緒，才抬手推門。

冬夜嚴寒，北風呼呼，但室內的炭火卻燒得旺盛，溫暖如春。

寧晚晴斜倚在床榻上，長髮凌亂地披散在耳後，手邊放著一卷書。本來已經迷迷糊糊睡著了，可聽到門響，又醒了過來。

趙霄恆見她睜眼，收斂神色，低聲道：「吵醒妳了？」

這幾日，兩人同榻不同衾，已經習慣各睡各的，互不干擾。

寧晚晴搖頭，抬手揉了揉眼。「殿下怎麼了？」

趙霄恆怔住。「嗯？」

寧晚晴坐起身來。「殿下的臉色怎麼這麼難看，是不是著涼了？」說罷，將一直抱著的手爐遞去。

趙霄恆本想說不用，可見她秀髮微亂、眼神真摯的樣子，便自然而然地接過。

手指觸到手爐，暖意從指尖一點點傳遞到四肢百骸，趙霄恆這才發覺自己方才有多冷。

他安靜地在榻邊坐下，默默感受著手心的溫暖。
須臾之後，他回眸看，發現寧晚晴身著寢衣，就這麼靜靜地坐著，一言不發地凝視他。
趙霄恆被她盯得有些不自在。「怎麼這麼晚還不睡？」
寧晚晴回道：「妾身有話想問殿下，故而一直等著。」
趙霄恆詫異，神情透出詢問之色。
寧晚晴秀眉微揚。「今日比武勝出的周昭明，是殿下的人吧？」
房中安靜了一瞬，唯有炭火燒得嗶剝作響。
趙霄恆背對寧晚晴而坐，她轉過來的側臉被光暈勾勒出好看的弧線。
他失神一下，沈聲開口。「什麼時候看出來的？」
「今日在演武場上，殿下明知孫志遠作弊，卻沒有阻止他入選，妾身便猜測，殿下必定留有後手。那位周壯士，應該就是殿下提前準備好的人。」
寧晚晴說罷，繼續推敲。「妾身猜測，殿下早知吏部會落在您手中，但您收斂鋒芒，不便直接出面管事，所以才要安插一個自己人進去，是不是？」
趙霄恆頓了頓，道：「妳說得不錯，吏部有孤要的東西。」
寧晚晴道：「既然殿下早有準備，為何不提前知會妾身一聲？」
「知會？」趙霄恆目光微抬，對上寧晚晴的眼睛。
寧晚晴點頭。「是。」

「妾身見殿下拆信也好，議事也罷，都不曾避開妾身，遂私心以為，殿下是信任妾身的。」寧晚晴眼神清亮，澄澈從容。「既然殿下信任妾身，為何有所部署，卻不提前告訴妾身呢？」

趙霄恆道：「即便沒有告訴妳，妳不是也看出來了嗎？」

「這不過是巧合而已。」寧晚晴凝視著他的眼睛。「如今我們是同一條船上的人，要同舟共濟，就不該讓彼此猜來猜去；妾身更清楚內情，才能好好支持殿下。當然，若殿下不喜歡妾身插手您的事，可以直截了當地告訴妾身，妾身絕不多問一個字。」

寧晚晴做事素來雷厲風行，不喜拖泥帶水。與其和趙霄恆相互試探，不如坦誠交底。

趙霄恆盯著寧晚晴一會兒，聲音忽然低了幾分。「孤想做的事……妳當真願意支持？」

寧晚晴認真回答。「妾身若不願意支持殿下，又怎會嫁入東宮呢？如今我們目標一致，殿下的事，便是妾身的事。」

趙霄恆眸色漸深。「如果這件事與登上皇位背道而馳，妳還會支持孤嗎？」

此言一出，寧晚晴微微一愣。

她正想開口問這話是什麼意思，卻見趙霄恆收回目光，驀地起身，吹滅了旁邊的燈火。

「罷了。」趙霄恆淡漠疏離的聲音傳來。「時辰不早，睡吧。」

房中陷入一片黑暗，寧晚晴心頭微動，卻沒有再說什麼。

兩人各懷心事，無聲閉了眼。

這一夜，趙霄恆作了不少夢，翌日很難得沒有早起。

直到福生來叩門，他才緩緩睜開眼，轉過頭，發現身側空空蕩蕩。

趙霄恆怔了一下，開口問道：「太子妃呢？」

福生面上掛著笑，麻利地取來趙霄恆上朝的禮服。「太子妃去坤寧殿請安了。」

趙霄恆嗯了聲。「怎麼不早些叫醒孤？」

福生回答。「太子妃說，昨夜殿下沒歇好，讓小人別太早叫您。這不，小人看準了時辰，才敢來呀。」

趙霄恆沈吟片刻，道：「更衣吧。」

與此同時，寧晚晴早早到了坤寧殿。

殿中的人還不多，寧晚晴見嫻妃與趙蓁立在廊下，遂信步走了過去。

趙蓁待在嫻妃身旁，昏昏欲睡，但一見到寧晚晴，立時來了精神。

「皇嫂！」

寧晚晴笑著與嫻妃見禮，瞧了趙蓁一眼，笑道：「還沒有睡醒？」

趙蓁順勢打了個哈欠。「從前麗妃在時，皇后娘娘三天兩頭說身子不適，免了咱們的問安，我猜想，她就是不願意見到麗妃。如今麗妃不在了，倒是日日都要按規矩請安了，害得我呀，一個懶覺都睡不成……」

嫻妃忙道：「妳這孩子，胡說什麼呢？我們身為後宮之人，向皇后娘娘請安是應該的。妳再敢說如此大逆不道的話，本宮就罰妳抄書！」

一聽到「抄書」二字，趙蓁連忙掩住唇，含糊不清道：「不說了，不說了，我錯了還不行嗎？」

寧晚晴忍俊不禁。

然而，長廊的花窗之後，有個身影將她們的對話聽得一清二楚。

薛顏芝隔著鏤空花窗，冷眼看著寧晚晴和趙蓁等人。片刻後，轉身去了薛皇后的寢殿。

薛顏芝邁入寢殿，見趙矜坐在裡面，遂瞄了屏風後面一眼，見人影晃動，便知薛皇后還在梳妝。

她沒有進去，而是坐在外間，與趙矜攀談起來。

「五公主今日的衣裙可真美，這是新出的料子吧？」

趙矜一笑。「薛姊姊好眼力，這是今年新出的流光軟緞，沒幾疋呢。等改日內侍省進了新的，我便差人送一疋給薛姊姊。」

薛顏芝笑著道謝。「還是五公主待臣女好。」

「此話怎講？」趙矜有些疑惑。「對了，妳不是去了正殿，怎麼又回來了？」

薛顏芝頓了頓，悠悠道：「算了，不提也罷。」

趙矜敏銳地捕捉到她的異狀。「怎麼，是誰惹薛姊姊不高興了？」

薛顏芝道：「若是招惹我，那也算不得什麼大事。但有人在背後嚼姑母的舌根，我就忍不了了。」

趙矜一聽，蹙起眉。「是誰這麼大膽，居然敢非議母后？」

薛顏芝嘆了口氣。「方才我經過長廊，見嫻妃、七公主和太子妃站在一起閒聊，便想上前問安。孰料七公主滿口抱怨，說是日日來坤寧殿請安，擾了她的好眠。」

趙矜問道：「那嫻妃怎麼說？」

薛顏芝冷笑一聲。「嫻妃娘娘還能怎麼樣？不過就是裝模作樣地斥責兩句便罷。」

趙矜面露不悅。「所謂上梁不正下梁歪，定是嫻妃言傳身教不佳，才會讓趙蓁如此不懂禮數。」

薛顏芝又道：「五公主說得是。依我看，她們不敬姑母，又與太子妃走得近，就是想結黨營私。妳想想，如今嫻妃協理六宮，太子妃又是未來的後宮之主，她們若是聯手，日後哪裡還有我們站的地方？」

趙矜性子衝動，聽到這裡，又想起上次當眾被寧晚晴打了臉的事，氣得將茶盞重重放在桌上。

「豈有此理，定要給她們一點顏色瞧瞧！」

「矜兒，不得胡言。」

薛皇后清冷威嚴的聲音響起，兩人立即住了口。

趙矜和薛顏芝站起來，薛皇后淡淡瞥薛顏芝一眼。「剛才妳說的，都是真的？」

薛顏芝忙道：「是。顏芝不敢欺瞞姑母，嫻妃看著和善，但有了東宮的支持，大有要與姑母分庭抗禮之勢。」

薛皇后打量她片刻，悠悠道：「時辰不早了，去正殿吧。」

正殿中，妃嬪們陸續到了。

薛皇后在眾人的注視之下，緩步走上臺階，優雅落坐。

妃嬪和公主們依照規矩，齊聲問安。

薛皇后的聲音居高臨下地傳來。「諸位免禮。」

眾人這才起身，按照位分逐一落坐。

薛皇后坐於高榻上，兩手交疊著放在身前。高榻下有兩張椅子，嫻妃坐在薛皇后左側，右側的位置則空了出來。

薛皇后面上掛著若有似無的笑意，問道：「惠妃身子還沒有好嗎？」

惠妃是四皇子趙霄凌之母，自從趙霄凌奉命出京點兵，惠妃就病了，連太子大婚時都沒有出現。

嫻妃答道：「回皇后娘娘，昨日妾身去看過惠妃姊姊，她的氣色好了不少，但估計還要休養一段時日，才能出門。」

薛皇后微微一笑。「惠妃病了許久，本宮事忙，未得空探望。滿宮裡，也就妳能為本宮分憂了。」

嫻妃面色平靜。「為娘娘分憂，是妾身應該做的。」

薛皇后輕輕點頭。「對了，眼下即將開春，按官家的意思，今年的親耕節和親蠶節都得好好操辦，但本宮近日總覺得體虛勞累，恐怕不能看顧全場，不知哪位妹妹願意襄助本宮，一同主持儀式？」

親耕節與親蠶節，是春季最重要的祭典。皇帝要親自扶犁耕地，皇后則需採桑養蠶，以表示勸課農桑，以農業為立國之本。

所以，親蠶節歷來都是皇后親自操持，聽到薛皇后需要人幫忙，妃嬪們面面相覷，卻無一人敢答話。

雲嬪猶豫再三，站了出來，滿臉堆笑地開口。

「皇后娘娘，妾身未入宮之前，家中也設有蠶房，對養蠶略知一二。若娘娘不嫌棄，妾身願意助娘娘一臂之力。」

此言一出，眾人神色各異。

寧晚晴思量一下，壓低聲音問：「我記得，雲嬪曾經與麗妃交好？」

趙蓁小聲道：「可不是嘛！雲嬪就是棵牆頭草，見麗妃倒了，便想來巴結皇后。」

寧晚晴心想，那恐怕是沒什麼好結果了。

果不其然，薛皇后面無表情地瞥雲嬪一眼。「哦，雲嬪願意協助本宮主持親蠶節？」

雲嬪笑道：「只要皇后娘娘吩咐，妾身定然竭盡全力。」

薛皇后輕笑了聲。「雲嬪倒是熱心。可惜啊，妳的位分太低，若由妳來主持親蠶節儀式，只怕蠶神嫘祖會覺得我們有心怠慢，萬一得罪了蠶神，我們可擔待不起。妳說呢？」

雲嬪聽了，一張臉漲得通紅，尷尬地抿了抿唇角。「多謝皇后提醒，是妾身僭越了。」

其餘的妃嬪見狀，更不敢多言了。

薛皇后目光梭巡一圈，最終落到嫻妃身上。

「依本宮看，也就嫻妃辦事最穩妥，不如就由嫻妃來幫本宮吧？」

嫻妃面色微頓，站起身。「多謝皇后娘娘信任，但妾身出身寒微，入宮多年，僅育有一女，實在算不得有福之人，不配侍奉蠶神嫘祖。還請皇后娘娘收回成命，另擇賢能。」

薛皇后凝視著嫻妃。「後宮中，除卻本宮之外，便是妳的位分最高。若連妳都是無福之人，那將其他人置於何地？」

嫻妃頓了頓，不慌不忙道：「皇后娘娘說得是，是妾身失言了。」

薛皇后扯起嘴角。「罷了，妳也是無心之失。親蠶節一事，妳就不要推辭了。」

嫻妃張口欲辯，薛皇后卻擺了擺手。「好了，今日就到這兒，都退下吧。」

眾人三三兩兩離開了大殿。

嫻妃走在最後，面色有些難看。

趙蓁難得見到溫和的母親滿面愁容，低聲問道：「母妃，您沒事吧？」

嫻妃搖搖頭。「我沒事。」

寧晚晴忍不住問：「方才見嫻妃娘娘極力推辭親蠶節之事，其中可是有什麼我們不懂的關竅？」

嫻妃神情複雜地看寧晚晴。「不知太子妃可有閒暇，到本宮雅然齋一聚？」

寧晚晴含笑點頭。「那就恭敬不如從命了。」

雅然齋內，宮女奉上茶水後，嫻妃便讓她們退了出去。

室內茶香悠悠，嫻妃卻愁眉不展。

「太子妃有所不知，親蠶節乃是每年最重要的祭典之一。以前，即便皇后身子再不濟，也會牢牢把握親蠶節，因為這是受命婦朝拜、百姓稱頌的好機會。按理說，今年沒有麗妃與她爭搶，她應該照常主持親蠶節才是，卻突然將本宮拉進去，實在讓人有些不安。」

寧晚晴沈吟片刻，道：「事出反常必有妖。嫻妃娘娘與世無爭，之前和皇后也是相安無事，但今日看皇后的態度，卻有幾分敵意。」

嫻妃道：「若本宮猜得沒錯，此事與協理六宮之權有關。皇后與麗妃明爭暗鬥多年，視她為眼中釘、肉中刺。好不容易扳倒麗妃，拿回六宮之權，偏偏官家又將本宮牽扯進來。」

嫻妃說著，不由嘆了口氣。

寧晚晴頓時明白了，嫻妃性子溫和，雖然位分不低，卻從來不爭不搶。她所做的一切，不過是為了保護女兒和自己罷了。但靖軒帝不願看著薛皇后獨大，便抬舉嫻妃，利用她來牽制薛皇后。

趙蓁也有些著急。「母妃，不如您也稱病告假吧？惠妃娘娘不就是一直如此嗎？」

「傻孩子。」嫻妃苦笑。「皇后已經盯上了咱們，就算本宮稱病，她也會有別的法子對付我們。」

寧晚晴微微頷首。「嫻妃娘娘說得沒錯。為今之計，只能兵來將擋，水來土掩了。」

第三十三章

半個時辰後，寧晚晴回了東宮。

她心中還是放不下嫻妃之事，便問道：「元姑姑，這親蠶節可有什麼講究？」

元姑姑是宮中的老人，又曾經是珍妃的左膀右臂，對宮中之事最是清楚。

元姑姑沈聲回答。「所謂親蠶節，其實是蠶神祭禮。傳說軒轅始祖之元妃，名為嫘祖，是她發現了以桑養蠶，又研製出用蠶絲編織絹布的法子，助軒轅始祖統一天下，故後人尊其為蠶神。後世為紀念嫘祖，皇室便訂了親蠶節。所以，親蠶節事關國祚，是與親耕節並重的祭典，需以帝后為表率，宣揚男耕女織的陰陽奮進之道。」

思雲和慕雨站在一旁，也聽得十分認真。

慕雨忍不住問：「元姑姑，那親蠶節是如何操持的呢？」

元姑姑回答。「說起來倒也簡單，皇后先祭拜蠶神嫘祖，再帶領後宮妃嬪及命婦們採桑餵蠶即可。但其中禮節繁複，環節眾多，很容易出差錯。」

寧晚晴若有所思地點點頭。「元姑姑，東宮可有操持親蠶節相關的文書或者典籍？」對於不太熟悉的領域，她總是抱著十分謙虛的學習態度。

元姑姑沈默片刻。「東宮沒有，但鐘禧宮有。」

「鐘禧宮？」寧晚晴還是第一次聽說這座宮殿。

「那是珍妃娘娘以前的住處。官家登基之初，尚未立后，那時的親蠶節便是由珍妃娘娘主持的。」

元姑姑說著，平靜無波的臉上，浮現出一絲悵然。

今日下朝後，趙霄恆去了吏部一趟。

吏部尚書白榮輝率眾迎接趙霄恆，趙霄恆與眾人寒暄幾句，便進入吏部的議事廳。廳中明明燃著炭火，趙霄恆卻忍不住縮了縮身子，對于書道：「去拿孤的狐裘來。」于書連忙應下，退了出去。

趙霄恆在上位坐下，含笑對白榮輝和羅錢道：「兩位大人不必拘束，也坐吧。」

白榮輝和羅錢推辭一番，坐了下來。

「白大人，聽聞近日吏部已經開始考察各地武官，情況如何？」趙霄恆一面飲著茶、一面漫不經心地問道。

白榮輝回答。「按照太子殿下的吩咐，約有六成完成考察，有一半的人通過。餘下的四成武官，要麼是地處偏遠，要麼在外執行任務，恐怕還要一段時日才能完成。」

趙霄恆滿意地點點頭。「白大人辛苦了。選拔新任武官之事，現在進行得可還順利？」

白榮輝道：「回殿下的話，自京城開始第一場武官擂臺選拔後，各地便紛紛仿效。如今已經選拔出十餘位高手，不日便將送到吏部，先授課栽培，再行文試。」

趙霄恆又忙不迭地點頭。「甚好甚好。白大人有所不知，武官選拔的安排，乃是父皇那日突然問起，孤不得已，隨口答了幾句，沒想到竟然被父皇採納。打擂臺雖然能選拔出武藝高強之士，但若文采、策略一概不通，只怕父皇會不高興。授課與文試的事，就有勞白大人多費心了。」

白榮輝接話。「殿下放心，微臣自當盡力。」

趙霄恆笑著應了聲，目光掃過廳內。「這議事廳可真是冷清啊。」

白榮輝和羅錢對視一眼，兩人均是疑惑。「殿下的意思是？」

「孤知道吏部事忙，可大人們也要適度休息啊。」趙霄恆說罷，抬手指了指議事廳的東南角。「這樣吧，孤來幫你們布置一番。福生——」

福生會意，走到門口，對外面的人揚聲道：「抬進來吧！」

片刻後，十幾個太監和宮女魚貫而入，有的抬著桌子，有的搬著花盆，還有的端著棋盤跟鳥籠。

白榮輝不解，連忙問道：「殿下這是？」

趙霄恆微微一笑。「白大人別急，等布置好了再說。」

白榮輝只得把話吞下去，與羅錢交換眼神，更是不解，只能眼睜睜地看著他們布置。

宮人們先是在東南角擺上一張方桌，放置玉質棋盤，而後又在旁邊立好香爐，點了香，香氣便漸漸瀰漫開來。

接著，太監找來梯子，小心翼翼地爬上去，將一輪金鉤掛在橫梁上。金鍊垂下，穩穩地勾住了鳥籠。

宮女順勢將一隻鸚鵡送過來，關進籠子裡。

這還不夠，太監又端來點心瓜果，放到一旁的長桌上，最後還拿出骰盅，整整齊齊地擺了上去。

鸚鵡一見到骰盅，便激動得大叫。「買定離手！大！大！大！」

這尖銳滑稽的聲音，讓白榮輝和羅錢聽得頭皮發麻。

白榮輝忍不住道：「殿下，議事廳乃是吏部的議事之處，怎能如此布置？」

趙霄恆一聽，頓時不高興了。

「白大人，孤這麼做，還不是為了吏部著想？之前父皇說吏部行事古板，孤思量一番，許是各位大人政務太過繁忙，不懂放鬆心情所致。瞧瞧，自孤今日踏入吏部後，你們一個個愁眉苦臉，這般心境，如何能敞開胸懷處理政務，又如何能做出令父皇驚喜的政績呢？」

趙霄恆說罷，將白榮輝拉到棋盤面前。「白大人，這白玉棋子可是西域貢品，觸手生溫，兩兩對弈，不但能紓解心情，還有助於訓練年輕官員的思辨。」

白榮輝依舊蹙著眉頭。「可這畢竟是上值的時辰……」

「那又如何？」趙霄恆毫不在意。「白大人和羅大人日夜為朝廷殫精竭慮，連孤都不介意，你又何必拘泥？」

白榮輝語塞，遞了個眼色給羅錢，羅錢忙堆起一臉的笑。

「下棋著實是個放鬆的好法子，但這骰盅就不太合適了吧？」

趙霄恆搖搖頭。「羅大人有所不知，這骰盅並非是為了賭博，而是為了卜卦。」

羅錢嘴角微微一抽。「卜、卜卦？」

趙霄恆笑道：「不錯，想必諸位大人在這裡議事時，定然會遇到爭論不休的情況。這種時候，與其爭得面紅耳赤，傷了和氣，不如用骰子來決定，三局兩勝，數大為贏。」

白榮輝的面色難看至極。「殿下，國家大事豈能兒戲？如此定奪，實在太過荒謬了！」

趙霄恆一聽，臉色垮了下來，冷冷道：「白大人這話是什麼意思？孤說了這麼多，難道你覺得毫不可取？」

「這……」白榮輝額上泛出一層薄汗。「微臣不敢。如果此事傳到官家耳朵裡……」

「你不說，孤不說，還有誰知道？」趙霄恆不悅地看著白榮輝，幽幽地問：「白大人動不動就拿父皇來壓孤，是否對孤接管吏部之事不滿？」

白榮輝面色微僵，連忙解釋。「殿下乃是儲君之尊，為官家處理國事，接管吏部，都是理所應當，微臣不敢有半點微詞。」

「既然如此，孤不過是布置了議事廳，尚未管過吏部政務，白大人為何如此抗拒？難不成白大人是覺得孤不如二皇兄，見二皇兄走了，便要處處為難孤？」

白榮輝冷汗涔涔。「殿下實在是誤會微臣了，微臣怎敢為難殿下？吏部以殿下馬首是瞻，殿下想怎麼布置，就怎麼布置，微臣絕無二話。」

趙霄恆面色依然慍怒。

福生打圓場。「殿下身子不好，切莫氣壞了身子。這西域上貢的棋盤，殿下還未用過呢，不如坐下來試試？」

他說罷，拉著白榮輝耳語道：「白大人，您可知道殿下為何會接管吏部？那是因為大殿下辦完鹽稅歸來，便對官家稱各地武官老邁不堪，想對吏部大刀闊斧地改革，是太子殿下為吏部說話，才將您和諸位大人保了下來。」

白榮輝眼珠微動，這消息他也聽過，如今從福生的嘴裡說出來，又讓他信了幾分。

福生繼續道：「今日殿下過來，也是一片好心，但大人的所作所為，往小了說，是冥頑不靈；往大了說，就是對太子殿下不敬啊。您也知道，我們殿下身子不濟，若是哪天甩手不管了，吏部落到大皇子手上，還有您和諸位大人們的好果子吃？」

白榮輝還未說話，羅錢便見風使舵地開了口。「多謝福生公公提點！」又壓低了聲音去勸白榮輝。

「白大人，無論如何，太子都是儲君，咱們萬萬不能得罪。依下官看，他搬來這麼多東西，不僅僅是為了吏部，而是為了自己。太子不是素來養尊處優，喜歡吃喝玩樂嗎？說不定，他沒咱們之前想的那麼深。既然來了，咱們把他當成菩薩供著就是，何必那麼較真呢？」

白榮輝忍不住嘆了口氣。原本他背靠大樹好乘涼，可二皇子被貶出京城，他一面要想法子保住二皇子在京城的根基、一面又要與六部中的其他幾部周旋，實在是精疲力盡。若是再得罪太子，只怕他的官場之路就到頭了。

白榮輝心思微轉，重新掛上笑意，走到趙霄恆面前，深深一揖。

「方才是老臣糊塗了，還請殿下恕罪。若殿下不嫌棄，老臣願陪殿下對弈一局。」

趙霄恆臉上有了笑容。「白大人此話當真？」

白榮輝笑得連皺紋都舒展了。「殿下體恤吏部，是我等的福氣。」

趙霄恆笑了兩聲。「那好，就讓孤來領教領教白大人的棋藝！」

白榮輝只得強顏歡笑地坐下，開始與趙霄恆對弈。

趙霄恆拿起一顆棋子，對白榮輝道：「白大人，請！」

白榮輝努力壓下心頭的鬱悶，拿起另一顆棋子，擺在棋盤中央。

兩人各下了十幾子之後，趙霄恆開始舉棋不定。

「羅大人，你看，孤下在這兒怎麼樣？」

羅錢聽了這話，探頭一瞧，忙道：「殿下，若是下在此處，只怕是自尋死路啊。」

趙霄恆長眉一皺。「不會吧？孤倒是覺得，也許會絕處逢生呢？」

他說罷，自顧自地放下棋子，但還不等白榮輝開口，又將棋撿了回來。

「不行不行，羅大人說得對，這裡甚是危險。」

白榮輝只好將到嘴的話生生嚥了回去。

於是，就這樣一來一往一悔棋，一局對弈，居然下了一個多時辰。

到了後半局，白榮輝忍不住餵子給趙霄恆，但趙霄恆似乎無知無覺，還以為是自己大殺四方，笑容滿面地提醒白榮輝小心些。

白榮輝的耐心幾乎被磨光了，但礙於趙霄恆的身分，不敢表露出任何不滿，只能硬著頭皮繼續陪他下棋。

一旁的羅錢也沒閒著，一會兒要幫趙霄恆出謀劃策、一會兒又要大力奉承，也忙得不可開交。

直到于書抱著狐裘進來，趙霄恆才放下棋子，有些不高興地看向于書。

「怎麼去了這麼久？」

于書欠身道：「方才小人去拿狐裘時，不慎弄髒一角，設法弄乾淨了才敢拿來，耽擱得久了些，還望殿下恕罪。」

趙霄恆面無表情地嗯了聲，讓福生幫他披上狐裘。

他的目光回到棋盤上，只看了一眼，便拿起一顆棋子，落到一個不起眼的空白處。

下一刻，羅錢面色微變。「殿下此舉，乃是『置之死地而後生』！」

白榮輝低頭一看，也嚇了一跳，他的一片黑子被吃得一個不剩！

他詫異地看向趙霄恆，可對方卻一臉懵懂。

「什麼意思？羅大人是說，孤贏了嗎？」

羅錢忙不迭地點頭。「不錯！殿下不但贏了，還贏得極為漂亮！」

趙霄恆這才露出笑意。「白大人，承讓了。」

白榮輝回過神來，想起這個磨人的棋局終於結束，也鬆了口氣。「殿下棋藝高超，令人望塵莫及。」

趙霄恆擺了擺手，笑道：「不過是誤打誤撞，白大人過獎了。」說完，懶洋洋地打了個哈欠。「時辰不早了，孤就不打擾白大人和羅大人忙政務，改日再來探望。」

白榮輝和羅錢一聽趙霄恆要走，齊刷刷地俯身行禮。「恭送太子殿下。」

趙霄恆這才慢悠悠地起身，帶著于書和福生，離開了議事廳。

等他們走遠，羅錢抬手擦了擦額角的汗。

「白大人，您之前說太子城府極深，說不定是趕二殿下出京的始作俑者。可下官怎麼覺得，他不過是個草包？」

白榮輝眸色沈沈。「若真是個草包，那便好了，就怕他表裡不一。如果他當真處心積慮地趕走二殿下，如今吏部成了他囊中之物，自然不會放手的。」

趙霄恆上馬車後，便解開了狐裘。
福生順勢接過，將狐裘收起來。
趙霄恆端坐著，徐徐開口。「讓于書進來。」
福生躬身退下，片刻後，帶著于書入了車廂。
于書一進來，即單膝跪地。「多謝殿下牽制白大人與羅大人。這一個時辰下來，小人已經把吏部摸清了。」
趙霄恆唇角微揚。「不枉孤陪著兩個老頭玩了一下午。」
福生笑道：「也不知是誰陪著誰玩，小人見白大人和羅大人都快哭出來了。」
于書亦忍不住笑了笑。
趙霄恆問：「于書，方才你可有什麼發現？」
于書沈吟片刻。「殿下，小人覺得，這吏部只怕不簡單……」
馬車徐徐前進，于書的聲音亦是十分沈穩。
「吏部衙門裡的公事房不少，正東邊那一座便是白大人理事的地方。小人設法潛進去，發現正門只有兩名侍衛，而旁邊的耳房，卻有重兵看守。」
趙霄恆眸色微頓。「耳房？」
「不錯。」于書沈聲道：「小人思量著，若是吏部的重要物品，自然會放到庫房中，由專人看守。可那耳房就在白大人公事房的旁邊，放的是私人物件。」

一提起私人物件，趙霄恆立即想到了玉遼河一案。

當年，白榮輝在工部任職，恰好負責打造北疆戰船，掌握所有的造船文書及圖紙。他從工部離開之後，東西便不翼而飛，很有可能是他拿走了。

若沈船一事，他是罪魁禍首，定會銷毀所有文書和圖紙。可是，若他背後還有人呢？那些東西，也有可能是他的保命符。

「于書。」

于書應道：「殿下有何吩咐？」

趙霄恆低聲說：「回去之後，繪一張吏部衙門的路線圖，送去給周叔。」

于書點頭。「是。」

待周昭明去了吏部，來日方長，總有機會接近白榮輝，好好探一探他的虛實。

第三十四章

趙霄恆回到東宮時，已經快要接近傍晚。

他信步邁入寢殿，殿中並不是以往熟悉的木蘭香，而是一股極淡的桑葉味。

趙霄恆抬頭，發現寧晚晴袖子上繫著襻膊站在桌前，桌上擺著一堆桑葉。她拿起一片葉子，對著光細細研究，連有人進來了都不知道。

傍晚的雲霞透過窗櫺，輕輕拂上她的面頰，彷彿鍍上一層淡淡的金色，整個人的感覺都柔和起來。

趙霄恆怔了一下，眼前的情景，似乎和記憶中的某個片段重疊。

此時，元姑姑迎到了寢殿門口，見趙霄恆有些失神，便沒有上前打擾，直到趙霄恆發現了她，才邁步進去。

元姑姑笑道：「殿下總算回來了。太子妃花了足足一日鑽研親蠶節的事，將奴婢知道的那點東西都挖得一乾二淨。奴婢答不上來的，只得靠殿下了。」

寧晚晴聽到聲音，放下手中的桑葉，走了過來。

「殿下回來得正好，妾身有許多不明白的地方，想向殿下請教一二。」

她手上的襻膊未摘，衣袖撩到手肘的位置，露出的小臂白若初春雪。

趙霄恆收回目光，道：「仔細著涼。」

寧晚晴一愣，讓元姑姑幫她取下了襻膊。

趙霄恆來到桌前，見桌上放了不少桑葉，還有許多關於親蠶節的史記、典籍，便問：「怎麼突然對親蠶節感興趣了？」

寧晚晴道：「並非是妾身對親蠶節感興趣，而是嫻妃娘娘遇到了難處。」接著，把薛皇后如何命嫻妃協理親蠶節一事，原原本本說了一遍。

趙霄恆扯了扯嘴角。「看來皇后這假仁假義的面具，是戴不下去了。」

寧晚晴問：「此話怎講？」

「皇后乃是薛家嫡女，出身不凡，但入宮之後，卻一直不得聖寵。我母妃在時，她不過是小小嬪位，時常來母妃宮中請安。母妃為人良善，對誰都和顏悅色，後來才知，薛嬪經常來訪，只是為了有機會遇到父皇，懷上趙霄譽之後，就再也沒有來過。」

趙霄恆語氣淡淡，有些事雖然塵封已久，但只要一打開回憶，便是信手拈來。

「薛嬪生了皇長子趙霄譽之後，才晉升為德妃，但依舊不算得寵，遂裝出一副賢良淑德的大度模樣，開始在後宮結黨。而母妃一向不屑於宮鬥，也沒在意。後來，宋家出了事，她乘機落井下石，還得了皇后之位。

「這些年來，薛皇后雖然不敢對孤動手，但心裡一直是忌憚孤的。如今，嫻妃娘娘得了協理六宮之權，又與孤走得近，自然被皇后當成了新敵。」

寧晚晴秀眉微蹙。「若真是這樣，那皇后策劃歌姬案，便不奇怪了。眼下當務之急，還是得幫嫻妃娘娘度過這一關才是。」

她說罷，指了指桌上的典籍。「這是元姑姑找來的典籍，妾身仔細看過了，上面記錄的親蠶節儀式十分複雜。今日聽皇后的意思，是想讓嫻妃娘娘領眾人去採桑，她自己負責祭拜與餵桑。但採桑說起來簡單，其實有好幾個環節，經手之人又多，若皇后要借題發揮，那可是防不勝防。」

趙霄恆道：「看典籍，不如看圖。」

「看圖？」寧晚晴看向一旁未開的卷軸。元姑姑拿來的東西太多，她連典籍都還沒有讀完，便沒有打開卷軸。

趙霄恆拿起卷軸，解開上面的絲帶，將畫卷徐徐展開。

這畫有些年頭了，應該是上一朝的東西，畫的正是「皇后採桑圖」。

寧晚晴坐在桌前，趙霄恆立在她的身後，微微俯身，指著畫面當中的一處。

「妳可知道，這是什麼地方？」

寧晚晴看了一眼，回答道：「祭壇？」

趙霄恆頷首。「不錯，這幅畫畫的便是親蠶祭禮和採桑。到了那一日，皇后會先行祭禮，就在這個祭壇。」指著畫面的右側。「然後，再帶著妃嬪跟命婦們去採桑。」

他說著，手指挪到左邊，那裡畫了一片桑樹林，還有不少衣著華美的婦人，正手持銀鉤，笑著採桑。

「採桑之人眾多，妳管也管不過來，但所有的桑葉都會送到負責祭禮的禮部官員手中，再由官員遞交蠶母。蠶母將桑葉呈給皇后，皇后再於祭壇之上，完成餵桑儀式。」

「殿下的意思是，雖然嫺妃娘娘負責採桑，但怎麼採都不打緊，只要我們親自選出合適的桑葉，再保證禮部官員運桑和蠶母獻桑不出錯，就不會有問題，是不是？」

寧晚晴說著，含笑回頭，下一刻卻微微一頓。

趙霄恆俊朗的臉近在咫尺，他一手撐在案桌上、一手落在卷軸邊，好似將她圈了起來。四目相對，距離極近，連呼吸都可聞。

寧晚晴忽然發現，趙霄恆的鼻梁左側上有一顆極小的痣，讓他笑起來時，神情顯得格外生動；若不悅時，則多了幾分冷酷。

真是長得恰當好處。

趙霄恆見寧晚晴目不轉睛地盯著他，直起身子，若無其事道：「妳說得沒錯。禮部官員那裡，孤來安排，妳只需讓嫺妃娘娘盯好蠶母便可。」

寧晚晴也回過神來，忙不迭點頭。「是，妾身記下了。」

兩人商量完親蠶節的事，房中安靜了一刻。

寧晚晴開始找話說：「今日殿下回來得晚，不知午膳用了沒有？」

趙霄恆笑了下。「都快用晚膳了，愛妃還問午膳？」

寧晚晴扯了扯嘴角。「妾身這不是在關心殿下嘛……」

「想知道孤去哪裡，直接問就好。」趙霄恆在一旁的椅子坐下，笑意不減地看著她。

寧晚晴一愣，垂眸收拾畫卷，淡淡道：「殿下想說，自然會說，妾身沒必要再問。」

可就是這個「再」字，暴露了她的情緒。

趙霄恆沈吟片刻。「昨晚……是孤心情不佳，所以對妳有些冷淡，妳莫要放在心上。這麼多年，孤獨來獨往慣了，還未習慣凡事與人商量，日後會多注意。若有什麼疏忽的地方，妳不妨像之前一樣，直截了當地說出來。」

兩相坦誠，才是最舒服的相處方式。

寧晚晴抬眸看他，俏皮地眨了眨眼。「殿下這話……算是在向妾身道歉嗎？」

趙霄恆唇角微抿。「算是吧。」雖然他從未向姑娘道過歉。

寧晚晴抬起明眸看他。趙霄恆在外人面前裝得人畜無害，軟弱可欺；在自己人面前，卻是果敢決絕，還帶著幾分看穿世事的桀驁與不恭。

寧晚晴認識他這麼久，還是第一次見他這般正經，不由忍俊不禁。

趙霄恆問：「妳笑什麼？」

寧晚晴掩唇道：「沒什麼，只不過是高興殿下將妾身的話放在心上。」頓了頓，順勢問道：「那殿下今日去了哪兒？」

「吏部。」趙霄恆沈聲回答。「周昭明快要入吏部了，孤先去探一探風聲。」

寧晚晴秀眉一擰。「殿下去吏部，怎麼不帶妾身去？」

那兩個糟老頭子，她上次還沒有罵過癮呢！

趙霄恆笑了。「白大人和羅大人已經頭疼了一下午，愛妃還是放他們一馬吧。」

入夜之後，坤寧殿中一片寂靜，唯有燈火伴在薛皇后身旁。

她坐在銅鏡前，微微側目，盯著鏡中的自己，忍不住抬手撫上了眼角。

「莫桐，本宮是不是老了？」

莫姑姑一面幫她梳髮、一面道：「娘娘如今風華正茂，怎麼會老呢？」

薛皇后笑了笑。「歲月催人老，本宮也是一介凡人，怎麼可能不老？」

莫姑姑聽罷，安撫道：「娘娘是六宮之主，母儀天下，過著人人羨慕的日子，實在不必為這些事煩惱。」

「妳不懂。」薛皇后聲音幽幽。「年輕的時候，官家偶爾還會來看看本宮，這幾年，他來得越發少了。從前有珍妃，後來是麗妃，如今麗妃那個賤人終於遭了報應，他卻又扶持了嫻妃！」

莫姑姑見薛皇后神情不忿，勸道：「娘娘別生氣，或許是官家怕您勞累，這才扶持了嫻妃。嫻妃不過是顆軟柿子，掀不起什麼風浪的。」

「嫻妃若真是不頂用，又怎能在麗妃眼皮子底下護住太子？」薛皇后語氣更冷。「從前嫻妃與世無爭，不過是因為太子勢單力薄，宋楚河又遠在北疆，只能韜光養晦，畏首畏尾。「如今卻不同了。二皇子折了，太子羽翼漸豐，又得了常平侯府這麼一個得力的岳家，實力早已不可同日而語。嫻妃押對了寶，怎會甘心一直屈居於本宮之下？」

莫姑姑思量片刻，道：「娘娘別擔心，官家再喜歡嫻妃，也不可能動搖您的位置，畢竟您背後還有薛家。咱們老爺和公子，都是在官家面前舉足輕重的人物。」

「不錯，唯有母家才是本宮的依靠。」薛皇后的聲音陡然提高了幾分。「本宮陪伴官家多年，他卻從沒把本宮放在心上，眼裡永遠看著別人。親蠶節後，本宮就會讓他知道，這世間，唯獨本宮有資格站在他身側。其他女人敢擋在本宮面前，都不得好死！」

冬日很快過去，初春的氣息逐漸濃了起來，萬眾矚目的親蠶節如期而至。

這一日，寧晚晴早早起身，開始梳妝打扮。

趙霄恆聽到聲響，也睡不著了，索性坐起來看書。

「今天殿下不去嗎？」寧晚晴一面戴耳環、一面問道。

趙霄恆手中捧著一本策論，隨口回答。「不去。孤只需參加親耕節。」

寧晚晴嘆了口氣。「還是親耕節好，父皇帶著皇子們下地幹活，誰都不敢造次。」

趙霄恆笑了笑。「只要想害人，連犁耙上都能抹毒藥。人心險惡，防人之心不可無。」

寧晚晴暗道罷了，擔心也沒用，只能見招拆招了。

她描好妝容，站起身來，翟衣上身，戴華燦珠冠，頓時光彩照人，顧盼生姿。連見過無數美人的元姑姑，都忍不住讚嘆起來。

于劍敲門。「太子妃，時辰到了。」

慕雨應了聲好，寧晚晴問道：「于劍也隨我們去嗎？」

趙霄恆頷首。「西郊桑園雖然是皇室的地方，但今日人多眼雜，最好讓于劍跟著。」

寧晚晴莞爾一笑。「多謝殿下。」說罷，轉身出了門。

寧晚晴走後，趙霄恆放下手中的書，喚來福生。

「備車，去長公主府接姑母。」

福生有些詫異。「殿下，您是要送長公主殿下去親蠶節？可是，前幾日您不是去信問過長公主，長公主說不參加嗎？」

「所以才要去接。」趙霄恆笑了。「這麼重要的節日，怎能少得了姑母呢？」

福生似懂非懂地點點頭，連忙下去準備了。

寧晚晴在眾人的簇擁下到了宮門附近，遠遠看見嫻妃和趙蓁，向她們點了點頭。

嫻妃也略點頭，算是回應。

親蠶節一切行事皆有儀制，就連平日活潑跳脫的趙蓁，都乖乖地待在嫻妃身旁。

片刻後，薛皇后的儀仗出現在眾人目光裡，太監一聲唱和，公主、妃嬪及命婦們一一彎腰拜倒。

薛皇后翟衣曳地，華麗非常，一步一步走上馬車，緩緩低頭，珠冠的流蘇琳琅，躬身入了車廂。

薛皇后上車後，妃嬪、公主、命婦等人才能按照次序，一一上車。

御林軍與禮部官員在前面開道，浩浩蕩蕩的車隊駛向西郊。

思雲和慕雨許久沒有出宮，有些按捺不住高興之情。

寧晚晴面色平靜，心頭滿是思量。

不知過了多久，車隊停了下來。

元姑姑道：「太子妃，已經到桑園了。」

桑園分成兩部分，西南側是桑樹林，而東北側是寬闊的祭壇，用於舉辦親蠶節的祭禮。

親蠶節與其他節日最大的不同，便是所有儀式由女子完成，不可請男子替代，故而上至皇后，下至命婦，都以參加親蠶節為榮。

眾人依照禮部官員的指引，先後下了車。

寧晚晴放眼望去，只見一片衣香鬢影，妃嬪與命婦們個個打扮時興，容色出挑。

薛皇后拎起繁複的裙裾，一步步踩著馬凳下車，神情肅穆，冷然端莊，路過嫻妃身旁時，忽然停下了腳步。

「嫻妃妹妹。」這聲音聽著溫和，但薛皇后眼裡卻沒有多少笑意。

嫻妃沈聲道：「妾身在。」

薛皇后面無表情地扯了扯嘴角。「近日本宮身子不適，今日採桑，就煩勞妳了。」

嫻妃微微屈膝。「妾身謹遵娘娘懿旨。」

薛皇后這才掠過了她，緩步走向供眾人休息的帳篷。

薛皇后一入帳篷，趙蓁便嘆了口氣。她最不喜歡這些繁文縟節，又不得不守著規矩。

寧晚晴低聲提醒。「祭禮很快就開始了，再堅持一會兒。」

趙蓁只得聽話地點頭。

眾人原地休息，嫻妃便要去找禮部核對安排。

寧晚晴見狀，也跟過去幫忙。

最近禮部不但要忙親蠶節，還要準備親耕節，所以官員也分成了兩撥，禮部尚書溫喻在宮裡籌備親耕節，禮部侍郎田升則成了親蠶節主事的人。

田升站在臺階下，微微躬著身子，稟道：「嫻妃娘娘，接下來的祭禮皆安排妥當，待吉時一到，便能按部就班地舉行。」

嫻妃合上手中的文書，溫和笑道：「本宮已經看過禮部安排的章程，十分細緻，田大人有心了。」

田升淡聲道：「多謝娘娘誇獎，這些不過是微臣的分內之事。」

寧晚晴靜靜看了田升一眼，若是她沒記錯的話，田升不就是田柳兒的爹嗎？

他們父女雖與二皇子沾親帶故，但從麗妃的事件可以看出，田升還算是中立的角色。

第三十五章

眾人在外面等了約莫一刻鐘，田升便親自去請薛皇后。

禮樂奏響，後宮妃嬪、公主及命婦們皆按照次序，佇立在石階兩旁，恭迎薛皇后。

薛皇后面色沈穩，在宮人的簇擁下，拾階而上。到了祭壇，才轉過身來。

此刻，禮樂更盛，樂人開始吟唱親蠶專用的歌謠。

這歌謠抑揚頓挫，又悠遠綿長，彷彿驅散了冬日的嚴寒，迎來明媚的春日。

待樂人唱畢歌謠，禮官便揚聲道：「跪——」

在場所有人齊刷刷地跪了下去。

薛皇后已經齋戒多日，淨手之後，對著祭壇上的嫘祖牌位，恭敬地拜下。

女官端來一只精美的木匣，匣中擺著一條上好的純白絲綢。女官跪在地上，將木匣舉過頭頂，薛皇后便將這絲綢小心地擺放在祭臺上。

此刻，禮樂變得更加激昂，薛皇后退到一旁，女官上前兩步，奉上血食、貢品等。薛皇后再出，親自斟酒，第一杯敬嫘祖牌位；第二杯需飲上一口，算是招待神明，一飲而盡。而後，女官奉上豬牛羊的胙肉，薛皇后再倒上第三杯酒。待第三杯酒下肚，薛皇后領著眾人再拜一次，祭禮就算是完成了。

西郊桑園風大，祭禮又十分繁瑣，不少人冷得瑟瑟發抖，還有貴女不明章程，出錯了好幾次。

但寧晚晴早早便做了功課，一步一步跟著薛皇后做下來，竟是一點差池也無，連素來嚴格的元姑姑，都向她投去了讚賞的目光。

祭禮過後，便是採桑了。

按照規矩，皇后需帶領眾人採桑，但薛皇后以身子不適為由，早早入了營帳，將此事交給嫻妃。

嫻妃轉過身來，對眾人微微一笑。「今日風和日麗，恰是採桑的好天氣。蠶王的餵桑禮，便仰仗各位了。」

眾人齊聲應是。

慕雨跟在寧晚晴身後，忍不住問道：「什麼是蠶王的餵桑禮？」

寧晚晴低聲回答。「司農寺會選出一批品相上佳的蠶，便是蠶王。眾人採摘完桑葉，將桑葉交給禮部，再由禮部選出幾片上好的，在祭臺上餵給蠶王，以表我們對嫘祖的敬畏之心，對春蠶製絲的感激之情。」

慕雨這才明白過來。「原來如此，多謝太子妃解惑。」

女官呈上銀鉤，嫻妃手持銀鉤，來到一棵桑樹前，抬手採下幾片桑葉。

然後，她將桑葉放到女官的托盤裡，算是開啟了採桑禮。

接下來，嫻妃退到一旁，一眾妃嬪、公主與命婦就開始採桑了。

「皇嫂，那邊的樹長得好，我們去那邊吧。」趙蓁已經忘記方才的腰痠背痛，興高采烈地拉著寧晚晴，往桑樹林走去。

雖然桑樹發了新葉，但眼下並不算茂盛。趙蓁和寧晚晴找了好一會兒，才選中一棵相對茂盛的桑樹。

趙蓁用鉤子勾住桑葉的葉莖，正要往下拔，卻聽到一聲喝斥。

「七公主且慢！」

趙蓁和寧晚晴回頭，是五公主趙矜和薛顏芝來了。

方才說話的，是趙矜的貼身宮女燦兒。

趙蓁疑惑地看著趙矜。「怎麼了？」

趙矜和薛顏芝走到桑樹下，悠悠道：「皇妹，我看中了這棵樹，妳去尋別的吧。」

趙蓁頓時不高興了。「五皇姊，這棵樹明明是我們先找到的，憑什麼要讓給妳？」

趙矜輕輕笑了起來。「就憑我是妳五皇姊、嫡出的公主。」

趙蓁忍不住翻了個白眼，伸手一拉寧晚晴。「皇嫂還是太子妃呢，怎麼沒見妳禮讓？」

趙矜勾了下唇角。「皇兄一向溫和大度，皇嫂想必也是如此，應該不會同我這個做皇妹的計較吧？」

寧晚晴道：「本宮是可以不計較，那五公主又何必同七公主計較呢？況且這棵桑樹的葉片何止千百，五公主當真喜歡，可以同我們一起採摘。」

趙矜的面色微變。「笑話，我乃是嫡出公主，怎能與她一個庶出的公主共用一棵桑樹？那豈不是自降身分！」

趙蓁氣結，聲音提高了幾分。「五皇姊，妳不要欺人太甚！」

爭執的聲音很快引起其他人的注意，不少妃嬪和命婦們都圍了過來。

趙矜見人多了，態度更加高傲。

「親蠶節本來就是我母后主持，不過是想給嫻妃娘娘一個見世面的機會，才讓她帶著眾人採桑。怎麼，妳們這就蹬鼻子上臉，忘了自己的身分？」

薛顏芝是趙矜的跟班，附和道：「七公主，長幼有序，尊卑有別，不過是一棵桑樹而已，妳怎麼如此小氣？五公主身分尊貴，她既然看上了這棵桑樹，妳就該讓出來，難不成妳要因為幾片桑葉而得罪嫡公主？」

話音落下，寧晚晴忽然笑了。

眾人不解地看著她，薛顏芝和趙矜也對視一眼，滿臉疑惑。

趙矜問道：「妳笑什麼？」

寧晚晴微微挑眉，語氣頗為不屑。「嫡公主很了不起嗎？」

此言一出，眾人都愣住了。嫡公主的身分，可是僅次於太后、皇后和太子妃，誰敢說不尊貴？

趙矜面露不悅。「皇嫂，妳這話是什麼意思？」

寧晚晴冷聲道：「五公主，妳這嫡出的身分，既不是救世濟民掙來的，也不是上陣殺敵搏來的，只是因為投了個好胎，成了皇后娘娘的女兒，有什麼可驕傲的？」

眾人聞言，都變了臉色，趙矜更是惱怒。「妳好大的膽子，居然敢詆毀本公主？」

「本宮說的不過是事實而已。」寧晚晴從容不迫。「嫡公主的身分是父皇和母后給的，便該好好珍惜，需謹言慎行，為天下表率。為了一時意氣之爭，便要以嫡出身分壓人，不覺得幼稚可笑嗎？」

趙矜氣得胸口起伏，怒道：「我是嫡公主，天生便是高人一等，妳就算是太子妃，也不能對我無禮！」

寧晚晴微笑，目光掃過眾人。「今日在場的所有人，出身各有高低，境遇亦是不同。若出身高貴，受萬民奉養，就得心懷敬畏，回報百姓，共謀福祉；若是出身不幸，也不用自暴自棄，該奮勇向前，努力做出一番成績來。出身不過是一個人的起點，卻不是終點。五公主，妳當心站得越高，摔得越重，合該學會自省才是。」

這番話說得趙矜面紅耳赤，氣得一跺腳，扔掉手中的鉤子，轉身就走。

眾人又看向薛顏芝，薛顏芝十分尷尬，只得灰溜溜地跟著趙矜走了。

趙蓁見她們走了，頓時笑逐顏開。「皇嫂，我們繼續採桑吧。」

寧晚晴含笑點頭。「好。」

眾人看完熱鬧便散了，幾位命婦走過來，為首的那位身著紫色衣裙，看著約莫三十多歲，眉宇之間頗有一股英姿颯爽的氣韻。

「臣婦柳氏，參見太子妃。」

寧晚晴連忙伸手扶起她。「夫人不必多禮，還未請教是？」

柳氏粲然一笑。「我家官人乃是刑部尚書。太子妃方才的一席話，實在深得我心，臣婦斗膽，想隨侍太子妃和七公主身側，一同採桑，不知太子妃意下如何？」

柳氏還沒說完，其他三位命婦也忙不迭地點頭。

「我們敬佩太子妃為人，願陪太子妃和七公主採桑。」

寧晚晴有些意外，趙蓁卻十分高興。「皇嫂，諸位夫人如此熱情，妳就別推辭了。」

寧晚晴笑著點點頭。「本宮歡迎之至。」

於是，眾人各持鉤具，開始採桑。

柳氏健談，時常逗得眾人發笑，之前的不愉快如過眼雲煙，很快就被歡聲笑語取代了。

這一幕，落在一位宮女眼中，她無聲地退出桑樹林，往桑園外走去。

她走到桑園側門，御林軍出聲阻攔。「何人離園？」

宮女自袖袋中掏出一枚令牌，御林軍定睛一看，連忙單膝跪地。「小人有眼不識泰山，還請姑姑見諒。」

宮女沒說什麼，兀自收了令牌，出了桑園。

她快步走到離桑園不遠的官道上，穿過守衛森嚴的護衛，來到一輛大器的華蓋馬車前，微提衣襬，跪了下去。

「奴婢韶月，叩見太后娘娘。」

片刻後，沈靜的聲音傳來。「上來說話。」

韶月立即起身，上了馬車。

馬車中，炭爐燒得十分溫暖。

太后著一身褐色圓領常服，渾身上下並沒有多少裝飾，卻氣質高華，不怒自威。

她手中佛珠微轉，淡淡開口。「桑園情形如何？」

韶月答道：「回太后娘娘，皇后娘娘因身子不適，將採桑禮交給嫻妃娘娘，嫻妃娘娘採桑過後，就回了祭壇。除卻五公主與太子妃鬧了些不快，其他的一切如常。」

太后手中佛珠微頓。「為何不快？」

韶月便將五公主要搶奪桑樹之事，原原本本說了一遍。

太后眸色微瞇，並未言語。

一旁的惜靜嬤嬤道：「娘娘，您都到了桑園，不如進去看看？」

太后徐徐道：「哀家禮佛多年，早就不問後宮之事。若不是這陣子後宮動盪得厲害，又趕上親蠶節，哀家才懶得理她們的閒事。」

惜靜嬤嬤溫言笑道：「娘娘說得是。前段日子您病著，連太子大婚都只受了禮，沒參加婚宴，至今還未見過孫媳吧？今天外面日頭好，出來走動走動，也給小輩們一個請安的機會，您看如何？」

太后瞧了惜靜嬤嬤一眼，道：「罷了，既然來了，就進去逛逛。」

採桑的工夫過得飛快，待禮樂響起，寧晚晴和趙蓁等人便帶著滿滿一簍桑葉，回到祭壇臺下。

趙蓁好奇地看向其他人，有些命婦只裝模作樣地採了幾片桑葉；有些則十分貪多，一個人便採了好幾簍。

嫻妃安排禮部官員清點名冊，確認所有女眷都回來之後，讓人把全部的桑葉收集在一起，一共四筐。

嫻妃對寧晚晴道：「有勞太子妃與禮部一同選出要餵蠶王的桑葉，本宮這就去請皇后娘娘過來。」

寧晚晴認真點頭，轉而看向面前的桑葉，指著其中一筐，問田升。「田大人覺得，這一筐桑葉如何？能否供蠶王食用？」

田升俯身看了一眼，答道：「太子妃選得很好，不過餵桑禮用不了這麼多，十片桑葉就足夠了。」

寧晚晴會意，與柳氏等人挑揀起來，再交給田升。

田升喚來禮部小吏，對他耳語幾句，小吏便帶著竹筐下去。

片刻後，小吏端著托盤回來。托盤中，擺了十片完好的新鮮桑葉。

與此同時，禮樂聲再次響起，薛皇后出了營帳，來到眾人面前。

眾人對著薛皇后恭謹一拜，薛皇后轉過身，沿著石階，緩步上了祭臺。

小吏端著托盤，微微低著頭，跟在薛皇后身側。

祭臺上，蠶母早已備好一方蠶盤。禮官將裝有桑葉的托盤遞給蠶母，退到一旁。

蠶母隨薛皇后跪在嫘祖牌位前，禮官按照親蠶之禮，配合禮樂賦唱詞一首。

唱詞完畢，薛皇后對著嫘祖牌位拜了一拜，伸手拿起蠶母托盤上的桑葉，餵給蠶王。

眾人匍匐跪在階梯兩側，看不清祭臺的狀況，正以為可以起身時，忽然聽見一聲驚呼！

大家紛紛抬頭看去，只見薛皇后站起身來，面色蒼白地看著蠶盤，可蠶盤裡的幾條蠶王一動不動。

薛皇后厲聲質問。「這到底怎麼回事？」

蠶母上前查看，立時跪下，畏畏縮縮道：「回稟皇后娘娘，蠶王……死了！」

全場譁然變色，妃嬪和命婦們忍不住交頭接耳——

「親蠶節本來就是為了祈求順利，怎麼會發生這樣的事？」

「莫不是誰觸怒了神明，天降懲罰？這可是大大的不祥啊！」

「別胡說！萬一是人禍呢？」

眾人妳一言、我一語地說著，整個祭壇嘰嘰喳喳，聲音不絕於耳。

薛皇后面色鐵青，不悅地掃了眾人一眼。「餵桑禮是親蠶節中最重要的儀式，本宮還親自檢查過這些蠶王，一切都好好的，為何會突然殞命？」

蠶母嚇得連連磕頭。「皇后娘娘容稟，奴婢只是蠶室的養蠶女，也不知為何蠶王會……」

薛皇后道：「此事必有蹊蹺，給本宮查！」說罷，遞了個眼色給莫姑姑。

莫姑姑取來銀簪，當著眾人的面，插入吃剩的桑葉中。拔出來後，簪子立時變黑了。

薛皇后勃然大怒，指著蠶母斥道：「是不是妳?!」

蠶母大呼冤枉。「方才奴婢雖將桑葉呈給娘娘，但桑葉卻不是奴婢選的。」

寧晚晴聞言，眼皮微微一跳。這宮女的話，顯然是在含沙射影。

薛皇后順勢問道：「桑葉是怎麼選出來的？」

嫻妃站出來，面色泛白，聲音有些微顫。

「啟稟皇后娘娘，這些桑葉都是妾身看著妃嬪和命婦們採摘的，選出最好的呈給蠶王，實在不該如此啊。」

田升也站出來，對著薛皇后一揖。「這些桑葉，微臣也檢查過，確實無問題。」

薛皇后冷笑一聲。「你們都沒問題，那蠶王到底是為何出了意外？」

現場鴉雀無聲。

趙矜忽然奔上祭壇，開口道：「母后，桑葉不是嫻妃娘娘選的，是太子妃親手選的。」

趙蓁一聽，連忙道：「五皇姊，妳這是公報私仇！」

趙矜高高昂起頭。「我不過是就事論事。桑葉是經了太子妃的手，才害死蠶王的。」

寧晚晴默默看著眾人，一言未發。

薛皇后冷聲道：「蠶王暴斃，是因為食了有毒的桑葉所致。嫻妃負責採桑，責無旁貸；太子妃出手選桑，也脫不了干係。來人，先將她們押下去，送回宮中，待本宮稟明官家之後，再行處置。」

這時，寧晚晴開口了。「敢問母后，若有人害死蠶王，引發不祥，擾亂親蠶節，該當何罪？」

薛皇后瞥她一眼。「親蠶節事關國祚，輕則罰俸半年，重則褫奪尊位。」

寧晚晴微微一笑，氣定神閒道：「母后，這話可是您自己說的。」

薛皇后立在高聳的祭臺上，神情十分冷銳，居高臨下地睥睨著寧晚晴。

妃嬪和命婦們嚇得連大氣也不敢出。

嫻妃想擋在寧晚晴身前，寧晚晴卻給了她一個安慰的眼神，不慌不忙地登上祭臺。

寧晚晴瞧了蠶盤一眼，回頭對吏部侍郎田升道：「有勞田大人，將本宮選的那一筐桑葉取來。」

田升低聲應是，親自帶人去取。

薛皇后眸色微眯。「太子妃想做什麼？」

寧晚晴從容道：「母后不是想知道蠶王如何死的嗎？兒臣這就想法子找出幕後黑手。」

第三十六章

片刻後，田升帶著人回來了，寧晚晴選的那筐桑葉被呈現在眾人面前。

「啟稟皇后娘娘，這筐桑葉便是太子妃所選。餵蠶禮用的桑葉，也是從裡面取的。」

薛皇后疑惑地看著田升。「蠶王因毒桑葉而喪生，這餘下的桑葉，定然不是什麼好東西。你們取來，意欲何為？」

寧晚晴道：「方才母后說了，餵蠶禮乃是親蠶節的重中之重，兒臣自然不敢怠慢，於是早早交代了田大人，將這筐桑葉的葉柄剪掉，只留下完整葉片，呈上祭臺，用於餵蠶禮。」

寧晚晴說著，俯下身子，從竹筐裡取出一片桑葉。

「諸位請看，這一片桑葉，是沒有葉柄的。」

站在前排的妃嬪和命婦定睛一看，不由跟著點頭。

元姑姑遞上一根銀簪，寧晚晴用銀簪往無柄桑葉上一劃，並沒有變黑。

然後，寧晚晴左手拿著無柄桑葉，轉過身，右手拿起遺留在蠶盤上的毒桑葉，當著眾人的面，將兩片桑葉擺在一起。

「諸位再看，我的桑葉無毒，但蠶盤的毒桑葉上，有一根半寸長的葉柄。也就是說，餵蠶禮用的毒桑葉，並不是我們之前選的那筐桑葉，而是被掉包了。」

現場安靜了一瞬，隨即炸開了鍋！

趙蓁第一個嚷起來。「到底是誰這麼狠毒，要害我母妃和皇嫂？」

薛皇后的面色變了變。「不過是兩片桑葉不同而已。就算有了物證，又有誰能證明太子妃說的是真的？」

寧晚晴道：「採桑時，刑部尚書的夫人與兒臣在一起。我們修剪葉柄時，夫人也從旁協助。母后若不信，大可以問問夫人。」

柳氏聞言，越眾而出，向薛皇后福了福身。

「稟皇后娘娘，臣婦確實陪著太子妃檢查完竹筐內的葉片，確認每一片都修剪好了，才從中選出十片最好的桑葉，交給禮部。」

她的言下之意十分清楚，寧晚晴奉上的桑葉是無毒的，但桑葉經過禮部小吏、蠶母和皇后的手之後，就變成了毒桑葉，問題出在後面三個人身上。

田升冷盯小吏一眼，小吏嚇得跪下來。「下官發誓，絕沒有對桑葉動任何手腳，否則便遭天打雷劈，還請皇后娘娘明鑑！」

眾人見他說得理直氣壯，遂將目光投向蠶母，蠶母也連忙跪下辯解。「奴婢也沒有這個膽子啊！」

寧晚晴前世歷案無數，一眼便看出蠶母的心虛和躲閃，正色道：「搜！」

元姑姑聽罷，立即帶著人上前，思雲和慕雨抓住蠶母的胳膊，元姑姑往她衣裳和袖袋中一探，翠綠的桑葉便掉了出來。

元姑姑拾起桑葉，雙手呈給寧晚晴。

寧晚晴轉過身，對面色鐵青的薛皇后笑了笑。「母后，人贓並獲了。」

一語雙關，彷彿一把劍，狠狠刺了薛皇后一下。

薛皇后斂神，怒目看向蠶母，厲聲道：「是誰指使妳的？」

蠶母瑟瑟發抖，嚇得說不出話來。「奴婢、奴婢……」

薛皇后神色難看至極，她身旁的莫姑姑提醒了一句。「皇后娘娘，蠶母居心叵測，其罪當誅！」

薛皇后狠下心，道：「來人，將這賤婢拖下去杖斃！」

寧晚晴擋在蠶母身前。「母后，親蠶節備受矚目，如今出了此等大事，難道不需要查清緣由，再行定奪嗎？」

薛皇后眸中戾氣更甚。「太子妃不覺得自己僭越了嗎？」

兩相僵持下，一個慵懶的聲音傳了過來——

「本以為今年的親蠶節能有幾分意趣，沒想到亂如菜市口，皇嫂到底是如何主事的？」

眾人微微一愣，循聲看去。

長公主趙念卿著了一身緋色流仙裙，手持一柄羽毛寶石扇子，款款而來。

眾人見她突然出現，有些驚訝，待看清她身旁之人時，更是驚得目瞪口呆。

嫻妃第一個反應過來，連忙跪下。「叩見太后娘娘！」

妃嬪和命婦們一個接一個地跪倒，以頭觸地，齊聲恭迎太后駕到。

薛皇后也變了臉色，迎上前來。「母后駕到，怎麼不提前知會妾身一聲？妾身也好準備準備，免得怠慢了您老人家。」

太后面無表情地看薛皇后一眼。「哀家本不想來，是念卿說親蠶節熱鬧，才拉著哀家來看看。果真是熱鬧得很。」說罷，目光掃向祭臺。

蠶母抖如糠篩，桑葉落了一地，蠶盤上一片狼藉。

薛皇后忙道：「都是妾身的不是。親蠶節事多繁忙，妾身找嫻妃幫忙採桑，孰料出了紕漏，如今正在處理，所以才影響親蠶節，還請母后恕罪。」

薛皇后這話一出，便讓人覺得是嫻妃的不是了。

趙蓁正要開口，嫻妃卻一把拉住她，無聲搖頭。

太后沒有接話，轉身對眾人道：「親蠶禮準備不周，讓諸位受累。禮部官員何在？」

田升上前。「微臣禮部侍郎田升，叩見太后娘娘。」

太后悠悠道：「先招呼好眾人，別再出什麼意外。祭臺上的事，哀家來處理。」

田升應聲稱是，讓小吏和宮人送妃嬪與命婦們回營帳休息。

薛皇后也走上前，扶太后進去。

片刻後，寧晚晴、嫻妃、趙蓁等人，都入了太后待的營帳。

「事情的經過，哀家都知道了。」太后放下茶盞，眸色沈沈，聲音如同從雲端飄來。「可知罪？」

第一句並未指名道姓，嫻妃卻先跪了下去。

「採桑是由妾身負責，如今餵桑禮的桑葉出了問題，妾身雖不是罪魁禍首，卻難辭其咎。太子妃好意幫忙，還請太后念在其年少，不要遷怒於她。」

趙蓁見狀，跟著跪下。「皇祖母，母妃和皇嫂都是無辜的，還請皇祖母明鑑。」

薛皇后思量片刻，道：「母后，此事說到底，還是妾身的罪過。若非妾身身子不適，將採桑交給嫻妃，或許就不會出這麼大的差錯，還請母后責罰。」

這一席話說得滴水不漏，既突顯她的無辜，又踩了嫻妃一腳。

趙念卿忍不住翻了個白眼。「皇嫂身子不好，說話倒是索利。」

薛皇后面色難堪，太后瞥了趙念卿一眼，趙念卿才噤聲。

太后緩緩抬眸，目光落到寧晚晴身上。

寧晚晴感覺自己似乎被人從頭到腳剖析了一遍，雖然有些不舒服，但依舊鎮定自若。

「晚晴？」

寧晚晴不卑不亢地上前一步。「孫媳寧晚晴，見過皇祖母，皇祖母萬福金安。」

太后又盯著她一會兒，道：「哀家的話，妳都聽見了，可有什麼想說的？」

寧晚晴思索片刻，回應道：「孫媳有罪。」

太后無甚情緒地問：「何罪？」

寧晚晴沈聲道：「方才孫媳急著證明嫻妃娘娘和自己無罪，故而在眾人面前揭露蠶母的陰謀，雖是正道，但今日人多口雜，若傳揚出去，可能會影響皇室顏面。此事是孫媳思慮不周，若皇祖母要責罰孫媳，孫媳甘願領受。」

太后問：「若是重來一次，妳還要將此事鬧得如此之大嗎？」

寧晚晴不假思索地回答。「孫媳愚見，黑是黑，白是白，並無中間的選擇。若是重來一次，孫媳寧願事後受罰，還是會當眾揭露真相，不會讓嫻妃娘娘和自己蒙受不白之冤。」

薛皇后冷不防開口。「太子妃當真年少輕狂，剛才不過一時真相未明，本宮才多問了妳幾句，妳卻非要小題大做，現場審起案子。現在可好，今日之事，我們只怕會淪為街頭巷尾的笑談了。」

寧晚晴鎮定道：「蠶王出事時，是母后說此事非同小可，定要大肆徹查，甚至不惜將嫻妃娘娘和兒臣拘禁起來；如今我們自證清白，母后又說這是一樁小事。敢問母后，這親蠶節於您來說，到底是輕是重？」

薛皇后一時語塞。「妳……放肆！」

太后靜靜聽完兩人的對話，轉而看向寧晚晴。「可還有別的話想說？」

寧晚晴沈默片刻，答道：「沒了，孫媳問心無愧。」

太后面色一頓，手中的佛珠徐徐轉了起來。

營帳中安靜至極，除了寧晚晴和薛皇后以外，其餘人都跪著，感受到一股無形的壓迫。

最終，太后開口打破這份沈寂。

「妳這話，只說對了一半。」太后聲音穩重帶沈。「妳的錯，並不在於傷了皇室顏面。偌大的皇室，如果連一場親蠶節都辦不好，活該沒有顏面。」說罷，瞟了薛皇后一眼。

薛皇后身子微僵，不敢吱聲。

寧晚晴詫異抬頭，看向太后，只見太后眉眼淡然，神情卻沈若深潭。

「孫媳愚鈍，還請皇祖母明示。」

太后徐徐開口。「放眼大靖，如今北僚虎視眈眈，西峽時常擾我邊境。邊疆不寧，百姓便會不安。百姓越是如驚弓之鳥，越是禁不起風浪，將寄希望於天地神明。

「今日之事，說來不大，但說小也不小，若是被有心之人聽去，添油加醋，以訛傳訛，引起百姓慌亂，社稷不穩，那便是我們的罪過了。真相也好，清白也罷，是妳的，哀家會給妳。但是，牽一髮而動全身的道理，妳可明白？」

寧晚晴頓時如醍醐灌頂。

即便她今日揭露真相，但傳揚出去的卻未必是。大靖的百姓信仰天地，供奉神明，要是有心懷鬼胎之人煽動百姓，製造混亂，事情就一發不可收拾了。

前世寧晚晴只關注委託人和自己的權益，未更全面地考慮過這些事情。經過太后提點，心悅誠服，對太后虛心一拜。

「多謝皇祖母教誨。」

太后幾不可見地彎了彎唇角。「還有嫻妃，妳入宮多年，一直安分守己。今日之事與妳無關，不必往自己身上攬。」

嫻妃虔誠一拜。「多謝太后。」

太后點了點頭。「妳們先下去吧，哀家還有話要和皇后單獨說。」

寧晚晴、嫻妃和趙蓁退了出去。

趙念卿坐著沒動，見太后盯她一眼，如芒刺在背，遂起身出去了。

出了營帳，趙蓁忍不住拍了拍心口，道：「嚇死我了，皇祖母怎麼一聲不響就來了？」

趙念卿伸手捏捏她的臉。「妳怎麼不說，本宮也是一聲不響地來了？」

趙蓁後退一步，捂住自己的臉頰。「姑母一向神出鬼沒，您來與不來都不稀奇啊。」

趙念卿懶洋洋地打了個哈欠，瞥寧晚晴一眼。「要不是有人送了一車好酒來長公主府，又親自送本宮過來，本宮才捨不得出門呢。」

寧晚晴疑惑地看著她。「姑母的意思是？」

「妳不知道？」趙念卿見寧晚晴一臉不解，輕輕笑了起來。「本以為某人是想英雄救美，沒想到，不過是沙漠裡的縮頭鳥罷了。」

她說罷，搖著那把流光溢彩的羽毛扇子，嫋嫋婷婷地走了。

寧晚晴沈思一下，看向那筐餘下的桑葉，蹲下身來，慢條斯理地挑揀。

「哪一片最好看？」

趙蓁一愣。「啊？」

眾人離開營帳後，帳內似乎暗了幾分，安靜得落針可聞。

太后端坐於高榻上，那雙微微凹陷的鳳眼安靜地閉著，手中佛珠轉得緩慢。

看似平靜的一切，對薛皇后來說，卻如烏雲壓頂，讓人有些喘不過氣來。

她沈默地立在太后面前，一動也不敢動。

半晌過去，太后手上的佛珠停下，無聲地張開了眼。眸子裡是洞悉一切的清明，神情卻是不滿。

「跪下。」

乾脆俐落的兩個字，卻如春日驚雷，讓薛皇后渾身一震，跪了下去。

太后目光森冷地盯著薛皇后。「妳可還記得，當年扶妳登上皇后之位時，妳答應過哀家什麼？」

薛皇后面色白了白。「不傷皇嗣，不謀皇位。妾身一直銘記於心。」

「銘記於心？」太后語氣更冷。「哀家看，妳是早就忘得一乾二淨了吧！」

薛皇后連忙以頭觸地。「妾身不敢。」

太后居高臨下地看著薛皇后。「這些年來，妳管理後宮，雖算不上十分出色，卻也差強人意。有些見不得人的事，只要不傷國體，不敗皇室之風，哀家都能睜一隻眼、閉一隻眼。「但這一、兩年來，妳變本加厲，哀家是不得不管了。別以為當了皇后就能高枕無憂，珍妃之死，乃是皇帝心頭一根刺，其中也有妳的推波助瀾！」

薛皇后聽得冷汗涔涔，忙道：「母后息怒，妾身自認安守本分，並無逾矩之處。」

太后卻道：「那歌姬一案是怎麼回事？」

薛皇后一頓，不說話了。

太后幽聲道：「妳要知道，這位置本來不是妳的；德不配位，必有災殃，萬事需懂得適可而止。如今一后一將，妳父親又高居太尉之職，可謂如日中天，若還不懂得見好就收的道理，只怕薛家的下場，不會比當年的宋家好到哪裡去。」

薛皇后咬了咬唇。「太后教訓得是，是妾身貪心了。」

太后又道：「哀家年事已高，本不想管後宮之事，但妳藉著親蠶節，將主意打到皇嗣身上，哀家便不能坐視不理。」

薛皇后連忙解釋。「母后誤會了，妾身固然有錯，卻不是衝著太子和太子妃去的。」

太后冷然開口。「皇后，妳我相處多年，瞞不過哀家。此舉乃一石二鳥之計，既想拿回嫻妃的協理六宮大權，又想將民怨引到太子夫婦身上，可惜棋差一著，被人捅了個底朝天。此事，得有個交代。」

太后說罷，站起身。「妳不是身子不好嗎？接下來這段日子，就好好休養吧。後宮之事，不必管了。」

薛皇后頓時面無血色，忙道：「母后，都是妾身一時糊塗，求母后開恩！」

太后神情淡漠。「哀家若不開恩，就該直接送妳去福寧殿，交給官家處置。如今，哀家只收走妳的六宮掌事權，已是格外開恩。以後再讓哀家發現妳不守承諾，謀害皇嗣，覬覦皇位，那這皇后之位，哀家能送妳上去，便能拉妳下來。妳若不信，大可以試試。」

薛皇后聽罷，面如死灰，頹然坐到地上。

太后說完，在惜靜嬤嬤的攙扶下，緩緩出了營帳。

第三十七章

帳外，田升已將所有的公主、妃嬪和命婦安頓好，見太后出了營帳，連忙迎上來。

太后道：「召集所有人，哀家有話要說。」

田升領命而去，嫻妃和寧晚晴等人聽到消息，也幫忙張羅起來。

一盞茶不到的工夫，眾人齊聚於祭壇下，神色恭敬地欠著身子，等待太后教誨。

太后立於祭壇上，目光威嚴地掃過眾人。

眾人覺得汗毛倒豎，乖覺起來。

「諸位，親蠶節乃是上告神明，下撫民意的重要儀式，可惜本次祭典混入心懷不軌之徒，差點破壞了親蠶節。這是皇后的過失，也是哀家的過失。」

太后的聲音不大，卻十分平穩有力。「親蠶節事關國祚，並非皇后一人之事，諸位身為妃嬪、命婦，應該知道如何約束自己，為百姓之表率。哀家不希望今日之事影響到各地農耕開桑。」語氣沈了幾分。「妳們可明白？」

眾人面面相覷，雲嬪率先開口。「妾身謹遵太后懿旨，絕不洩漏半個字。」

話音落下，其他人齊聲附和——

「妾身、臣婦等謹遵太后懿旨！」

寧晚晴默默看了太后一眼，不愧是上一屆宮鬥冠軍，三言兩句就將此事壓下去。

正當她偷看太后時，太后也轉過來，目光相接的一刻，寧晚晴連忙低下頭。

太后道：「親蠶節還差一項儀式便完成了，禮部需得補上餵桑禮才是。」

田升認真點頭，遲疑問道：「微臣去請皇后娘娘？」

太后淡淡開口。「皇后身子不爽，已歇下了。依哀家看，餵桑禮便由太子妃代勞吧。」

此言一出，全場安靜下來，所有人都把目光投射到寧晚晴身上。

寧晚晴素來冷靜，此時卻也忐忑起來。「多謝皇祖母厚愛，但孫媳還是第一次參加親蠶節，恐怕難當大任。」

太后擺了擺手，沒有給她拒絕的機會。「哀家乏了，早點辦完儀式，早點回宮。」

寧晚晴僵在原地。

思雲和慕雨還有些發懵，元姑姑卻笑容滿面地走過來，拉著寧晚晴回營帳梳妝換衣。

「恭喜太子妃！」

寧晚晴詫異地看著元姑姑。「元姑姑的意思是？」

元姑姑笑容可掬。「太后娘娘可是出了名的嚴厲，她老人家點名讓您行餵蠶禮，便算是徹底認可您了。日後在宮中，就算是皇后娘娘，也不敢給您臉色看。」

寧晚晴這才明白過來。這位太后娘娘，似乎沒有看起來那麼可怕。

元姑姑和思雲、慕雨七手八腳地幫寧晚晴換好禮服，又重新綰髮補妝。

一刻鐘後，寧晚晴盛裝華服，容姿絕豔地出現在眾人面前，不少妃嬪和命婦看得屏住呼吸，露出了羨慕的眼神。

禮樂重新響起，寧晚晴優雅地拾階而上，一步一步靠近神聖的祭臺。

禮部侍郎田升親手端上選好的桑葉，元姑姑則重新奉上蠶盤。

寧晚晴神情肅穆地凝視嫘祖牌位，當禮樂演繹至高亢處，便端莊地跪下，華麗衣袍逶迤曳地，風華萬千。

她虔誠一拜，姿態卓然，聲音清如玉石。

「嫘祖在上，請佑我大靖開桑順遂，國泰民安。」

春風習習，滿園桑樹沙沙微響。高聳的祭臺上，寧晚晴從容不迫地完成了所有儀式。妃嬪和命婦們無聲地跟在她身後跪拜，莊重而齊整。

惜靜嬤嬤陪太后立在不遠處，溫聲開口。「太子妃臨危受命，竟然如此鎮定，可見太后娘娘得了一位聰慧的孫媳。」

「現在評價，還為之過早。」太后語氣淡淡，眼角的皺紋卻舒展不少，唇角也多了一抹笑意。

「她呀，還嫩著呢。」

待儀式結束，寧晚晴回到東宮時，已經快到傍晚時分。
「太子殿下何在？」寧晚晴輕聲問道。
福生連忙答道：「回太子妃，殿下正在書房。」
寧晚晴點了點頭，逕自走上長廊，去了書房。
書房中光線尚好，趙霄恆正靠坐在窗邊看書。
「殿下。」
清越的女聲打斷趙霄恆的思路，將書冊放下，抬眸看去，微微一愣。
寧晚晴身上的禮服還未換下，華麗耀目的翟衣襯得她高貴典雅，面上妝容明豔，卻又不失大氣。她一進來，便讓人覺得整間書房都鮮活了幾分。
于書輕咳了下，趙霄恆才驀地收回目光。
「怎麼這麼晚才回來？親蠶節可順利？」
寧晚晴莞爾一笑。「本來不順利，但托殿下的福，後來一切都順利了。」
趙霄恆笑了。「聽聞愛妃又大殺四方了？」
寧晚晴道：「妾身是為了自證清白，迫不得已才與皇后對質，殿下卻能未卜先知，早早將長公主和太后請來，我們才轉危為安。」
趙霄恆怔了下。「皇祖母也去了？」
寧晚晴詫異地看著他。「難道皇祖母不是殿下請來的嗎？」

趙霄恆搖頭。「皇祖母早就不問宮中事了，即便是妳我大婚，她都只出來受禮，早早回了慈寧宮。她會去親蠶節，或許是巧合吧。」

寧晚晴若有所思地點點頭。「妾身覺得，皇祖母當真是個厲害的人物。」

趙霄恆饒有興趣地看著她。「何以見得？」

寧晚晴思量片刻，道：「顧全大局，卻不隨意犧牲旁人。光是這一點，就很難得了。」

趙霄恆點頭。「不錯，這個世上有太多人打著顧全大局的名義犧牲旁人，彷彿旁人都是微不足道，唯有他的『大局』，才是最重要的。」

寧晚晴總覺得趙霄恆話裡有話，但趙霄恆卻不再多說了。

寧晚晴低下頭，將隨身的荷包拿出來，從裡面掏出一物，遞給趙霄恆。

趙霄恆接過來一看，是一片翠綠的桑葉，面露疑惑。「為何要送孤桑葉？」

寧晚晴笑道：「這可不是普通的桑葉！這是妾身今日親手採的，又在嫘祖祭臺面前受過妃嬪和命婦們的禮，象徵新的一年風調雨順，國泰民安。如此有意義的桑葉，妾身自然要送給殿下。」

寧晚晴說著，還慧黠地眨了眨眼。

趙霄恆撚起葉片，轉著看了看，葉脈清晰，還散發著淡淡的清新味道，讓人感受到一絲春日的氣息，不由笑了起來。

「見過送禮的，沒見過這麼送禮的。」

寧晚晴下巴微揚。「殿下不要的話，妾身就送給別人了。」說罷，便要伸手去奪。

趙霄恆飛快地收回手。「罷了，既然是愛妃的一片心意，孤就勉為其難地收下了。」

寧晚晴無言，看著趙霄恆將葉片好好地擺在桌上，遂道：「若殿下沒什麼事，妾身就先下去了。」

寧晚晴離開書房後，回到寢殿，泡了個熱水澡。

今日天不亮就起床了，折騰到現在，寧晚晴累得連骨頭都要散了。

她換上寢衣，長髮還未乾，就躺在床上睡著了。

書房裡，趙霄恆看完手中的書冊，才發現天已經黑了。

「什麼時辰了？」

福生答道：「回殿下，過了戌時。」

趙霄恆輕輕嗯了聲。他看書的時候，不喜歡人打擾，就算過了吃飯的時辰，福生也不會吱聲。

他放下書冊，又看了桌上的葉片一眼，道：「回寢殿吧。」

書房離寢殿並不遠，趙霄恆走到寢殿門口，才發現裡面沒有點燈，伺候的姑姑跟宮女們也被撤走了。

趙霄恆伸手，輕輕推開門，徐徐走了進去。

月涼如水，靜靜照在寧晚晴身上，她側臉向外睡著。漆黑的長髮、雪白的面頰、嫣紅的櫻唇，睡顏嫵媚又天真，讓人忍不住想多看兩眼。

兩人已經同床共枕多日，但她總是習慣裹著衾被躲在最裡面。趙霄恆睡得淺，遂靠著外沿睡，兩人幾乎沒有任何接觸。

此時此刻，或許是因為一個人睡，她便格外恣意，頭靠在床沿上，腿卻伸到床裡，牢牢地占據了大半張床。

單薄的寢衣襟領，輕輕落在修長的脖頸上，露出脖子下的一小段雪白肌膚，微微可見胸口起伏。

寢衣之下才是被子，卻只蓋到腹部。若不是房內點了炭爐，只怕要著涼了。

趙霄恆蹙了蹙眉，安靜地走上前，抬起她的手腕，將衾被拉上去。

許是肩膀上的暖意太舒服，寧晚晴擁了擁被子，清醒幾分，秀眸惺忪地睜開眼，見趙霄恆的面容近在咫尺。

四目相對，寧晚晴微微一怔。他的眸子十分深邃，卻又透著一點清亮的光，好看得很。她有些茫然。「殿下？」

趙霄恆立即直起身子，側過臉。「愛妃別誤會，孤是看妳被子沒有蓋好，所以……」

寧晚晴悠悠打了個哈欠。

趙霄恆頓時無言。「妳若是太累，便繼續休息，孤就不打擾妳了。」

寧晚晴的聲音有些慵懶。「可是妾身睡不著了。」

趙霄恆轉過頭，見寧晚晴眼淚汪汪地看著他，長髮微亂，似乎還有些懵。

「妳還沒有用晚膳吧？」

寧晚晴搖頭。「不過，今日妾身不想吃宮裡的東西了。」

前世的她，其實是個不折不扣的吃貨。沒有案子的時候，便喜歡出去探訪美食店，大到米其林飯店，小到蒼蠅館子，她都吃過。

以前加班完，回家悶頭睡一覺起來，就該叫外賣，或者出去吃消夜了。

如今住在東宮裡，就算東宮的廚子再厲害，也做不出外面的風味。

趙霄恆看了寧晚晴一眼。「想出去？」

寧晚晴忙不迭點頭，一雙杏眼亮晶晶地盯著趙霄恆。「可以嗎？」

大靖民風開放，靖軒帝也默許皇子們多親近民間，所以不會阻止趙霄恆出宮。

趙霄恆悠悠道：「馬上就到宮禁時辰，若是出去，便進不來了，明早的請安怎麼辦？」

寧晚晴沈吟片刻，忽然哎喲一聲。

趙霄恆一愣。

下一刻，思雲和慕雨衝了進來，慕雨忙道：「太子妃，您怎麼了？」

寧晚晴皺著眉。「有些頭疼，許是今日著了涼。明早的請安，只怕是去不了了。」

慕雨一臉著急。「要不要幫您請太醫來？」

寧晚晴搖頭。「不必了，妳去告訴元姑姑一聲，請她幫我向皇后告假就好。」思雲和慕雨應聲退下。

待她們走了，寧晚晴才收起痛苦的表情，道：「殿下，我們可以走了嗎？」

趙霄恆忍不住笑了。「愛妃的膽子真是越來越大了。」

寧晚晴唇角微揚。「近朱者赤。」

明月當空，春夜漸暖，夜市裡的煙火氣越發濃厚。

長街上人聲鼎沸，叫賣吆喝不絕於耳，趙霄恆和寧晚晴走在前面，福生與于劍則寸步不離地跟在他們身後。

福生打扮得像個書僮，但自從出了門，便眉頭緊鎖，目光沒有離開過趙霄恆。

于劍忍不住看他一眼。「你再盯著殿下，就要成鬥雞眼了。」

「噓！」福生抬起一根手指，擋在嘴前。「是公子，別說漏了嘴。」

于劍漫不經心地應下。「知道了。」

福生一本正經道：「讓你小心些，你還不高興了？咱們公子是什麼身分，萬一有個閃失，你承擔得起嗎？」

于劍聽罷，濃眉微微一蹙。「別瞎說，就算有歹人前來，我也會拚死護著公子的。再說了，閒影衛也不會閒著啊。」

間影衛可是無處不在的。

福生道：「就算如此，也不能掉以輕心。」指著前面賣包子的小販。「你瞧見那個人沒有，他已經看了我們好幾次，說不定在打什麼歪主意呢。」

于劍道：「你看他，他自然就看你了，人家不過是想把包子賣給你罷了。」

福生有些不服氣，又指向另外一邊的賣花娘子。「還有她，也一直盯著殿下看，說不定是圖謀不軌。」

于劍嘆了口氣。「公子和夫人走在一起，便是一對璧人。人家賣花自然要挑客人的，若我是賣花娘子，也定然要想法子賣給公子。」

福生還想指別人，于劍卻一把摁住他的手。「你的臆想症還能不能治了？你這是破案的話本子看多了，如今看誰都像壞人。」

「胡說！」福生瞪眼。「最近我都沒有看話本子了，我在……」話才說到一半，又戛然而止。

于劍疑惑地看著他。「你在做什麼？」

福生故作高深地別過臉。「罷了，說了你也不明白。」

兩人嘀咕完，見趙霄恆和寧晚晴在街口停下來。

寧晚晴看著滿街的飯館酒樓，一時有些犯難。「該吃什麼好呢？」

趙霄恆見寧晚晴左右為難的樣子，忍俊不禁。「不過是選一家酒樓而已，又不是讓妳選妃，用得著這麼犯難嗎？」

寧晚晴道：「若真是選妃，那才簡單呢。」閉著眼睛選就好了，反正都是趙霄恆養著。眼下出宮的機會難得，若是不好好吃上一頓，那可就不划算了。

趙霄恆想了想，道：「我想起一個地方，吃食做得不錯。」

寧晚晴眼睛一亮。「在哪兒？」

趙霄恆笑道：「離這兒不遠，走過去不到一炷香的工夫。」

寧晚晴眉眼輕彎。「那還等什麼，我們快走吧！」

趙霄恆笑了下，帶著寧晚晴往隔壁的街道走去。

第三十八章

街道上依舊十分熱鬧，兩旁商鋪林立，酒樓食肆應有盡有，寧晚晴與趙霄恆在掛著一塊巨大招牌的鋪子前停下來。

這間鋪子不但招牌浮誇，外牆上還畫著各色風情的美人兒，是整條街上最引人注意的鋪子了。

寧晚晴立在招牌下，嘴角微抽。「萬姝閣？」

「不錯。」趙霄恆頷首。「這裡的廚子比之御廚，有過之而無不及。」

寧晚晴對這裡實在沒什麼好印象，但聽趙霄恆這麼說了，又有些好奇。

小二見趙霄恆氣度不凡，央了管事親自接待。孰料管事一見到趙霄恆，竟嚇得差點跪了下去。

「草民叩……」

福生忙道：「管事，今日我家主子是微服私訪，稱趙公子便好。」

管事立即斂神，毫不含糊地接話。「趙公子攜夫人光臨，小店實在蓬蓽生輝，裡邊請，裡邊請。」

接著，他吩咐小二。「快去告知世子！」

小二連忙一溜煙地跑了。

管事將趙霄恆和寧晚晴迎入萬姝閣內。

寧晚晴記得，上次來萬姝閣時，裡面美女如雲，是個尋歡作樂的場子。但這次一進來，卻發現完全變了樣。

原本用來表演歌舞的臺上，如今放了一張長桌，桌前站著一位身材微胖的中年先生。先生手持摺扇，正在「之乎者也」地講學。

舞臺下面，座無虛席，客人們依舊推杯換盞，左擁右抱，歡聲笑語不斷，彷彿臺上的先生不存在似的。

這般矛盾又離奇的畫面，令寧晚晴瞠目結舌。

管事見她驚訝，笑道：「夫人有所不知，這是咱們萬姝閣的新花樣，近日很受歡迎呢。等會兒您與公子上了二樓，也是能聽見講學的。」

他說罷，將寧晚晴和趙霄恆引上了二樓雅間。

趙霄恆剛坐定，門就被人一手推開，趙獻風風火火地衝進來。

「殿下要來，怎麼不早些告訴我？我也好到門口去接呀。」

趙霄恆微微一笑。「只是一時興起，過來看看，本不想打擾你的。」

「你我之間，哪裡用得上打擾二字？」趙獻笑呵呵說著。「殿下怎麼這麼晚……啊！」

趙獻這聲驚呼，嚇了眾人一跳。

趙獻看看趙霄恆，又看了看寧晚晴，開口問道：「這位是……太子妃？」

趙霄恆點頭。「不錯。」

寧晚晴也衝趙獻一笑。「見過世子。」

趙獻連忙回禮，心中暗道，眼前有這樣的絕世美人，太子殿下不會還是喜歡那些小倌兒吧？想到這裡，恨不得扼腕嘆息。

趙霄恆見趙獻滿臉可惜的樣子，不禁有些納悶。「嚴書，你怎麼了？」

趙獻連忙收斂神色。「沒什麼。對了，殿下怎麼這個時候出來了？」

趙霄恆笑道：「今日太子妃胃口不佳，孤帶她出來嚐點新鮮的，便轉到你這兒來了。」

趙獻立即說：「這個簡單，來人，將萬姝閣最好的菜色呈上來。」

管事趕緊應聲而去。

寧晚晴忍不住指了指樓下的先生，問趙獻。「世子，一樓這是在做什麼？為何萬姝閣會有人講學？」

趙獻一聽這話，頓時來了精神，解釋起來。「太子妃問到了關鍵。馬上就要春闈了，不少考生都是京城人士，在家中溫書多無趣？這不，我將名士請到萬姝閣講學，他們就可以一面聽講、一面喝酒，既得了樂子，又能對家中有所交代，兩全其美！」

寧晚晴目瞪口呆。「他們就不擔心自己考不上嗎？」

趙獻哈哈一笑。「若是外來的舉人，倒是真有可能擔心自己考不上，悶在屋裡苦讀。但樓下這些人，卻是不用怕的。」

寧晚晴聽得一知半解。

趙霄恆低聲道：「科舉每逢三年一屆，學子們考過鄉試之後，成為舉人。唯有舉人才有資格上京參加會試，繼而入闈殿試，博取功名。舉人是百裡挑一的人才，但不是所有參與會試的，都是舉人。」

寧晚晴問道：「難不成有些人不用考鄉試，也能入會試？」

「妳說得不錯。」趙霄恆道：「大靖自開國以來，便有一條不成文的規定，就是勛貴之家的子弟，若想參加會試，只需找兩名京官作保推薦即可。所以，即便他們不考舉人，也能考會試。」

「為何會有這樣的規定？」寧晚晴疑惑地蹙著眉。「這不是很不公平嗎？」

趙獻笑了下。「這世上哪有那麼多公平的事呢？我曾經聽父王說過，大靖開國時，不少人從龍有功，但開國元帝不想讓朝堂代代任人唯親，遂免除其中一批人的世襲，改為允許他們的子弟可以經過保舉，直接參與會試。這樣做的好處是，既不會引起他們過度不滿，又不至於讓朝廷的編制過於龐大冗雜。」

寧晚晴垂眸看了看下面的客人，大多是紈袴子弟，有些人吵吵嚷嚷，有些人則喝得爛醉如泥。唯有角落中坐著一個書生模樣的年輕人，身旁沒有任何姑娘作陪，正繃著臉，目不轉睛地盯著臺上的先生。

寧晚晴收回目光，問道：「那些舉人和勛貴子弟放在一起考會試，豈不是高下立判？」

「就算是高下立判，也拗不過官場人情。」趙霄恆手指摩挲著茶盞，眸色深了幾分。「孤看過近兩次的會試名錄，能考過的，半數以上都是勛貴子弟。」

寧晚晴忍不住道：「父皇也不管嗎？」

趙獻笑道：「官家自然只能睜一隻眼、閉一隻眼。這規矩原是為了補償那些有功之人，若是這條路也封死，說不定連朝廷都會動盪起來。畢竟那些子弟的家主，大部分身居高位，在朝中可是舉足輕重。」

寧晚晴唇角微抿，低聲問道：「會試的名額本來就少，若是勛貴子弟占去一半，那些苦讀二十年的舉人，豈不是更沒有機會了？」

趙獻道：「這人比人，就是氣死人。雖然勛貴子弟中也不乏出類拔萃的，但那些人大多會被直接推薦入朝，走科舉這條路的，都是些草包。想法子走個過場，通過禮部再到吏部，等著撈個官職，混吃等死罷了。」

寧晚晴聽罷，心情有些複雜，看向了趙霄恆。卻見趙霄恆面上也沒有多少笑容，似乎陷入了思量。

這時，樓下傳來一陣喧鬧聲。

寧晚晴抬眸一看，樓下的講書已經停了。
不少人離開座位，往角落包圍。
有個人站在人群中間，看起來孤立無援。
寧晚晴定睛看去，那人似乎是方才聽講的書生。
不知為何，書生被眾人團團圍住，幾個華服公子對他指指點點。書生也鐵青著臉與眾人辯駁，旁邊時不時傳來起鬨聲。
趙獻吩咐管事。「派個人去看看怎麼回事。想在本世子的地方鬧事，門兒都沒有。」
管事立即下樓。
片刻後，樓下的聲音更甚，趙霄恆與寧晚晴走到窗前，發現書生面色難看，神情也有些激動。兩位華服公子逐漸逼近他，氣氛劍拔弩張。
眾人都不知道發生了什麼事，也聽不清樓下的聲音，只得等著管事回來。
趙獻急得團團轉，又不好立刻露面，就在他的耐心即將耗盡之時，管事終於回來了。
管事滿臉焦急，低聲道：「回稟世子，那書生名叫曾子言，是前來應考的舉人。方才先生在講學，有兩位公子的說話聲太大，曾子言便過去請他們小聲些。但兩位公子不聽勸，一來二去，遂吵了起來。」
趙霄恆詫異，寧晚晴問道：「現在情況如何了？」
管事未來得及答話，便聽見下面一聲高呼。「打人了！打人了！萬姝閣要出人命了！」

趙獻一驚，親自下樓了。

趙獻心急火燎地趕到大廳，書生曾子言已經被公子們的隨從打得鼻青臉腫，正趴在地上喘息，連過來勸架的小二都挨了一拳。

趙獻怒得吼了一聲。「本世子在此，誰敢撒野？」

此言一出，兩位打人的華服公子面面相覷，旁邊的人提醒他們幾句，兩人才明白了趙獻的身分，立時畢恭畢敬。

其中一名藍衣公子道：「世子來得正好，大家來萬姝閣，不就是圖個樂子嗎？這窮酸小子倒好，居然嫌我們喝酒聊天太吵，害得他聽不見說書。有本事，自己花銀子坐前排呀，沒銀子來什麼萬姝閣？」

旁邊的綠衣公子也附和。「就是啊，若是真的一心只讀聖賢書，怎麼會來萬姝閣？還不是裝模作樣，假正經。」

他說罷，踢了掉在地上的招文袋一腳。

曾子言連忙撿起招文袋，寶貝似的抱在懷中，站起身，面色鐵青。

「你自己不讀書沒關係，可不要詆毀別的讀書人！」

綠衣公子的怒氣又上來了。「你說誰不讀書？」

藍衣公子道：「別同他囉嗦，此人就是不見棺材不掉淚，來人——」

眼看兩邊又要打起來，趙獻覺得頭疼，福生卻快步下了樓，奔到趙獻身旁，對他耳語了幾句。

趙獻會意地點點頭，轉過來對兩位公子道：「在本世子的地盤上，容不得尋釁滋事。你們若是認我這個世子，就此罷休，今日你們在這兒的開銷，我趙獻請了；若是還要在這兒動手，就是不給我面子，那我便不客氣了！」

話音落下，十幾個護院從側門處進來，個個生得牛高馬大，威風凜凜。

兩位公子對視一眼，氣焰頓時消下去，藍衣公子道：「既然世子開了口，我們自然不會和這窮酸鬼一般見識。」

綠衣公子也點點頭。「時辰不早，我們就不打擾，先告辭了。」

話一說完，兩名公子連忙帶著隨從離開。

趙獻回過頭，看向鼻青臉腫的曾子言。「明知打不贏，還要惹他們，你是不是傻啊？」

曾子言擦了擦嘴角的血。「爭不爭是一回事，贏不贏又是另外一回事。」

趙獻饒有興趣地看他。「你這小子有點意思。先別急著走，帶你去見一個人。」

曾子言面露疑惑。「誰？」

趙獻並未回答，一擺手，兩個護院便架起曾子言上樓。

曾子言大驚。「你們要做什麼?!」

片刻後，曾子言被帶進了天字號雅間。

護院將曾子言放下，退了出去。

曾子言面有怒色。「世子這是什麼意思？」

趙獻沒說話，抬了抬下巴，指向一旁。

曾子言順著他指的方向看去，只見屏風後面是一張古樸的圓桌，主位上坐著一位風清月朗的貴公子；他的身旁，還有一位容姿出眾的年輕娘子。

趙霄恆率先開口。「你就是曾子言？」

曾子言站直了身子，不卑不亢道：「正是。您是？」

趙獻道：「這位可是方才救你的人。若依照本世子的脾氣，早把你們都趕出去了。」

趙霄恆笑了笑。「我是誰不重要，聽說曾公子是來京城應考的舉人，想必才華出眾，品行端正，為何與人起衝突？」

曾子言自嘲般地笑了聲。「舉人又如何？寒窗苦讀十幾年，本以為舉人難得，沒想到來了京城，遍地都是『舉人』，不但不尊師重道，還口出惡言，當真是白讀了聖賢書！」說罷，憤怒地往一樓瞥了一眼。

趙霄恆道：「讀書難得，中舉難得，會試的機會更難得。公子既然一心科考，又為何來萬姝閣？」

曾子言沈默片刻，道：「看公子談吐衣著，應該非富即貴。說來您也不會相信，在下其實是來聽講的。」

趙霄恆有些詫異，寧晚晴忍不住問道：「來萬姝閣聽講？」

曾子言認真點頭。「萬姝閣裡雖然魚龍混雜，但臺上那位先生卻是字字珠璣，滿腹經綸，今夜講了許多與策論相關的內容，都是小人在家鄉時未曾聽過的。」

趙獻見寧晚晴神情疑惑，開口道：「我早就說了，這位先生可是京城名士。他原本不肯來萬姝閣講學，我可是三顧茅廬，又出了雙倍價錢，他才答應過來的。」

趙獻說著，還生出了一點自豪。

曾子言道：「這樣好的先生，這樣好的課，下面坐的卻是一群烏合之眾。想讀書的進不來，不想讀的被家中逼著濫竽充數，當真是可笑至極。」

寧晚晴問：「什麼叫想讀書的進不來？」

曾子言驚訝。「兩位難道不知，進萬姝閣的票，一張要五兩銀子嗎？」

寧晚晴微微一愣。「五兩銀子？」

京城大多數的百姓，只怕一個月都賺不到五兩銀子。

趙霄恆的目光也落到趙獻身上。

趙獻一攤手。「五兩銀子怎麼了？開門做生意，我又沒偷沒搶。再說了，這鋪面不要銀子嗎？請先生不要銀子嗎？享受最好的，自然就要付出更多。自己沒銀子，不能怪人家賣得貴啊！」

曾子言神情微黯。「世子沒錯，要怪就怪人有貴賤貧富之分，各人出身不同，要走的路不一樣罷了。」

寧晚晴道：「曾公子即將參加會試，說不定出頭之日已經不遠了，何必如此悲觀呢？」

「並非是在下悲觀。」曾子言似乎有些心灰意冷。「諸位都是人上人，一出生就是錦衣玉食，前程錦繡。我不過是一介小小書生，掙扎於生計，連今日入萬姝閣的五兩銀子，都是好幾位考生一起湊的。就算能考上會試，若與保舉考生對上，只怕也會落於下風，像今日一樣，被人踩在腳底。」

趙霄恆沈默一下，道：「曾公子方才說，來萬姝閣的錢，是幾位考生一起湊的？」

曾子言頷首。「不錯。考生們的盤纏有限，不能人人都來，所以他們推舉在下來聽講，回去再轉述。」

他說罷，從招文袋中掏出一本冊子。「方才先生講的內容，我都記下了。可惜後來被人打斷，沒有聽完。」

趙霄恆道：「這本冊子，可否借我一觀？」

曾子言以為趙霄恆也對先生講的內容感興趣，大方地將冊子遞過去。

趙霄恆翻開冊子，只見裡面密密麻麻記了許多內容，不但有先生講的，還有他自己的所思所感，一手字寫得筆走龍蛇，令人賞心悅目。

趙霄恆合上書冊，還給曾子言。「這萬姝閣，以後曾公子還是別來了。」

曾子言一愣，隨即道：「公子就是不說，在下也不會來了。」且不說今日之事與人結下梁子，光進來就要五兩銀子，他也消受不起。

趙霄恆卻說：「三日之後，會有先生在街口講學。曾公子若有興趣，可以帶著其他考生，一併過來聽講。」

曾子言驚訝。「此言當真？」

趙獻忙道：「當然是真的，太……不，趙公子說的，還能有假？」

曾子言似懂非懂地對趙霄恆點點頭，將他的書冊小心翼翼護在招文袋中，轉身離開。

趙獻問道：「殿下，您真的要請先生到街口講學？」

「不錯。」趙霄恆沈聲道：「科舉的目的是為了幫朝廷選拔人才，這些舉人經歷了十年寒窗，都是個中佼佼者。如果還未參加會試，便對朝廷失望，可不是什麼好事。」

趙霄恆說罷，站起身來。「時辰不早了，孤還有事，先告辭了。」

趙獻點點頭，趙霄恆帶著寧晚晴離開了雅間。

片刻後，趙獻忽然想起一事。「等等！殿下若安排了先生講學，那萬姝閣的生意可怎麼辦啊？」

想到這裡，他拔腿往樓下跑去，可趙霄恆和寧晚晴已經走遠了。

第三十九章

夜色漸深，長街上的人少了許多，馬車也駛得十分平穩，很快出了萬姝閣。

寧晚晴上了車後，便若有所思地坐著，一言不發。

「還在想曾子言的事？」

趙霄恆聲音淡淡，打破車裡的沈寂。

寧晚晴斂了神色。「殿下如何看待保舉一事？」

趙霄恆沈默片刻，道：「無非是用一個洞，堵住另外一個洞罷了。」

開國元帝為了杜絕功勛之家在朝堂上勢力太過，取消世襲罔替的優待，以保舉會試來安撫那些有功之臣。

起初，那些有功之臣的子弟們，大多十分優秀，即便是保舉入會試，也是出類拔萃。

可是，傳了幾代後，便一代不如一代，如今唯有最沒出息的子弟，才會走這條保舉之路。偏偏通過會試的名額有限，每一屆不過五十人左右，勛貴子弟就占去一半，難免讓那些寒窗苦讀的舉人覺得不公。

寧晚晴問：「今年也是如此嗎？」

趙霄恆低聲道：「科舉由禮部主持，若是主持的規則和人沒變，結果也不會有變化。」

「既然如此，殿下為何要安排先生為舉人們開講？這樣的話，豈不是希望越大，失望越大嗎？」

趙霄恆沈吟片刻。「曾有人對孤說過，學問本身該是純粹的，人在學問面前，不應有高低之分，這一生都不該放棄學習與思索。」

趙霄恆語氣平靜，但不知為何，寧晚晴總覺得，他的語氣裡有一絲黯然。

寧晚晴道：「妾身覺得這話說得極好。」

趙霄恆微微一怔，抬眸看她。

寧晚晴笑道：「怎麼，妾身說得不對嗎？」

趙霄恆斂起目光。「孤不過是有些意外罷了。如今的世道，平民出身的書生也好，勛貴之家養大的公子也罷，讀書大多是為了功名和前程，真正能潛下心來做學問的人，是少之又少了。」

寧晚晴又道：「做學問與得功名並不衝突，曾子言不就是個例子？妾身瞧著，他對自己的書冊倒是愛惜得很。」

趙霄恆點頭。「孤看了他的書冊，上面寫了些自己的見解，文采應當不錯，就看能不能在會試中嶄露頭角了。」

寧晚晴忍不住問：「若是他真有能耐，殿下會幫他嗎？」

趙霄恆笑而不語，並沒有回答。

這時，馬車不知不覺地停了下來。

寧晚晴挑起車簾，瞧了外面一眼，詫異問道：「這是哪兒？」

馬車停在一棟古樸的宅院門口。

趙霄恆率先下車，回過頭，對寧晚晴道：「宮門已經下鑰，回不去了。愛妃不下車，是準備睡在車上？」

寧晚晴這才慢吞吞地下來。

這條長街看著很寬闊，周邊都是高門大院，卻沒有多少人煙。

夜風一吹，讓她打了個激靈，不由攏了攏衣裳。

趙霄恆瞧她一眼，沒說什麼，轉身上了臺階。

寧晚晴亦步亦趨地跟在他後面，逐漸走到光亮處，才看清大門口的牌匾。

「宋宅?!」

趙霄恆輕輕嗯了聲，算是回應。

寧晚晴問：「這裡是殿下的母家？」

趙霄恆沈默片刻。「這裡是孤以前的家。」

福生上前敲門，只見一位白髮蒼蒼的老者提著燈籠走出來，看到趙霄恆，立時笑得眼尾舒展。

「公子回來啦？」

趙霄恆的唇邊也多了一絲笑意，對寧晚晴道：「這是忠叔，宋宅的管家。」

忠叔見到寧晚晴，欣慰地笑出聲來。「小人叩見太子妃。」眼看就要跪下。

寧晚晴連忙扶起他。「忠叔，這兒若沒有太子殿下，自然也沒有太子妃。」

忠叔高興不已。「是，是。小人向少夫人請安。」

寧晚晴朝忠叔笑著點了點頭。

在忠叔的張羅下，一行人入了宋宅。

寧晚晴還是第一次來宋宅。

這座宅子長年沒有主人，卻打掃得一乾二淨，連迴廊上都纖塵不染。

宅子不算太大，但處處凸顯著精緻與高雅。庭院中種著幾棵梨樹，其中有一棵已經開出乳白色的花朵，夜風一吹，花朵便隨之一顫，送來陣陣香氣，令人心曠神怡。

寧晚晴放鬆不少，跟著趙霄恆，快步到了正廳。

過了一會兒，范嬤嬤、秀姨等幾位舊僕得了消息，都趕過來了。

范嬤嬤樂呵呵道：「公子要回來，怎麼不早些知會一聲，老婆子也好準備準備呀。」

趙霄恆笑了笑。「什麼都無須準備，這裡一切如常，便是最好。」

范嬤嬤見到寧晚晴，更是笑得合不攏嘴。「少夫人累了吧？不如先去沐浴，老奴準備些吃食，等會兒就能用了。」

今夜寧晚晴出宮，本是為了覓食，但在萬姝閣的時候，被曾子言的事打斷了，沒吃什麼。聽了范嬤嬤這話，便高興地點點頭。

「那就有勞范嬤嬤了。」

趙霄恆也多了幾分笑意。「范嬤嬤手藝絕佳，妳有口福了。」

廳堂裡燈光溫暖，趙霄恆的五官輪廓看起來都柔和幾分，竟變得更好看了。

寧晚晴頓了頓，她還沒見過趙霄恆這麼有人情味的樣子。

范嬤嬤急忙去了後廚，秀姨便走上前招呼寧晚晴。「少夫人請跟老奴來。」

寧晚晴這才回神，同她去了內院。

秀姨推開主院的臥房，裡面卻沒有封塵已久的味道，反而歷久彌新，一切物件都顯得十分溫潤。

秀姨看出了寧晚晴的心思，笑道：「少夫人有所不知，其實公子每隔一段時日，便會回到這裡，有時候用一頓飯，有時候只靜靜坐上一個時辰；若是心情不好，就會住上一宿。」

「心情不好就會住在這裡？」寧晚晴聽了這話，有些詫異。

自從她認識趙霄恆以來，哪怕兩人單獨相處時，趙霄恆也很少喜怒形於色。

秀姨點點頭。「是啊。京城不止一座宋宅，但城東這一座卻是老太爺以前最常住的。老奴記得，公子小時候若在宮裡遇到了不順心的事，便會回來這兒。躲進老太爺的屋裡後，就是誰也不理了。」

寧晚晴忍不住笑了笑。「殿下與外祖父的感情，應該很好吧？」

秀姨一面幫寧晚晴備水、一面道：「那是自然，老太爺睿智開明，嚴於律己，對公子卻是格外疼愛。但凡公子想玩些什麼，老太爺就會親手去做。少夫人瞧見院子裡的鞦韆沒有？便是老太爺當年親手做的。」

寧晚晴道：「梨樹附近好像有一座鞦韆，牆角還有梅花樁，也是殿下小時候玩的嗎？」

說起這個，秀姨掩唇笑了起來。「梅花樁是大爺非要裝的。咱們大爺是威名赫赫的大將軍，自從得了公子這個外甥，總想著要把他培養成絕世高手。自公子兩歲起，大爺就搭了梅花樁，公子卻不肯去踩。」

「為什麼？」

秀姨面上笑意更盛。「公子對踩梅花樁沒有興趣，大爺為了哄他，就騙他說，梅花樁踩多了，腳底能長出梅花來，公子便信了。不過三歲的小人兒，居然從天亮踩到天黑，還不肯下來。」

寧晚晴頓時忍俊不禁。「這倒是像他的作風。」

熱水已經放好了，寧晚晴動手寬衣，秀姨為她拿來乾淨的布巾，繼續說下去。

「少夫人小我們公子幾歲，興許不知道，公子自幼被外界譽為神童，但親近的人都知道，公子聰慧是真，努力也是真。他認準的事情，向來是不達目的不罷休的。」

秀姨說罷，寧晚晴沈思片刻，道：「他與家人的關係這般親近，宋家出事的時候，他一定很難過。」

前世，寧晚晴在孤兒院長大，對家人並沒有太多印象，一直羨慕別人能有溫暖的家。趙霄恆卻不同，他先是擁有了最好的一切，然後又毫無徵兆地，在剎那間全部失去。兩相對比，寧晚晴忽然不知，哪一種更為可悲了。

秀姨想起宋家當年之事，眉宇間也浮上一絲惆悵。

「是啊，公子小時候性子開朗，特別愛笑。大爺在北疆出事後，宋家老小都被關入牢中，公子只能和他母親相依為命，可二姑娘又偏偏……」

秀姨想起了宋楚珍，心中更是惋惜。

「我們二姑娘是性子頂好的人，若是她見到您，定會喜歡的。只盼著她在天之靈，保佑您和公子一切都好。」

寧晚晴輕輕點頭，這樣好的母親，她卻見不到了，著實有些可惜。

她頓了頓，忽然想起趙霄恆還有一位舅舅在北疆，便問：「如今仲舅不是在北疆嗎？多久能回來一次？」

秀姨聽了，忍不住搖頭。「難啊，三爺已經好幾年沒有回來了。」

寧晚晴有些意外。「為何？」

秀姨道：「老奴也不知道。說起三爺，也是個令人佩服的角色，當年他文采斐然，年紀輕輕便中了探花，人人都說他能繼承老太爺的衣缽。後來宋家生了變故，他連原本分到的官職也不要了，帶著我們回了淮北。」

寧晚晴疑惑。「淮北？」

秀姨點點頭。「宋家的根基在淮北，三爺回去之後，閉門苦讀，日夜研究兵法策略，幾個月下來，瘦了一大圈，若不是日日見著，只怕都認不出了。他苦讀幾個月，居然著出一本兵書，後來這本兵書被廣泛流傳，成了官家請三爺出山的契機。」

之前寧晚晴也聽寧頌說過此事。「仲舅著實是文武全才。」

「誰說不是呢？」秀姨又嘆了口氣。「可惜，三爺為讓宋家東山再起，有能力保護公子平安長大，付出不少代價，連他自己的姻緣都丟了。」

淨房中水氣氤氳，秀姨的聲音裡夾雜著些許無奈。

寧晚晴回過頭，眸子微微發亮。「秀姨，此話怎講？」

秀姨動作輕柔地幫寧晚晴梳理秀髮，語氣也是輕輕柔柔的。「當年，咱們二姑娘最得聖寵，官家特許她能隨時出入宮廷，二姑娘回來的次數便不少。有一次回府，她還帶了一位如花似玉的姑娘。

「這姑娘的性子直爽活潑，我們都很喜歡她。她在府中住了兩日之後，我們才知道，原來她是官家的親妹妹——毓敏長公主。」

寧晚晴心頭微動，可不就是那位難搞的姑母趙念卿嗎？

「難不成，姑母和仲舅曾經有一段情？」

秀姨點了點頭。「當時，三爺還在家中備考，不常出門，故而長公主每次來，兩人都能見到面。他們雖然一動一靜，可相處起來卻是十分有默契，一來二去便生了情意。即使他們嘴上不說，但我們全看在眼裡。」

秀姨說罷，幫寧晚晴綰起長髮。「後來，三爺參加科舉，中了探花，本打算等官位下來，便由二姑娘去請示官家，向長公主求親。誰承想，玉遼河卻出事了。」

秀姨的聲音逐漸沈下來。「玉遼河一戰，即便大爺捨了性命，也沒能挽回局勢，北驍軍折損過半，工部斥資打造的戰船，也近乎全毀。我們宋家一下從股肱重臣，淪為千夫所指的罪人。二姑娘為了救我們，挺著大肚子去求官家，孰料動了胎氣，最終難產而亡……」

秀姨眼眶紅了紅，繼續道：「老太爺連失愛子愛女，一族清譽又無端被人誣衊，悲憤交加之下，尋了短見……」

秀姨說著，手指微微顫抖。

寧晚晴握住她的手。「秀姨，若是難受的話，便別說了。」

秀姨斂了斂神，搖搖頭。「老奴沒事，都過去了。總而言之，三爺出獄之後，捨了功名，帶著我們回淮北。與長公主的事，便無疾而終了。」

寧晚晴低聲道：「蘭因絮果，實在令人惋惜。你們回淮北的那幾年，殿下在宮中想必也不好過吧？」

秀姨聽到這話，面上生出一絲薄怒。

「宮裡那些人，都是拜高踩低的混帳東西！我們二姑娘得寵時，對不少人照顧有加，待宋家落難、二姑娘歿了之後，他們卻欺負起公子。聽聞有好幾次，公子病得連床都下不了，那些黑心太監還不給他吃食；還有狠毒的嬤嬤，趁著官家不管公子，將他關進地窖，若不是嫻妃娘娘出手相救，最後的結果，老奴都不敢去想……」

秀姨越說越心疼，寧晚晴也忍不住蹙了眉，有些生氣。

「最終只定了元舅的抗敵不力之罪，並沒有定下其他宋家人的罪責。殿下又是皇子，那些人這般膽大妄為，皇祖母和父皇都不管管嗎？」

秀姨道：「那時太后身子不濟，時常告病不出，而官家因為玉遼河的事，與宋家生了齟齬。這兩位都不管，還有誰會管呢？公子自幼便是人中龍鳳，最得官家喜愛，即使什麼也沒有做錯，也會招人嫉妒。

「在後宮中，官家的好惡便是一切的根源，官家若是看中了誰，人人都會把他當成捧在手心裡的珍寶；若官家唾棄了誰，那人便是人人都能踐踏的花草，死在泥裡，也不會有人知曉……」

秀姨說完，又長長嘆了一口氣。

寧晚晴沈默片刻。「世事就是如此，雪中送炭之人少，落井下石之人多，唯有自己掙扎向前，才能贏得救贖。所幸如今一切都有好轉，您也別難過了。」

秀姨輕聲道：「少夫人說得對，只是不知這些事，公子自己能不能放下？畢竟二姑娘、老太爺和大爺，都是他最親近的人。過去的事，按照公子的性子，定然不會告訴少夫人，但若少夫人知道一些，便能多懂公子一些，也許，他就不會那麼孤單了。」

寧晚晴微微一怔。

她與趙霄恆相處時，他說起話來常常玩世不恭，即便笑著，唇角也掛著一絲涼薄，彷彿這笑不是從心底發出來的，只是一張面具而已。

原來這面具遮掩的，是不為人知的傷痛，還有孤獨。

第四十章

寧晚晴沐浴過後，披上寢衣，出了淨房。

秀姨送來一套淺紫色衣裙，有些抱歉地笑著說：「老奴不知少夫人今日要來，找來找去，沒找到適合少夫人的衣裙。這套是二姑娘留在家中的舊衣裳，少夫人可否將就一二？」

寧晚晴不在意地笑道：「無妨。」

她換好衣裙，拿了條布巾，在鏡子前坐下，輕輕擦起長髮。

夜風微拂，送來一陣清越的琴聲，悠揚舒緩，卻又帶著沈沈的訴說感。

秀姨笑道：「公子好久沒撫琴了，定是今日帶少夫人回來，心中歡喜，才重新彈。」

寧晚晴一笑。「原來他還會撫琴？」

秀姨面露自豪。「是啊，公子的琴藝是三爺教的。三爺中探花之前，已經名揚天下，靠的正是出神入化的琴藝，還曾在太后的壽宴上獻過曲。所謂名師出高徒，所以公子的琴藝也是不俗。」

月光溫柔如水，靜靜鋪滿整個院落。

粉白的梨樹下，趙霄恆一襲白衣，端然而坐。

骨節分明的手指，從容不迫地撥弄琴弦，悅耳琴聲如流水一般，傾瀉而出。

他的神情淡漠，所有的思緒都藏在了琴聲裡。

忽然，他的目光裡闖入一個淺紫色的秀麗身影，琴音微微一頓，停了下來。

寧晚晴自長廊而下，笑道：「殿下怎麼不彈了？」

她剛剛擦乾長髮，並未綰髻，而是任由瀑布般的長髮披散在肩頭；烏黑的髮色，襯得小臉更加精緻。眸中月色明明，笑起來時，眼波微蕩，煞是好看。

趙霄恆一言不發地看著她，寧晚晴忽然想起一事，道：「秀姨說，府中沒有適合我的衣裳，找來母妃的舊衣裙，讓我先穿著。你若介意，我就去換別的。」

趙霄恆收回目光，將手指重新放回琴弦上，淡淡道：「不必了。」頓了頓，又說：「很適合妳。」

寧晚晴莞爾一笑，走到一旁的鞦韆前，緩緩坐下。足間輕點，淺紫色的裙襬便隨著鞦韆微微擺動起來。

夜風徐徐而來，梨樹發出簌簌微響，粉白的花瓣悠然飄落，在空中迴旋起舞。

寧晚晴沈浸在這場唯美的花瓣雨裡，唇角上揚，輕輕閉眼。

趙霄恆凝視著她，指尖琴聲再起。

三日後。

春寒料峭，一處位於城西的四合院裡，書生王善立在門口，冷得直搓手。
「曾兄，今日城東街頭當真有人講學嗎？」
曾子言套上外衣，仔細地將書冊收進招文袋中。「我也不確定。」
王善一愣。「如今會試在即，每一日都十分珍貴，不確定你還要去？」
曾子言道：「我既然答應了別人，自然要信守諾言。」
王善蹙眉。「那位貴公子與你非親非故，為何會告訴你這些？況且，尋常的先生都是收了銀子才授課，怎麼會來街頭開講呢？」
曾子言默默將帽子戴上。「誰說沒有？多年前，京城便有位大儒開壇授業，造福了不少學子，連我的先生都獲益匪淺。」
「我也聽說過。」王善悠悠道：「可那已經過去許多年，咱們哪有那麼好的運氣？」
曾子言準備好東西，道：「不過半日而已，若是當真沒人開講，我就回來，算是我信錯了人。」
他說罷，揹上招文袋出門。
王善想了想，拿著自己的招文袋追上去。「等等我！」
曾子言和王善穿過清晨的霧氣，沿著長街向城東而去。
兩人都來自偏院的小城，住不起客棧，便與幾位考生合租了一間簡陋的院子。

兩日前，曾子言同他們說了城東開講的事，但其他人都不相信，唯有王善陪他出門。

兩人在路邊花三文錢買了餅，一邊走、一邊吃。

待他們趕到城東，霧氣逐漸散去，街上的行人也多了起來。

曾子言和王善沿著萬姝閣門前大街，從頭走到尾，只見長街上人潮湧動，小販的叫賣聲、路人的談話聲，聲聲入耳，熱鬧非凡，與往日並沒有什麼兩樣。

王善個子高，站在街上，奮力踮起腳，往兩頭看了看。

「曾兄，這就是一條普通的長街，沒有先生開講啊，你會不會被騙了？」

曾子言抿唇。「再找找看。」

王善知道曾子言是個較真之人，沒有再勸，陪著他繼續向前走。

兩人走到長街拐角處，人煙逐漸稀少起來，連麵攤上都空空如也。

王善走了一大段路，有些餓了，便道：「曾兄，依我看，興許那先生不會來了。不如咱們吃點東西，早些回去吧？」

曾子言沒說話。他總覺得那位公子不會騙他，但他們已經找了一刻鐘，還沒有找到開講的先生。

王善見曾子言不答話，自顧自地走到麵攤前，道：「老闆，來一碗陽春麵！」

老闆樂呵呵地應了一聲。「好！兩位公子也是來聽講學的嗎，這麼快就散場了？」

曾子言連忙問道：「老闆，今日當真有人講學？」

老闆笑著點點頭。「天一亮就開始啦，講壇本來設在街頭，但因為人越聚越多，便改到隔壁的茶館。若不是要顧攤子，我都想去湊湊熱鬧了。」

曾子言聽罷，向老闆道謝，轉身跑了。

王善剛掏出錢，見他跑了，只得追上，不忘回頭對老闆道：「我等會兒來吃！」

兩人急匆匆地趕到茶館，裡面已經座無虛席，遂找了個角落站著。

臺上立著一位年過半百的老先生，一襲青灰色長衫，看起來仙風道骨，正在口若懸河地講課。

茶館裡大多是書生，還有不少慕名而來的平頭百姓，講的雖是時政，可老先生講得通俗易懂，讓眾人聽得津津有味。

王善拍拍身邊一位書生的肩膀，壓低聲音道：「這位仁兄，我們來得晚，等會兒可否借你的筆記一觀？」

書生大方點頭。「可以。其實開始不久，只是大夥奔相走告，將長街堵得水泄不通後，便一起挪了地方。」

王善點頭，問道：「這先生是誰請來的呀？」

書生回答。「這位先生可不是普通人，聽說是從國子監來的。」

曾子言有些詫異。「國子監的先生，為何會上街頭講學？」

書生笑了笑，道：「春闈即將開始，聽聞是太子殿下體恤出身貧寒的考生，請了國子監的先生來公開授課，不但會講時政、策論、詩詞等，還會介紹會試與殿試的相關規則。」

王善聽罷，忍不住道：「太子殿下可是一人之下，萬人之上。如今朝廷忙著保舉達官貴人的子弟，哪裡會關注我們這樣的寒門學子呢？」

「會的。」曾子言抬起頭，定定地看向臺上的先生，語氣堅定。「我們要竭盡全力，才能不負太子殿下的期待。」

春闈一日一日臨近，禮部尚書溫喻帶著禮部侍郎田升來到御書房，向靖軒帝稟報會試和殿試的安排。

靖軒帝翻看完禮部的摺子，順勢遞給李延壽。「恆兒，譽兒，你們二人都看看。」

李延壽將摺子送到趙霄恆和趙霄譽手中。

靖軒帝道：「科舉每逢三年一屆，乃是朝廷選拔人才的重要舉措。朕看今年的安排與往年並沒有什麼不同，你們看看，有沒有其他意見？」

趙霄譽放下摺子，率先開口。「父皇，禮部辦事穩妥，且父皇已經過目，定然思慮周全，兒臣並無其他意見。聽聞禮部人手不足，兒臣願意為父皇分憂，襄助禮部。」

靖軒帝點了點頭，目光又落到趙霄恆面上。「恆兒覺得呢？」

趙霄恆沈吟片刻，道：「回稟父皇，兒臣有一事不解。」

靖軒帝示意道：「講。」

趙霄恆徐徐開口。「之前兒臣看在職武官的名冊時，順便將五品以上文官的名錄和來歷也翻出來看了看，發現任京官的大多是勛貴之子，而郡縣的官職多是寒門子弟赴任。兒臣又去追溯近幾屆的科舉考試，發現在殿試之後，父皇明明取了不少寒門子，為何禮部和吏部在商議官職時，仍然安排寒門子弟出京，將京官留給勛貴子弟補缺？」

靖軒帝沈思一會兒。殿試時，他確實會考察所有貢士，貢士們通過殿試後，也有排名。但最後任哪個官位，則是由禮部和吏部共同商議，皇帝批覆的。

朝廷的官位有限，殿試之後，等上幾個月再任職的情況比比皆是，即便靖軒帝批覆，可能也記不清那些人的出身了。

「溫卿，太子所言是否屬實？」

溫喻連忙上前一步。「回官家，確有此事。能到殿試的學子，自是十分優秀，若是家中有些根基，做起京官來，更容易上手，故而禮部一直都是這樣安排的。」

趙霄譽聞言，側目看了趙霄恆一眼。「官員任命的摺子，都是父皇親自批覆的。太子提出質疑，是覺得有什麼問題嗎？」

此言一出，就變成趙霄恆在挑靖軒帝的刺了。

果不其然，靖軒帝的臉色冷了幾分。「太子有話不妨直說。」

趙霄恆不疾不徐道：「父皇有所不知，兒臣幾日之前出宮，偶然遇見一名寒門舉子，交談後，才知對方因朝廷的保舉制而心灰意冷。兒臣了解後才知，經過保舉的學子會和考上來的舉人一起會試。通過會試的貢士名額，不過五十人上下，卻是不論才能，左右各半。

「眾所周知，不少保舉而出的學子不學無術，如此安排，豈不是將優秀的舉人排擠在外？此外，便是方才所說的，即便舉人歷經萬難，過了殿試，得了功名，也很難留在京中。兒臣並非質疑父皇的選擇，只是擔心父皇辛辛苦苦招攬賢德之才，最終卻招來天下非議。」

靖軒帝最愛惜名聲，聽了這話，不禁皺眉。

「保舉制流傳已久，雖然確實有些不公，但若不實行保舉，如何堵住那些老臣的口？」

趙霄恆聽罷，道：「父皇說得對，若是忽略那些開國重臣的感受，只怕會引起朝廷動盪。」又說：「兒臣有一計，不知可不可行。」

靖軒帝問他。「什麼計策？」

趙霄恆沈聲道：「這保舉制還是繼續進行，不過在會試的通過名錄上，不再分開排名，而是將保舉考生和舉人的成績放到一起，從高到低取五十人。」

溫喻一聽，頓時變了臉色。

「這如何使得？保舉制本來就是為了照顧那些重臣的家族子弟，原本五十個名額，給他們二十五個尚且不夠分，若是從高排到低，他們如何考得過那些寒門子？」

趙霄恆笑了笑。「溫大人既然知道那些酒囊飯袋考不過寒門子，又為何如此執著讓他們入選？」

溫喻身子微僵，連忙解釋。「殿下誤會了，並非老臣執著，不過是擔心這樣安排，保舉制名存實亡，惹得重臣不快，置喙官家……」

趙霄恆卻道：「若因為幾名垂老重臣，便將棟梁之材拒之門外，豈不是本末倒置？父皇乃天子，掌百官萬民之事，豈能被他們牽著鼻子走？」

趙霄譽冷哼了聲。「太子殿下此言差矣，保舉制乃是開國元帝所創，你讓父皇顛覆該制度，豈不是愧對祖先？」

靖軒帝聽罷，眉頭忍不住皺了起來。

他本來也不想總是照顧那些倚老賣老的重臣，又擔心被人指著鼻子，罵他忘恩負義。

片刻之後，靖軒帝道：「罷了，此事容朕再思量一二，你們都下去吧。」

幾人只得斂了神色，拱手告退。

趙霄恆與趙霄譽一前一後下了臺階。

趙霄譽語氣悠悠。「太子殿下不是一向不問朝事，怎麼這次對禮部之事如此積極？」

趙霄恆微微一笑。「就因為平日憊懶，被父皇斥責，所以才要多上心些。皇兄不是剛忙完鹽稅，怎麼還有空管科舉之事？」

趙霄譽道：「所謂能者多勞，我等應該盡力為父皇分憂才是。」

趙霄恆笑了聲。「還是皇兄能幹，孤真是望塵莫及。」

兩人話裡有話地說了幾句，便徹底分道揚鑣了。

靖軒帝坐在書房中，心中仍有些猶豫。

李延壽看出他的心思，道：「官家，昨日太后娘娘差人過來，說請您有空去慈寧宮小坐一會兒。」

靖軒帝也覺得坐久了有些累，點點頭。「好，擺駕慈寧宮。」

不過一盞茶工夫，龍輦到了慈寧宮。

太后禮佛多年，慈寧宮總是瀰漫著一股淡淡的檀香。

靖軒帝坐進殿中，覺得心情安定不少。

太后從佛堂回來，手中還拿著串珠，淡淡瞥了靖軒帝一眼。「官家可是有煩心事？」

靖軒帝輕嘆一聲。「什麼都瞞不過母后的眼睛。」遂將科舉之事，原原本本同太后說了一遍。

太后手中佛珠微轉，淡淡道：「後宮不得干政，哀家不便多說什麼。但有一件家事，哀家想問問官家是否清楚。」

靖軒帝思索一會兒。「母后是想說親蠶節之事？兒臣聽說皇后身體不適，親蠶節也出了些紕漏，母后不是已經罰她閉門思過了嗎？」

太后笑了笑。「看來官家還只知其一，不知其二。惜靜——」

惜靜嬤嬤屏退左右，然後端出一只托盤。盤上放著幾片乾枯的桑葉，顏色有些發烏。

靖軒帝眸色頓了頓。「這是？」

太后道：「這是毒桑葉。」

「毒桑葉？」靖軒帝面色微變。「這到底是怎麼回事？」

「這毒桑葉是皇后親自備下的，想藉蠶王食桑暴斃之事，打壓嫻妃和太子妃。」太后的聲音沈沈。「卻被太子妃識破了。」

靖軒帝一聽，怒道：「這個毒婦，她怎麼敢？」

「怎麼敢？問得好。」太后語氣悠悠。「薛氏敢這麼做，不是官家給她的底氣嗎？」

靖軒帝面色微頓，暫時斂了些怒氣。「如此大的事，母后怎麼不早些告訴朕？」

「哀家告訴官家此事，並不是想責怪官家，而是想讓官家警醒些。有些人，即便給予太多，也是欲壑難填，貪心不足。

「況且，事情已經處置，何時告訴官家，不都是一樣嗎？經此一事，可見嫻妃與太子妃是安守本分之人，若換了其他人，恐怕早就告到官家跟前了。」

靖軒帝沈默一會兒，道：「母后說得是。可薛家既掌了不少官員，又有南方的兵權，眼下實在是……」

太后擺了擺手。「若論起為難，每朝每代的皇帝，皆有為難之事，官家不必同哀家說這些。即便要顧全大局，也該有原則、有底線。若毫無分寸，只會一步退，步步退。薛家若逼到了眼前，官家的大局，反而會被小局所困。」

靖軒帝沈思片刻。「母后教訓得是。既然薛氏失德，後宮之事，就暫時交給嫻妃吧。」

太后淡笑。「哀家看太子妃也算機靈，不如讓她幫著嫻妃，一同打理後宮庶務，也能快些熟悉後宮。」

靖軒帝頷首。「就按母后的意思辦。」

太后輕輕嗯了聲。「哀家乏了，你回去吧。」

靖軒帝站起身，俯身一拜，出了慈寧宮。

出來後，靖軒帝沒有坐龍輦，若有所思地走著。

李延壽跟在他身旁，不住地打量他的神色。

靖軒帝眸色漸深，轉頭吩咐李延壽。

「傳旨下去，讓太子監督禮部，辦好科舉之事。」

第四十一章

禮部尚書府中，溫喻在案前正襟危坐，臉色卻沈得比鍋底還黑。

他的師爺懷抱一捆名冊，面上滿是焦急。

「大人，官家派了太子殿下來監察科舉之事，太子殿下又堅持要在會試中，把舉人和保舉生放到一起競爭排名。如此一來，我們如何向那些保舉生的長輩們交代啊？」

溫喻沒說話。

一旁的小吏也有些擔憂。「大人，不如咱們先把銀子退回去？」

溫喻變了臉色。「胡說什麼，哪來的銀子?!」

小吏連忙欠身告罪。「大人恕罪，是小人失言了。」

從會試入殿試，一共會取五十個名額。按照以往的處置方式，至少有二十五個會分給保舉生。

至於分給哪二十五個保舉生，就看誰給溫喻的好處多了。

師爺道：「就算把東西退回去，只怕也堵不住那些老臣的嘴，他們要的不是東西，而是孩子的前程。萬一引起他們的不滿，將此事鬧到官家面前，只怕會牽扯出我們……」

小吏皺眉。「那怎麼辦？聽聞自從太子殿下接管吏部，便弄得雞飛狗跳，人心惶惶，莫不是他打算對禮部動手了？」

此言一出，溫喻眸色微瞇，開口道：「所以，不能讓太子動我們。」

小吏和師爺同時看向溫喻。「大人的意思是？」

溫喻冷聲道：「從前太子不理政務，行事溫吞，大婚後才重新上朝。如今有常平侯府當後盾，便想殺雞儆猴，在朝堂上搏一席之地。既然他要對禮部動手，就別怪老夫不客氣。」

翌日，朝堂議事已畢，靖軒帝問道：「諸位愛卿，若無其他事，今日便到此為止吧。」眾人抱著笏板散去。

趙霄譽行至石階下，卻見溫喻朝他點頭。「參見大殿下。」

趙霄譽看他一眼。「溫大人怎麼還沒走？」

溫喻嘆口氣。「大殿下有所不知，方才在朝堂之上，微臣本有一事想向官家奏明，但又覺得不妥，如今如鯁在喉，實在難受。」

趙霄譽笑了下。「溫大人指的是科舉之事？」

溫喻頷首。「大皇子明察秋毫，微臣佩服。」

趙霄譽道：「溫大人不必如此客氣，有什麼話，不妨直說。」

「大殿下英明。」溫喻略微欠身，姿態更顯謙卑。「太子殿下受命監察科舉，如今會試在即，殿下非要更改原定的錄取章程，將保舉生與舉人們放到一起比較，從高到低取人。

「大殿下也知道，但凡有保舉資格的，家中長輩都是國之重臣，大靖股肱，本應享有優待。若如此行事，不但罔顧元祖之命，還會傷了一幫老臣的心。」

趙霄譽眸色幽幽地看著溫喻。「既然溫大人覺得此事不可行，為何不上奏父皇呢？」

溫喻道：「上次在御書房，大殿下也看見了，官家雖然說容後思量，轉身便將管轄禮部的機會給了太子殿下，微臣若是再對官家進言，只怕徒惹官家厭惡。說句不恰當的話，從前太子殿下不理政務，如今諸事不熟，才會如此指揮。」

溫喻說著，不住打量趙霄譽的神色。「太子不像大殿下，一直精明強悍，為官家分憂。若是把此事交給大殿下，必然不會棄那些老臣於不顧，更不會將禮部置於不義之地。」

趙霄譽本就對靖軒帝將禮部交給趙霄恆一事不滿，被溫喻這麼一說，心下更是不悅，但面上不表。

「溫大人的境遇，我雖同情，卻愛莫能助。若要化解，還得靠你們自己才行。」

溫喻聽出了趙霄譽話裡有話，連忙問道：「大殿下的意思是？」

趙霄譽笑了笑。「若禮部上下都和溫大人一條心，不如去求一求太子殿下，說不定他能收回成命。」

「這……」溫喻有些猶豫地看向趙霄譽。「若官家知道了，會不會覺得老臣抗命？」

「溫大人多慮了。」趙霄譽唇角微揚。「父皇明辨是非，定不會怪罪溫大人。再說了，科舉乃是朝中大事，必要時，我也會為父皇分憂的。」

溫喻聽罷，一張臉笑得舒展開來。「如此，便多謝大殿下了。」

晌午過後，陽光正好。

趙霄恆坐在寢殿中，正查看各地傳來的消息。寧晚晴則上了貴妃榻，打算小憩一會兒。

這安靜的午後，很快被福生急匆匆的腳步聲打破了。

他叩門而入，道：「殿下，大事不好了！」

趙霄恆抬起眼簾。「何事如此驚慌？」

連寧晚晴也坐了起來，看向福生。

福生的眉頭皺成一團。「禮部尚書溫大人，攜著禮部一干人等，跪到了東宮門口，高呼殿下擅改會試章程，是藐視元祖之命、不敬開國功臣，想逼著殿下收回成命呢。」

趙霄恆還沒說話，寧晚晴先開了口。「他們此舉，不就是想逼著殿下就範嗎？」

福生忙不迭點頭。「沒錯！今日朝會，溫大人並沒有多說什麼，此時帶人來東宮，只怕另有所圖。」

趙霄恆笑了笑。「父皇最重聲譽，若是溫喻跪到福寧殿前，無論他想說什麼，都會被父皇壓下去。如今來東宮，就是想把事情鬧大，逼著孤將此事應下。」

寧晚晴問道：「殿下準備如何應對？禮部那些老臣，一個個身嬌肉貴，萬一在門口跪出個好歹來，只怕不好收場。」

趙霄恆唇角微勾。「福生，備藥。」

福生明白過來，連忙應聲下去。

很快，福生端了托盤來，盤中裝著一碗深褐色的湯藥，苦澀味道霎時瀰漫了整間臥房。

趙霄恆端起藥碗，毫不猶豫地仰起頭，一飲而盡。

片刻後，他面色蒼白，薄唇血色盡失，整個人看上去虛弱了不少。

福生立即上前，為他披上大氅。

寧晚晴知道趙霄恆一直對外稱病，本以為他是裝出來的，沒想到竟然是藥物的作用，見趙霄恆額角滲出些許冷汗，忍不住問道：「殿下沒事吧？」

「無妨。」趙霄恆笑了下，看向寧晚晴。「孤身子不適，接下來就靠愛妃了。」

寧晚晴微微一愣，卻見趙霄恆已經邁步出門。

她思索一下，立即追了上去。

東宮門口的甬道上，已經密密麻麻跪了不少官員。

溫喻跪在前頭，沈著臉，一言不發。

小吏忍不住問道：「溫大人，咱們跪在東宮門口這麼久了，太子殿下還沒有出來，會不會是想躲著我們？」

溫喻瞥他一眼。「這麼多人共同請命，太子怎麼可能置若罔聞？」若太子真的視而不見，那才是好事。

溫喻帶著眾人來跪，本就存了兩份心思，一是逼迫趙霄恆就範，二是想讓那些老臣知道，會試改制的始作俑者是太子，若他們要上奏彈劾，儘管衝著太子去。

況且，還有大殿下在身後支持，這一場拉鋸戰，他不相信自己會輸。

溫喻側目看去，見田升面無表情地跪在他身旁，一言不發。

「田大人。」溫喻似笑非笑。「等會兒你不會臨陣倒戈吧？」

田升沈聲道：「下官不敢。」

溫喻冷笑。「不敢就好，可別忘了你到底是誰的人。」

田升抿了抿唇，沒再說話。

與此同時，趙霄譽也趕到了靖軒帝的御書房。

御書房裡，除了靖軒帝，還有一位身如修竹的年輕官員，不是別人，正是大理寺的寺正黃鈞。

黃鈞正在向靖軒帝稟報事情，見趙霄譽進來，便退了兩步。

靖軒帝與黃鈞談話被趙霄譽打斷，有些不悅。「何事如此著急？」

趙霄譽走到殿中，道：「父皇，東宮出事了！」

靖軒帝眸色微凜。「出了什麼事？」

趙霄譽道：「方才兒臣得到消息，說是禮部官員對太子殿下擅改會試制度不滿，一齊去了東宮，說是要跪求太子收回成命。」

靖軒帝立時蹙起了眉。「恆兒的舉措不是昨日就開始了？怎麼禮部今日還來鬧騰？」

趙霄譽低聲道：「兒臣也不清楚，但可見禮部還未接納太子殿下的提議。為了避免事情越演越烈，父皇去看看吧？」

靖軒帝不悅地扔下御筆，站起身來，同趙霄譽出去了。

黃鈞見狀，也跟了上去。

禮部的官員們平日養尊處優，才跪了一會兒，便覺得腰痠背痛。

溫喻的面色越來越沈，打定主意要與趙霄恆死磕到底。

片刻後，一串急促的腳步聲響起，趙霄恆在福生的攙扶下，吃力地出了東宮。

他見到跪在地上的眾人，頓時大驚。「溫大人，你們這是做什麼？」

溫喻一臉愴然。「殿下，會試章程一事，上承元祖之訓，下關朝堂穩定，實在不能隨意更改，還請殿下收回成命！」

趙霄恆忙道：「原來是為了此事。孤不是說過了嗎？仍然保留保舉制，不過是排名需要更公平的舉措。」

溫喻卻道：「殿下，何為公平？那些勛貴之家的祖先，不也為大靖立下汗馬功勞？若是改制，舉子們覺得公平了，可那些老臣定然覺得不公。殿下覺得孰輕孰重？」

趙霄恆道：「水可載舟，亦可覆舟。功臣重要，難道百姓就不重要？」

「殿下此言差矣。」溫喻幽聲道：「舉子們大多出身平民，朝廷能開放科舉，讓他們有嶄露頭角的機會，已經是天大的恩賜了。」

趙霄恆長眉微蹙。「舉子需要朝廷給機會不假，但朝廷難道不需要賢能之人？溫大人可不能厚此薄彼。」

溫喻說服不了趙霄恆，遂板起了臉。「微臣知道，自己無論說什麼，殿下也聽不進去。既然如此，微臣這把老骨頭，只能跪在東宮門口，求著殿下收回成命了。」

趙霄恆溫言勸道：「溫大人，有什麼話不能好好說，非要帶著諸位大人跪在這兒呢？如今春寒料峭，諸位都是大靖的棟梁之材，萬一凍病了，如何是好？」

溫喻道：「只要殿下能重新思量會試之事，我等就是跪廢了這雙腿，也是值得。還請殿下三思！」

他說罷，便向趙霄恆拜了下去。其他人見溫喻下拜，自然跟著拜倒。

唯有田升繃著臉，跪在一旁，神情十分為難。

寧晚晴看著這幫老臣，忍不住搖頭，這不就是典型的道德綁架嗎？

趙霄恆到底是個沈得住氣的人，勸道：「溫大人千萬別這麼說，快起來。還有諸位大人，也別跪著了。」

溫喻仍然搖頭。「若是殿下不答應微臣，微臣便不起來。」

他都這麼說了，自然沒有人敢起身。

趙霄恆見狀，深吸一口冷氣，狠狠咳嗽了幾聲，聲音聽起來撕心裂肺。

福生連忙為趙霄恆拍背。

寧晚晴忍不住開口。「溫大人，你這般行事，是想威脅太子殿下嗎？」

溫喻語氣冷肅。「太子妃言重了，微臣哪敢威脅太子殿下？別無選擇，才出此下策。」

溫喻的聲音中氣十足，加之禮部上上下下約莫有二十幾位官員，在這兒一跪，不出半個時辰，只怕宮裡都知道禮部的人來跪太子了。

寧晚晴面色不悅，恨不得訓斥這老頭一頓。

趙霄恆卻拉住她，輕輕搖了搖頭。「愛妃，諸位大人此舉雖然過激，但出發點卻是好的，萬不可對他們無禮。」

趙霄恆說完，親自走到溫喻面前。「溫大人，萬事好商量，您年事已高，何必跟自己的身子過不去呢？來，孤扶你起來……」

趙霄恆說著，躬下身子去扶溫喻。

溫喻自然不肯起身，擋開趙霄恆的手。

孰料，他輕輕一擋，趙霄恆居然身子一頓，直挺挺地向後倒下！

福生滿臉驚恐地接住趙霄恆，大呼出聲。「殿下！」

趙霄恆閉著眼，有氣無力地靠在福生身上。

眾人大驚失色，寧晚晴也急忙俯身去看。

「殿下怎麼了？」

福生哭喪著臉。「方才殿下還好好的，小人也不知怎麼回事。」

寧晚晴去摸趙霄恆的脈搏，趙霄恆卻趁眾人不注意，輕輕捏了捏她的手指。

寧晚晴心頭一動，忙道：「殿下暈過去了，快傳太醫，將太子殿下送回殿中休息。」

東宮的侍衛們見狀，心急火燎地跑出去請太醫。

福生和于書等人，七手八腳地將趙霄恆抬了進去。

跪在門口的一眾官員，都被眼前的情況嚇懵了，還有人不住地拍著心口，一臉忐忑。

寧晚晴站起身，憤而抬手指向溫喻。「溫大人，殿下體恤你的苦心，拖著病體也要出來見你，你居然敢以下犯上，推倒太子殿下！」

溫喻勃然變色。「太子妃誤會了，微臣沒有推殿下！」

「你當本宮是瞎了嗎？殿下要親自扶你起身，卻被你推倒在地。不過是意見分歧而已，你便這般憎恨太子殿下？」

寧晚晴言語錚錚，連溫喻這樣的老狐狸也被震懾得軟了幾分氣勢，連忙看向左右兩側的官員。

「本官沒有推過太子殿下，你們方才看見了吧？說話！」

官員們還沒從趙霄恆暈倒的事回過神來，被溫喻這麼一吼，人人自危。

寧晚晴冷眼掃過眾人。「本宮倒要看看，誰敢為凶手辯護？」

此言一出，全場頓時鴉雀無聲。

溫喻一時氣結。

他失去冷靜，一把拉起身旁的小吏，厲聲道：「你說，本官是不是沒有推太子殿下？」

小吏偷瞄寧晚晴一眼，見她氣勢懾人，忙道：「方才下官只顧著跪拜太子，一直低著頭，沒、沒看見……」

溫喻氣得將小吏一把推開。「混帳！」

寧晚晴道：「若是殿下有個三長兩短，溫大人就等著全家下獄吧！」又對其他的官員道：「還有你們，也脫不了干係！」

眾人一聽，立時瑟瑟發抖。會試改制一事，本來就與他們沒什麼關聯，不過是被溫喻拉來作陪。眼下出了事，還要陪著溫喻揹鍋，豈不是倒大楣了？

寧晚晴見眾人神色鬆動，繼續趁熱打鐵。「識相的就趕緊離開，回府面壁思過，好好想想如何將科舉之事辦好！」

眾官員面面相覷，眼看有人要起身離開，溫喻冷靜下來，道：「太子妃，科舉之事乃是政務，後宮不得干政，還請太子妃不要擾亂視聽。」

寧晚晴冷冷道：「太子殿下是本宮的夫君，夫唱婦隨乃是天經地義。殿下關心的事，便是本宮的家事，如何管不得？溫大人是想讓本宮把你當凶手抓起來嗎？」

溫喻畢竟久經朝堂，即便心中發慌，但面上依舊不表。

「太子妃，我等來東宮是為了見太子殿下，怎敢蓄意謀害太子呢？若您不相信微臣，微臣也沒有辦法，大不了請刑部或大理寺出面，還微臣一個清白。但科舉之事，老夫無論如何也要據理力爭，請殿下收回成命。」

第四十二章

寧晚晴見溫喻油鹽不進，不肯離開，腦中飛轉起來，頃刻之間生出一計。

她盯著溫喻，語氣沈沈。「若殿下不肯收回成命，溫大人又當如何？」

溫喻一張臉拉得老長，不冷不熱道：「要是殿下一意孤行，微臣唯有長跪不起，以表心志了。」

話音落下，寧晚晴忽然輕輕笑了起來。

眾人忍不住抬頭，向寧晚晴看去。

她氣定神閒地開口。「罷了，溫大人既要長跪，本宮也攔不住。眼下春闈將開，禮部不可一日無主，不知哪位大人願挺身而出，為殿下分憂？」

這話一說完，官員們立即炸開了鍋！

「太子妃這意思，是打算不管溫大人了？」

「溫大人險些害了太子殿下，太子妃宅心仁厚才沒有計較，他怎麼不懂見好就收呢？」

「真是晦氣，早知道今日不來了！」

官員們的聲音窸窸窣窣，他們跪了小半個時辰才見到趙霄恆，折騰到現在，簡直身心俱疲，心中對溫喻的埋怨也到達了頂峰。

就在此時，田升撩袍起身。

眾人的目光聚集在他身上，連溫喻也有些意外。「田升，你做什麼？」

田升沒有理會溫喻的話。今日他本不想來，溫喻卻威逼利誘，不得已之下，才被迫跪到現在。

他被溫喻壓制許久，見溫喻慫恿眾人來東宮前長跪，又步步逼迫趙霄恆就範，實在忍無可忍了。

田升一步步走到寧晚晴面前，俯身一拜。

「太子妃，微臣以為，科舉改制，乃是造福於千萬學子的好事。若殿下不嫌棄，微臣願意助殿下一臂之力。」

田升的話，一石激起千層浪，在場的官員們也不由傻了眼。

溫喻頓時怒氣上湧。「田升，你這個小人！」

田升回過頭，冷冷地看著溫喻，開口道：「溫大人，微臣此舉，不過是為了禮部安穩，科舉公正，並非是為了自己。誰是真小人，您自己心中清楚。」

溫喻咬牙切齒。「田升，你別忘了，當初是誰給你機會入禮部的！」

「下官感激溫大人的知遇之恩。」田升道：「但這麼多年來，下官做出的所有功績，幾乎都讓給溫大人，私以為可以兩清了。」

寧晚晴唇角微勾。「既然如此，那本宮就替殿下作一回主，將科舉改制之事託付給田大人了。」

田升應下。「微臣定不辱命。」

寧晚晴又將目光落到眾人身上。「科舉改制，單憑田大人來做，只怕也有困難，還有哪位愛卿願意臨危受命？」

眾人本就害怕太子受傷一事遷怒到自己身上，又見田升已經表明立場，便知絕對不能再和溫喻為伍，紛紛棄暗投明——

「微臣也願，定當竭盡全力。」

「我等不會讓太子妃失望的！」

溫喻怒極，氣得滿臉青白，再也無法安穩地跪著，陡然起身，張口欲罵，卻忽然感到一陣天旋地轉。

片刻後，溫喻便兩眼一黑，倒了下去！

靖軒帝到東宮時，眾人正亂成一團。

溫喻倒在小吏身上，小吏嚇得面如土色，嘴裡喊著。「溫大人，醒醒啊！」

其他的官員也不知所措地圍過來，七嘴八舌地議論。

寧晚晴吩咐一旁的侍衛。「太醫怎麼還沒來？快去催一催。」

侍衛連忙應聲。「是！」

他還沒跑出幾步，便遇上靖軒帝的龍輦，驚得一震，高呼一聲。「叩見官家！」

這聲音讓眾人回神，紛紛跪下迎接靖軒帝。

龍輦越來越近，寧晚晴忽然發現，龍輦後面還跟著一個熟悉的身影——黃鈞。

隔著老遠的距離，黃鈞對寧晚晴幾不可見地點了點頭。

龍輦緩緩落地，李延壽立即上前攙扶靖軒帝。「官家，小心足下。」

然而，靖軒帝看著一地亂糟糟的人，不由加快腳步，來到東宮門口。

寧晚晴信步上前，端莊一拜。「兒臣參見父皇。」

靖軒帝看她一眼。「溫大人不是才來跪了一會兒，人怎麼就倒下了？」語氣聽起來十分不悅。

寧晚晴目光輕掃靖軒帝和他身旁的趙霄譽，便明白怎麼回事。

趙霄譽恐怕早已和溫喻串通好了。

溫喻負責帶著眾人來東宮門口鬧事，等好戲上演的時候，趙霄譽再將靖軒帝請來，好讓靖軒帝知道太子趙霄恆有多麼不得人心。

幸好趙霄恆避開了群臣。只要趙霄恆在場，無論如何應對這一幫禮部官員，都會讓靖軒帝覺得不滿。

不過，溫喻氣急攻心，昏厥過去，著實是意料之外。

寧晚晴不卑不亢地說：「溫大人急火攻心，才一時氣暈過去，兒臣已經派人請太醫來診治，只是人還未到。」

趙霄譽開口道：「太子妃，溫大人乃六部重臣，來東宮門前長跪，是為了朝廷著想，就算行事有所不妥，也應當好好勸解才是，怎能將他氣暈？」

靖軒帝聽了這話，贊同地點點頭。「譽兒言之有理。對了，出了這麼大的事，怎麼是妳在處理，太子呢？」

靖軒帝不問還好，這一問，寧晚晴便低下了頭。

「回父皇，太子被溫大人推倒，昏了過去，至今還躺在殿中，等著太醫來救。」

寧晚晴說罷，吸了吸鼻子，微微側過頭，彷彿在強忍淚水。

靖軒帝一驚。「妳說什麼，溫卿推了太子?!」

寧晚晴抽泣。「父皇若是不信，可以問問諸位大人。」

禮部官員眾多，但靖軒帝只對田升有印象，便問：「田卿，太子妃所言當真？」

田升躬身道：「回官家，溫大人執意長跪，太子殿下擔心他傷了身子，親自過來相扶。兩人拉扯之間，殿下就倒了下去……想來，溫大人也不是有心的。」

一句「不是有心的」，更坐實了溫喻推倒太子的事。

靖軒帝怒意上湧。「好個溫喻，居然敢害儲君！」

趙霄譽忙道：「父皇，溫大人克己奉公，哪裡敢謀害儲君呢？想來是因為太子殿下身子孱弱，才會暈倒。」

寧晚晴抬起頭，淚眼迷濛地看著趙霄譽。

「皇兄說得沒錯。自從父皇將科舉之事交給太子殿下，殿下便夜以繼日地鑽研，即便再累，也不想辜負父皇的期待，為了幫朝廷選拔更多人才，才想修改會試錄取的章程。

「今日，殿下本來就忙得腳不沾地，連午膳都沒有用，聽聞溫大人率眾長跪，急匆匆趕過來，孰料竟然出了這樣的事……」

寧晚晴說著，泣不成聲，連靖軒帝聽了都有些動容。

趙霄譽唯恐寧晚晴繼續渲染溫喻的罪名，忙岔開話。「太子妃別著急，太子殿下吉人天相，不會有事的。」

寧晚晴點點頭。「多謝皇兄寬慰，怪不得殿下常說，希望自己能像皇兄一樣能幹。方才的情形，若是皇兄能在場幫忙調停，恐怕也不會落得如此局面了。」

寧晚晴話音落下，靖軒帝微微一頓，看向趙霄譽。

「你是何時知道禮部官員來東宮門口長跪的？」

趙霄譽道：「兒臣是半個時辰前知道的，便立刻向父皇稟報。」

靖軒帝眸中精光閃現。「你既然知道太子遇到難題，為何不先過來幫忙，反而急著去御書房？」

趙霄譽微微一愣，連忙解釋。「禮部眾臣長跪東宮，此乃大事，兒臣不敢擅自作主，所以才去請示父皇。」

靖軒帝冷哼一聲。「最好是這樣。」

趙霄譽背上滲出一層冷汗。「父皇，兒臣覺得，眼下還是先救治太子殿下和溫大人要緊。尤其溫大人年事已高，他是為了朝廷，才率眾跪東宮，萬一出了意外，只怕會引人非議。」

寧晚晴聽罷，微微蹙眉。

趙霄譽這麼說，是想息事寧人，再想辦法將自己撇乾淨。

寧晚晴正想開口，一直沈默不言的黃鈞忽然上前一步，拱手道：「啟稟官家，微臣有一事，與溫大人有關，不知此時當不當講？」

黃鈞辦案妥貼，又惜字如金，從不妄論是非，靖軒帝對他印象很好，此時聽他開口，便道：「黃卿但說無妨。」

黃鈞點頭，道：「官家，近日大理寺接到密報，說禮部尚書溫大人與朝中各勛貴之家來往密切，然後溫大人在錢莊分批存入大筆金銀。經人查證，那幾位勛貴大臣族中都有子弟參與保舉會試，不知那些金銀與他們有沒有關聯？」

此言一出，全場譁然！

小吏本來還扶著溫喻，聽了這話，忙不迭將他推到一旁，恨不得立即劃清界線。

靖軒帝勃然變色。「這麼重要的事，怎麼此時才說?!」

黃鈞從容答道：「回官家，大理寺辦案，講究人證與物證，此案直到昨日才拿到所有證據，原是今日要向官家稟報的。但大殿下將官家請到這兒，所以微臣還沒來得及回稟。」

靖軒帝氣得看向趙霄譽。「溫喻率禮部官員來東宮鬧事，你就立刻來告訴朕，是不是早就知道他有此打算？溫喻收受賄賂一事，你有沒有參與其中?!」

趙霄譽嚇得跪下。「父皇，兒臣冤枉啊！兒臣若知道溫大人敢收受賄賂，怎麼可能不稟報父皇？」

他說罷，又狠狠瞪了躺在地上的溫喻一眼。「兒臣也被溫喻蒙在鼓裡。他收受賄賂，勾結權臣，其罪當誅！」

趙霄譽與溫喻聯手，原就是為了除去趙霄恆，好掌控禮部。可他萬萬沒想到，溫喻手腳不乾淨也就罷了，偏偏還被大理寺查出來。

靖軒帝生性多疑，最忌諱結黨營私，如今溫喻是條條都觸了霉頭，偏偏還暈在這兒，無法反駁了。

這時，太醫終於到了。

他聽聞太子昏倒，一路跑得氣喘吁吁，一到東宮，卻瞧見一堆人。

靖軒帝面色鐵青地站在門口，而禮部尚書溫喻則歪倒在地上。

太醫有些茫然，上前行禮。「微臣參見官家。這溫大人……也要施救嗎？」

靖軒帝怒道：「施什麼救？將他打入大牢，交給大理寺處置！」

太醫嚇了一跳，連忙後退一步，讓于劍引著他去為太子看診了。

禮部一眾官員就這樣眼睜睜地看著溫喻被人拖走，一個個畏畏縮縮地跪在地上，連大氣都不敢出，生怕靖軒帝因為溫喻之事而遷怒於他們。

靖軒帝鋒利的目光掃過眾人。「諸位愛卿可要以此為戒，若再讓朕聽到禮部受賄、結黨營私之事，必不輕饒。」

眾人齊聲應下。「是！」

靖軒帝說罷，又瞥了趙霄譽一眼。「愣在這兒做什麼，還不回府靜思己過？」

趙霄譽面色微僵，他是吃了啞巴虧，卻不敢反駁，只得低聲應是。

靖軒帝又看向寧晚晴。「妳和太子，今日受委屈了。」

寧晚晴道：「多虧父皇來此，不然兒臣也不知如何善後。眼下只希望殿下能快些醒來，兒臣便心滿意足了。」

靖軒帝滿意地點點頭。「妳能如此識大體，十分難得。」對著禮部官員們擺手。「都散了吧，朕要去看看太子。」

眾人如蒙大赦，立即起身，爭先恐後地離開了東宮。

寧晚晴引著靖軒帝入了東宮。

靖軒帝一進寢殿，濃重的湯藥味便撲面而來。

靖軒帝來到趙霄恆的床榻邊，發現他已經悠悠醒轉，但意識似乎還不太清楚。

靖軒帝試著喚他。「恆兒？」

趙霄恆渙散的眼神這才慢慢聚攏，緩緩看向靖軒帝。

片刻後，他如夢初醒般，喊了聲父皇，便掙扎著要起床行禮。

靖軒帝扶住他，自然而然地坐到床榻邊。「你還病著，就不必講究這些虛禮了。」

趙霄恆這才聽話地躺下去。「多謝父皇。」

寧晚晴見他醒了，拿來一個靠枕，扶著趙霄恆靠坐起來。

靖軒帝問道：「太醫怎麼說？」

于書沈聲回答。「稟官家，太醫說殿下是過於勞累，才犯了體虛之症。幸好用藥及時，只需要休息幾日，便沒什麼大礙。」

靖軒帝放下心來。「那就好。」

趙霄恆卻面露憂慮，問道：「方才父皇來的時候，可看見了禮部的大臣們？這麼冷的天，他們為了科舉改制一事跪了許久，兒臣實在於心不忍，不知他們回去了沒有？」

靖軒帝聽罷，氣得哼了一聲。「別提那幫迂腐老臣，溫喻不配為禮部之首。」

趙霄恆疑惑。「到底發生了何事？」

寧晚晴當著靖軒帝的面，將方才之事原原本本地告訴趙霄恆。

趙霄恆起初還沒什麼表情，聽到後來，竟痛心疾首地捂住胸口。

「父皇對溫喻有提拔之恩，他怎敢如此?!」

寧晚晴見狀，連忙端了藥碗過來，一面幫他順氣、一面道：「殿下莫急，大理寺已及時查到了溫大人的罪行。若讓他再掌一屆科舉，後果不堪設想。」將藥送到趙霄恆面前。

趙霄恆看她一眼，抬手擋開藥碗，掙扎起身，向靖軒帝跪下。

靖軒帝微微一驚。「恆兒，你這是做什麼？」

趙霄恆面色蒼白，聲音沈重地開口。「父皇，兒臣有罪！」

靖軒帝問道：「此話怎講？」

趙霄恆說：「兒臣一不能推進科舉改制，為朝廷選賢任能；二未能識人清明，為父皇分憂。兒臣無能，請父皇責罰！」

靖軒帝見趙霄恆言語自責，看起來又十分虛弱，語氣便軟了幾分。

「此事不能怪你，都是溫喻老奸巨猾，連朕也險些被他騙了。」

趙霄恆嘆了口氣。「禮部本是六部的中流砥柱，沒想到金玉其外，敗絮其中。眼看就要春闈了，溫喻又在此時獲罪，禮部之事還需有人打理才行。」

靖軒帝聽了，若有所思。

寧晚晴開口道：「父皇，方才殿下暈了過去，溫大人又執意跪在東宮門前，不肯理事，兒臣便自作主張，將科舉之事暫時託付給田大人，不知此舉是否合適？」

靖軒帝思索片刻。「妳說的是田升？」

寧晚晴點了點頭。

趙霄恆也道：「父皇，兒臣亦覺得田大人是可托之人。」

靖軒帝問他。「你可知，他的女兒是昀兒的側妃？」

趙霄恆淡淡笑了笑。「知道。」

靖軒帝打量趙霄恆，見他面色平靜，彷彿並不介意田升與趙霄昀的關係，點了點頭。

「既然你覺得田升可用，那朕便給他一次機會。李延壽——」

李延壽立即上前。「官家，小人在。」

靖軒帝道：「傳旨下去，讓田升暫接禮部尚書一職，全權負責科舉之事，不得有誤。」

李延壽欠身應下。「是，官家。」

靖軒帝又對趙霄恆叮囑幾句，讓他好好休養，便離開了東宮。

第四十三章

待靖軒帝離開之後，趙霄恆面上的笑意就消失了，取而代之的，是深深的疲憊。

寧晚晴重新坐到了床邊。

「恭喜殿下，不但掌握了科舉改制的主導權，還扳倒溫喻。」

趙霄恆微微一笑。「有愛妃這樣的賢內助，自然事半功倍。」

寧晚晴笑了下。「妾身不過是順水推舟，哪裡比得上殿下深謀遠慮？溫喻的罪證，只怕早已找到了，殿下隱而不發，就是為了今日吧？」

「不錯。」趙霄恆語氣輕快不少。「只是，孤本來沒打算對趙霄譽動手，他卻自己往刀口上撞，便怪不得孤了。」

寧晚晴道：「這不就是自食苦果嗎？」

兩人相視一笑。

寧晚晴將藥碗送到趙霄恆面前。「殿下，該喝藥了。」

趙霄恆盯著寧晚晴，似笑非笑道：「愛妃難道不知，作戲要作全套？」

寧晚晴微微一愣。「殿下這話是什麼意思？」

趙霄恆輕咳了下，語氣悠悠。「孤大病初癒，哪有力氣自己喝藥？只得煩勞愛妃了。」

寢殿中，忽然安靜了一下。

趙霄恆唇角帶著笑意，語氣也稀鬆平常，但端著藥碗的寧晚晴卻有些疑惑。

「殿下，人都走光了，您還打算演給誰看呢？」

趙霄恆淡淡道：「愛妃有所不知，之前孤喝的湯藥叫『虛元散』，服用後能讓人很快患上體虛之症，是以需要服用另外一副解藥。」

寧晚晴順勢看了自己手中的湯藥一眼。「殿下說的是這個？」

趙霄恆點了點頭。「如今孤四肢無力，須飲下解藥，才能逐漸恢復。」

寧晚晴不禁有些意外。「妾身以為殿下的病是裝的，沒想到居然是真病。」

趙霄恆道：「裝病容易被人識破，唯有真病，才能騙過所有人。于書負責煎藥，最是清楚藥性。」

于書站得不遠，聽到這話，立即附和。「太子妃有所不知，虛元散藥效猛烈，就算喝了解藥，也要一段時日才能完全恢復。在徹底恢復之前，會時不時頭暈乏力，身邊離不開人照顧的。」

寧晚晴聽罷，點了點頭。「原來如此。」

于書提醒道：「這藥涼了會影響藥性，殿下還是趁熱喝的好。屬下還有間影衛的事要辦，就先行退下了。」說罷，躬身一拜，退了出去。

房中只剩寧晚晴與趙霄恆兩個人。
趙霄恆瞧了寧晚晴一眼，無力地開口。「若愛妃覺得為難，那孤便自己來吧。」
趙霄恆說著，要掙扎著起來。
寧晚晴秀眉微蹙。「殿下躺好，還是妾身來餵您吧。」
趙霄恆聽了，果然不再動彈，溫聲道：「煩勞妳了。」
寧晚晴倒是有些不好意思了。「殿下別嫌妾身笨手笨腳就好。」
她前世沒有家人，沒被人照顧過，也不懂怎麼照顧別人，索性當個沒心沒肺的工作狂。眼下要餵人喝藥，還是兩世的頭一遭。
寧晚晴舀起一勺湯藥，小心翼翼地送到趙霄恆唇邊。
趙霄恆薄唇微啟，湯藥一入口，不禁皺了皺眉。
寧晚晴問道：「很苦嗎？」
趙霄恆緩了緩，才回答。「是燙。」
寧晚晴只好重新舀起一勺湯藥，放到嘴邊輕輕吹了吹，才餵給趙霄恆。
趙霄恆凝視著她，喉結微動，嚥了下去。
寧晚晴見他面色如常，這才放下心來。
此刻，殿中熏香裊裊，窗外春風正好。
寧晚晴坐在床邊，小心翼翼地一勺接一勺餵藥。

趙霄恆唇角微微揚起，這藥，似乎沒有平日那麼苦了。

自從禮部尚書溫喻被送進大理寺後，科舉之事便落到田升頭上。

田升盡職盡責，得知趙霄恆已經清醒，翌日一早就來東宮，向趙霄恆回稟進展。

「殿下，科舉會試改制的事已經發出榜文，聽說聚集在京城的舉子們看榜時，不禁喜極而泣，還有不少人寫詩作賦，歌頌朝廷開明公正，稱讚太子殿下賢德愛才。」

趙霄恆聽了，面上並沒有太多表情，只是輕輕點了下頭。「田大人突然接掌禮部，可還習慣？」

田升恭敬回道：「微臣對禮部諸事尚算熟悉，暫時未遇到難以解決的問題，多謝殿下關懷。」

趙霄恆輕輕嗯了聲。「那就好。」

田升接著開口。「有句話，微臣早想對殿下說了，但一直苦於沒有機會。」

趙霄恆抬起眼簾，見田升面色鄭重，正目不轉睛地看著他。

「什麼話？」

田升忽然撩袍跪下。

趙霄恆眸色微頓，要起身扶他。「田大人這是做什麼？」

田升道：「微臣要叩謝殿下，救我們父女於水火。自從小女被逼嫁到二皇子府後，就沒有過上一天安生日子。二殿下在京城時，對她動輒打罵；離京之後，麗妃娘娘又威逼小女去謀害太子妃。我們父女走投無路，才求到了殿下面前。多虧殿下出面料理此事，又切斷麗妃和二殿下的聯絡，才保全了小女，此為其一。

「其二，微臣在禮部多年，自問盡忠職守，任勞任怨，可溫大人忌憚微臣，時常打壓羞辱。殿下沒有計較微臣與二殿下的關係，反而和太子妃一道向官家推薦微臣，微臣才有機會徹底擺脫溫大人的控制，進而掌禮部之事。」

田升說罷，對著趙霄恆深深一拜。「日後，只要殿下有用得著微臣的地方，微臣必然肝腦塗地，在所不惜。」

趙霄恆沈默聽完，親手扶起田升。

「孤出手相助，不僅僅是為了田大人，也是為了自己。田大人自偏僻小城考入京城，入仕二十餘載，一直克己奉公，禮部大小事幾乎都是田大人一手操辦的，溫喻不過是坐享其成而已。此等蛀蟲，此時不除，更待何時？只盼田大人接手禮部之後，能繼續克盡職守，孤還盼著能得田大人輔佐，共創盛世。」

田升深受鼓舞，拱手正色道：「殿下放心，微臣定然竭盡全力，不會讓殿下失望的。」

趙霄恆含笑點頭。「一言為定。」

田升走後，趙霄恆喚來于書。

「傳令下去，讓間影衛去民間搜索讚頌孤的詩詞歌賦。找到後，全部銷毀。」

于書沈聲應下。「對了，殿下，今日邱長史的信到了。」

邱忠傑是東宮長史，也是趙霄恆身旁最得力的親信之一，之前因為歌姬案被發配到南越。查清歌姬案之後，趙霄恆便命人將他從流放之地救出來。

但邱忠傑並沒有立即回京，反而又領了一樁要事——尋找玉遼河一戰倖存的船工。

趙霄恆問：「船工一事，可有進展了？」

于書道：「邱長史已經抵達北疆，按照我們查到的線索，順著玉遼河一路尋找，打聽到一些蛛絲馬跡。」

趙霄恆眸色漸深。「他可是發現了那幾個人的蹤跡？」

于書點了點頭。「當年，寧將軍發現前行船有異，抓了三名船工，準備戰後審問。孰料玉遼河一戰如此慘烈，將軍與將士們都未生還。後來，西凜軍和鎮南軍前來襄助，戰況更是複雜，那三名船工就趁亂逃了。

「邱長史沿著玉遼河，一路向南找，發現他們曾流落到當地的城隍廟，還在那裡小住過一段時日。」

趙霄恆長眉微蹙。「忠傑如何能斷定，流落到城隍廟的，一定是那三個船工？」

于書回答。「邱長史的信上說，那三個船工到城隍廟時，身無分文，遂幫城隍廟搭了一座木屋。因為他們手藝精湛，前後只花了五日便將屋子搭好，所以城隍廟的人記得他們。」

趙霄恆又問：「如今他們在哪兒？」

于書繼續道：「線索到城隍廟後就斷了，但邱長史推斷，他們很可能離開了北疆。」

趙霄恆聽罷，神情不由凝重了幾分。

天地如此之大，到哪裡去尋那三個人的身影呢？

于書見趙霄恆面色微沈，道：「殿下別擔心，邱長史最擅斷案，只要那三人還活著，就有希望找到他們。」

趙霄恆心事重重地點點頭。「也只能如此了。周叔那邊如何了？」

于書答道：「吏部已經開課，周副將成功潛進去，暫時還沒有消息。不過……」

趙霄恆追問道：「不過什麼？」

于書低聲道：「吏部尚書似乎有所警覺，將自己的院子看得更嚴了。」

趙霄恆沈吟片刻。「白榮輝老奸巨猾，提醒周叔，不要操之過急，需靜待時機。」

于書應道：「是。」

他說罷，正要退下，趙霄恆卻問：「對了，今日怎麼沒有見到福生？」

于書道：「回殿下，福生去寢殿伺候太子妃了。」

趙霄恆長眉微挑。「伺候太子妃?!」

半個時辰前。

如今寧晚晴要輔助嫺妃處理六宮之事，所以近日一直在研讀宮規、查看各司的文書。

寧晚晴看書時不喜有人在旁邊伺候，便讓思雲和慕雨出去了。

讀完宮規，她朝門口喚了兩聲，卻沒人回應。

寧晚晴有些詫異，站起身來，朝門外走去。

思雲和慕雨坐在長廊盡頭，兩顆腦袋湊在一起，正聚精會神地看著書，還不時發出壓抑的笑聲。

寧晚晴不由走了過去。「妳們在看什麼？」

這突如其來的聲音嚇得思雲和慕雨連忙起身，慕雨立即將書冊藏到身後。「太子妃怎麼出來了？」

寧晚晴挑眉。「方才叫了妳們兩聲都沒聽見。看什麼看得如此沈迷？」

思雲忙道：「沒什麼，只是些雜書。」

慕雨忙不迭點頭附和。

寧晚晴伸手。「什麼雜書？也讓我看看。」

思雲和慕雨對視一眼，慕雨乾巴巴笑道：「太子妃還是別看了，不過是些上不得檯面的玩意兒，別污了您的眼。」

寧晚晴一笑。「拿來。」

慕雨見藏不住了，只得小心翼翼地拿出身後的書。

「太子妃，您要看可以，但一定要還給奴婢呀，不讓福生會恨死奴婢的。」

寧晚晴將信將疑地接過書冊，定睛一看，封面寫著幾個大字——光明大俠傳。

這名字怎麼這麼耳熟?!

寢殿中，寧晚晴氣定神閒地翻著《光明大俠傳》，她對面的福生卻手足無措地搓著衣角，看起來十分扭捏。

寧晚晴看了好一會兒，才將書本合上，抬起眼簾看福生。「這是你寫的？」

福生怯怯抬頭，看了寧晚晴一眼，立即低下頭，聲音有些發虛。「回太子妃，是。」

寧晚晴問：「為何要寫『光明大俠』的故事？」

福生像是個做錯事被發現的孩子，低聲道：「平日小人喜歡看話本子，之前聽慕雨姑娘說過太子妃在寺廟捉假和尚，又以『光明大俠』為名，將人綁去官府的事，一時得了靈感，便想以『光明大俠』為主角，寫一個故事。」

寧晚晴點了點頭。「文筆還不錯。」

福生霎時抬頭，難以置信地看著寧晚晴。「真的嗎？」

寧晚晴笑了下。「嗯，但這話本子裡還有許多漏洞，需要逐一完善才好。」

福生忙問道：「太子妃覺得哪裡不妥？」

寧晚晴道：「你寫的既是鋤強扶弱的大俠，最好也能寫一寫他的經歷。例如，他是從小立志要除暴安良嗎？或者受到了什麼刺激，才變成如今的樣子。」

福生想了想，道：「太子妃說得是。若是沒有來龍去脈，總覺得不太真實。」

寧晚晴微微頷首。「還有，這裡面懲治壞人的律法，問題頗多。例如有人盜竊，卻判了滿門抄斬，這就過於嚴重了。按照《大靖律典》，輕則牢獄之災，重則流放千里，你還是要參考法典才是。」

福生忙不迭點頭。「多謝太子妃指點，小人回去立即就改。」

福生平生最愛看話本子，又愛天馬行空地想像，所以對寫話本子有著深深的熱情。這本《光明大俠傳》是他寫了許久，才鼓起勇氣拿出來給思雲和慕雨看的，沒想到能得寧晚晴的指點，當然喜不自勝。

寧晚晴指了指桌上的《大靖律典》，道：「這本給你帶回去寫書用。本宮覺得，假以時日，你必成大器。」

福生聽了，信心大振，受寵若驚地接過，嘴角差點咧到了耳根。「謝太子妃賞賜！」

寧晚晴道：「也不是白賞你的，本宮還有事需要你幫忙。」

這會兒福生已經把寧晚晴當成自己的伯樂，忙道：「太子妃有什麼事，儘管吩咐小人。上刀山，下火海，小人萬死不辭。」

寧晚晴一笑。「用不著你上刀山、下火海，幫本宮寫幾個故事就好。」

趙霄恆回到寢殿，一進門，就被眼前的景象驚住了。
福生正坐在案前，聚精會神地寫字。慕雨立在一旁替他研墨，思雲則忙著為他添茶。
趙霄恆長眉微蹙。「這是在做什麼？」
福生聽到趙霄恆的聲音，嚇得毛筆一頓，墨汁滴在紙上，瞬間染成一片。
他來不及惋惜，連忙起身，向趙霄恆行禮。「參見殿下。」
趙霄恆面色疑惑地拿起福生寫的東西。
福生張了張嘴，沒敢出聲阻止。
「宮女進階之路？」趙霄恆一看到封面的大字，眼角便狠狠抽了抽，隨意翻看兩頁，發現裡面寫的是一個皇宮內的灑掃宮女成為炙手可熱的姑姑的故事。
趙霄恆面無表情地放下書冊。「一下午沒見著你，原來在寫這個。」
福生有些膽怯。「殿下，小人……」
「是妾身讓他寫的。」寧晚晴的聲音自背後傳來。
趙霄恆回頭一看，見她笑吟吟地從外面進來，身後跟著兩名宮女，每人都抱著一疊書。
寧晚晴走到案桌前，對身後的宮女道：「將書放下，妳們先回去吧。」
宮女們應聲，放好書便退下了。
趙霄恆看了寧晚晴拿過來的書冊一眼。「妳在看歷年以來修訂過的宮規？」
寧晚晴點頭。「殿下有所不知，最近妾身幫著嫻妃娘娘整理宮中事務，發現每隔一段時日，便有宮人觸犯宮規。細問之下才發現，有不少人並不清楚宮規，直到犯了錯才知道。

「於是，妾身開始認真研究宮規，沒想到宮規已修訂許多次，不但規則複雜，要求還很多，想讓宮人們熟記，怕是很難。所以，妾身想找人編寫話本，讓宮人們看故事，對宮規加深印象。」

簡單地說，她做的是法律普及的工作。雖然前世也做過普法，但沒想到，這一世普法的地點居然換成了皇宮。

趙霄恆若有所思。「所以，妳才讓福生寫話本子？」

寧晚晴點頭。「妾身看過福生的話本子，意趣頗多，且他對宮人們的事務很熟悉，所以想向殿下借他幾日，幫妾身寫幾個故事。」

趙霄恆淡笑了下。「這有何難？」轉頭吩咐福生。「這幾日你就跟著太子妃吧。」

福生聽了，頓時笑逐顏開。「多謝太子殿下，小人一定好好寫。」

他從沒想過，他的話本子能被這麼多人看呢。說不定，他能成為太監裡最有名的話本先生了！

福生想到這兒，不禁心花怒放。

第四十四章

幾日之後，寧晚晴帶著話本子，去了雅然齋。

她在正殿等候沒多久，嫻妃和趙蓁便來了。

近日嫻妃忙得腳不沾地，一見到寧晚晴，抱歉地笑了笑。「妳幫著本宮處理六宮事務，本就辛苦，本宮早該去看妳的，沒想到妳先來了。」

寧晚晴莞爾一笑。「嫻妃娘娘客氣了。我今日來，是有好東西給您看。」

嫻妃聽了，連忙拉著寧晚晴坐下來，趙蓁迫不及待地問：「皇嫂，是什麼好東西？」

寧晚晴轉頭喊慕雨，慕雨立即上前一步，呈上幾本書冊，笑道：「請嫻妃娘娘和七公主過目。」

嫻妃和趙蓁定睛一看，頓時驚得目瞪口呆。

趙蓁按捺不住心中的好奇，拿起最上面的一本。「這《太監攻略》……是話本子?!」

寧晚晴點頭。「不錯。」

嫻妃也好奇地翻了翻幾冊書，發現要麼寫的是宮女如何晉級，要麼寫的是太監如何平步青雲，看得一頭霧水，忍不住開口了。

「太子妃這書是哪裡來的？」

寧晚晴笑了下，將她讓福生寫話本子的事，完完整整說了一遍。

嫻妃有些狐疑。「讓太監跟宮女看話本子，就能讓他們熟記宮規嗎？」

寧晚晴道：「不一定能記住所有的宮規，但能培養他們的規則意識。」

普法的意義不是讓每個人記住每一條法律，而是讓人們能有基本判斷對錯是非的能力。

「我查了不少宮人受罰的記載，除去主子的原因，大多是在無知下犯的錯。若他們看了話本子，大概知道什麼能做，什麼不能做，知道時刻約束自己，便足夠了。」

嫻妃這才明白過來，忍不住笑了。

「本宮也看過宮規，實在枯燥得很。看話本子總比看宮規有意思，讓他們讀一讀也好，跟著書裡的人學一學，咱們也能省心些。」

寧晚晴微微頷首。「既然嫻妃娘娘沒有意見，那我便安排給內侍省了。」

嫻妃溫言笑道：「這些事，妳作主就好。」

趙蓁笑嘻嘻拉了拉寧晚晴的袖子。「皇嫂，這些話本子可以晚幾日送去內侍省嗎？我也想看看。」

寧晚晴哭笑不得。「這些是寫給宮女跟太監們看的。妳若是喜歡看話本子，回頭我將那本《光明大俠傳》拿給妳。」

「什麼光明大俠？」趙蓁瞪大了眼。「聽起來好像很厲害的樣子。」

寧晚晴噗哧一笑。「妳看了就知道了。」

被寧晚晴這麼一說，趙蓁更好奇了。

寧晚晴又與嫻妃聊起宮內的事，趙蓁實在按捺不住，等嫻妃說完，就急匆匆地將寧晚晴拉走了。

「皇嫂，妳還沒有進過我的寢殿吧？」趙蓁是個天真爛漫的小姑娘，一見到寧晚晴就愛撒嬌。

寧晚晴也樂得寵這個小妹妹，笑道：「確實是第一次來。」

趙蓁笑咪咪地引著她進了寢殿。「我的寢殿裡可是有很多好玩的東西呢，而且我平時不帶別人來的。」

寧晚晴忍俊不禁。「原來如此，那是我的榮幸了。」

趙蓁帶寧晚晴走到牆邊，下巴微揚。「看，我的新紙鳶！」

寧晚晴順著趙蓁所指的方向看去，只見這紙鳶是做成一隻白鴿的形狀，上面甚至縫了些白色羽毛，看起來栩栩如生，不禁驚嘆。

「好漂亮的紙鳶！是內侍省做的嗎？」

「內侍省哪裡做得出這麼有趣的東西。」趙蓁自豪開口。「這是六皇兄親手做了送給我的。過一段時日不是要辦春日宴了嗎？到時候大家都會放紙鳶，我這白鴿一定能放得最高、最遠！」

趙蓁這孩子心性的模樣，逗得寧晚晴一樂，正欲開口，卻發現紙鳶上似乎有一個金閃閃的東西。

寧晚晴心生好奇，遂靠得近些，伸手探去，卻聽見一聲清脆的鈴響。

趙蓁也輕輕笑了起來。「皇嫂也覺得這鈴鐺好看是不是？六皇兄的紙鳶與別人做的不同，會特地掛上一顆鈴鐺，等放飛紙鳶的時候，好聽極了。」

寧晚晴想到一事，頓時一驚。

寧晚晴心事重重地回到了東宮。

她在嫁給趙霄恆之前，見過田柳兒一面，當時田柳兒還送了一顆鈴鐺給黃若雲。黃若雲說過，那鈴鐺是田柳兒做紙鳶時會用到的。而六皇子做的紙鳶上，也有一模一樣的鈴鐺……

難道是巧合？

趙霄恆看完了信，發現寧晚晴有些出神，便問道：「怎麼了？」

寧晚晴回過神來。「沒什麼。對了，殿下，您和六皇子來往得多嗎？」

「妳說霄平？」趙霄恆道：「平日沒什麼來往。他不愛出門，聽說整日待在宮中，癡迷手工跟機械。」

寧晚晴好奇地問：「他也是皇子，沈迷於手工和機械，父皇不管管嗎？」

趙霄恆淡淡道：「霄平的母親是浣衣局的宮女，父皇寵幸她實屬意外，且父皇當年因為這件事，還受過皇祖母的責備，所以不怎麼喜歡他們母子。霄平的母妃，直到去世，才被追封為嬪。」

寧晚晴徐徐點頭。「原來如此。」

按照宮裡的規矩，只要稍微得皇帝喜歡的妃嬪，在生子時，都能晉為嬪位。趙霄平的母妃到去世後才被追封，可見生前過得不怎麼好。

寧晚晴問：「六皇子是什麼樣的人？」

趙霄恆想了想，道：「霄平素來與世無爭，可能是因為長年不得父皇青眼，便將所有事都看淡了，也可能是性子使然。妳怎麼突然想起問他的事了？」

寧晚晴輕聲道：「沒什麼，只是在蓁蓁那裡看到了六殿下做的紙鳶，一時好奇罷了。」

「說到紙鳶，」趙霄恆放下手中的信。「今年的春日宴，應該快要開始了吧？」

寧晚晴頷首。「如今皇后娘娘還未解除禁足，所以春日宴便由嫻妃娘娘準備了。」

趙霄恆道：「春日宴年年都辦，不過是賞花喝茶，放放紙鳶罷了，沒什麼特別的，屆時妳跟著去玩便是。」

寧晚晴笑問：「聽蓁蓁說，春日宴上還有紙鳶大賽，誰的紙鳶飛得最高，便能得到太后娘娘的彩頭，那我是不是也要準備紙鳶？」

趙霄恆輕咳了下。「不必了，東宮多的是。」

春夜微潮，讓人難以入眠。

趙霄恆躺在榻上，翻了個身，便瞧見寧晚晴的側臉。

她擁著衾被，安靜地閉著眼，小巧的下巴收到被子裡，睡相十分乖巧。

趙霄恆看了一會兒，輕手輕腳地起身，出了寢殿的門。

福生守在門外，已經打了兩個哈欠。見趙霄恆出來，又撐起精神。

「這麼晚了，殿下怎麼起來了？」

趙霄恆道：「還有些事要辦，去書房。」

福生聽罷，連忙點了點頭，提燈為他照路。

趙霄恆進了書房，吩咐道：「去把裝工具的木箱拿來。」

「木箱？」福生問道：「是殿下小時候常用的那個嗎？」

趙霄恆點頭。「許久沒用了，不知東西還齊不齊全。」

福生雖然一頭霧水，仍然轉身去了。不一會兒，抱著一口木箱回來。

木箱上落滿了灰，一看即知多年沒有打開過。

福生找來布巾，仔仔細細將外面擦了擦，才將木箱交給趙霄恆。

趙霄恆抬起手，輕輕撫摸木箱外沿。這木箱還是外祖父送給他的，小時候，外祖父教他做木雕，用的正是這木箱裡的工具。

趙霄恆沈吟片刻，手指微微用力，打開了木箱。

箱裡放著做工精巧的錘子、剪刀、刻刀和短刀等物。這麼多年，卻一點都沒生鏽，還是好好的。

趙霄恆從中找出一把短刀，對著燭光看了看。刀鋒閃著淡淡光澤，似乎期待被人使用。

福生忍不住問：「殿下，您這麼晚不休息，就是為了找這些工具嗎？」

趙霄恆沒有回答，只抬頭道：「宮裡哪裡有竹子？」

春日漸暖，太后的精神也養得好了些。

到了請安的日子，眾人早早到了慈寧宮。

太后還沒到，眾妃嬪便寒暄起來。

嫻妃主理六宮，到了慈寧宮，不少人向她見禮。但嫻妃依舊態度謙和，對誰都溫柔可親，博得了不少妃嬪的好感。

雲嬪也湊過來，笑道：「嫻妃姊姊，聽聞最近妳在教宮人們讀宮規，不知可還順利？」

她素來是棵牆頭草，之前依附於麗妃，麗妃走後，便倒向了薛皇后。如今薛皇后被禁足，遂想著巴結嫻妃了。

旁人都不喜歡雲嬪，嫻妃卻毫不在意，淡笑著道：「如今這事是太子妃負責。平日教化宮規，宮人們總是敷衍了事，這次太子妃換了個法子，發了一些有趣又能教化人的話本子給宮人們讀。昨日抽查，沒想到他們將故事裡的情節記了下來。」

一旁的長公主趙念卿悠悠道：「那話本子，本宮也抽空看了看，每個故事都不長，但發人深省，還無形地教了好些宮規，比那些厚如磚頭的典籍好看多了。」

雲嬪忙道：「聽了長公主的話，妾身也忍不住想看看了。嫻妃娘娘當真能幹，才接手六宮事務，就將宮規教化之事辦得如此妥貼，實在令人佩服。」

嫻妃不冷不熱地回答。「此事並非本宮辦的，而是太子妃主理。誇讚本宮，不如誇讚太子妃。」

雲嬪滿臉掛笑。「太子妃要誇，嫻妃娘娘也要誇。日後，嫻妃娘娘可要多提攜提攜咱們姊妹呀。」

嫻妃聞言，蹙了蹙眉，正想截住雲嬪的話，另外一個聲音冷冷傳了過來。

「喲，這話怎麼這麼耳熟呢？」

眾人循聲看去，只見五公主趙矜到了。與她一同來的，還有一位著華麗宮裝的貌美女子，正是剛剛回京的大皇子妃——歐陽珊。

趙矜面無表情地看了嫻妃一眼，對雲嬪道：「雲嬪娘娘，上個月我還聽妳同母后說起這話，如今又對嫻妃娘娘說了一遍。妳這見風使舵的本事，可真是無人能及。」

雲嬪聽了，面色僵了僵，忙道：「五公主說的是哪裡話，我只是同嫻妃娘娘閒聊而已。」

趙矜輕哼一聲。「如今嫻妃娘娘主理六宮，貴人事忙，哪有工夫同妳閒聊呢？」

趙矜這話看似在說雲嬪，實際上卻是含沙射影地挖苦嫻妃。

嫻妃眸色微頓，道：「五公主，本宮協理六宮，是奉了太后旨意。待皇后娘娘身體好轉，自然要還印於皇后娘娘的。」

趙矜輕笑了下。「嫻妃娘娘，我又沒說妳，何必急著解釋？」

嫻妃的臉色立時難看了幾分。

「五公主此話差矣。」這時，寧晚晴到了門口，從容不迫地邁入殿中。「嫻妃娘娘只是怕五公主擔心皇后娘娘，這才寬慰妳。妳不領情就罷了，實在不必如此咄咄逼人。」

趙矜想起上次在桑園被寧晚晴教訓一事，心下不爽，遂道：「皇嫂，如今妳還沒有當上皇后呢，就想著來管我了？」

寧晚晴一笑。「我哪裡管得了妳？五公主上有皇后教養，下有幕僚輔佐，我實在不必多此一舉。」

然而，現在薛皇后被禁了足，五公主府裡的幕僚們也早成了後宮笑柄。

趙矜聽了這話，頓時面色青紫。

「妳別高興得太早！待我母后出來，定要……」

一旁的歐陽珊開口。「矜兒，不可無禮。」

這聲音溫潤得體，一下便吸引了寧晚晴的注意，不由看向歐陽珊。

歐陽珊對她笑了笑，上前一步。「見過嫻妃娘娘，見過太子妃。」

趙蓁連忙湊過來，對寧晚晴道：「這是大皇嫂。與五皇姊比起來，她可好說話多了。」

寧晚晴對歐陽珊點了點頭。「皇嫂。」

歐陽珊道：「嫻妃娘娘、太子妃，矜兒年紀還小，見母后抱恙，心中難免焦急。言語失儀之處，我替她向妳們賠不是。」說罷，低下頭，微微福身。

寧晚晴連忙扶起她。「皇嫂不必如此客氣。」

歐陽珊笑了笑。「太子妃大度，是我們的福氣。」

寧晚晴忍不住打量了歐陽珊一下，她生得珠圓玉潤，氣質古典，笑容極為和善。

大家都清楚，薛皇后「抱恙」，不過是托詞。但歐陽珊這一席話，全了薛皇后的顏面，又給了彼此臺階下，不由讓寧晚晴也高看她一眼。

這時，太后在宮人簇擁下，到了正殿。

眾人連忙斂了神色，齊刷刷向太后行禮。

太后坐在高榻上，面頰雖然清瘦，卻依稀可見年輕時的姣好容顏。單單坐著，沒有說話，眾人便感覺到一股無形的壓迫，頓時鴉雀無聲。

太后的目光淡淡掃過眾人，道：「如今開春，正值乍暖還寒的時候，妳們都要注意身子才好。」

眾人齊聲應下。「多謝太后娘娘。」

太后點頭。「之前哀家看了，這個月的初八是個好日子，打算在那天開春日宴，諸位覺得如何？」

嫻妃輕輕點頭。「太后娘娘選的日子，自然是好的，妾身並無異議。」

雲嬪附和。「妾身也覺得甚好。」

太后輕輕嗯了一聲，又看向歐陽珊和寧晚晴等人。

「哀家是玩不動了，只能看著妳們熱鬧。這日子好與不好，還得由妳們說了算。」

歐陽珊笑道：「皇祖母，每年春日宴上的紙鳶大賽最是熱鬧，不如今年把紙鳶大賽的彩頭提高些。這樣一來，參加的人多了，不就更熱鬧了嗎？」

太后笑了下。「珊兒這意思，是想讓哀家開寶庫了？」

歐陽珊抿唇。「孫媳哪敢覬覦皇祖母的寶庫，只是希望紙鳶大賽更精采罷了。」

太后點點頭。「那好，就依妳的意思，彩頭由惜靜準備。」

惜靜嬤嬤連忙應是。

太后又看向寧晚晴。「晚晴覺得呢？」

寧晚晴道：「紙鳶一事，但憑皇祖母作主。但初八那日，孫媳還有個不情之請。」

太后問道：「何事？」

寧晚晴沈聲說：「如今正是春耕播種的好時候，近日孫媳整理宮人們的來歷，發現不少宮女是農戶出身，不知可否在初八那日，恩准一部分宮女歸家？一來，藉著春日宴團聚的好意頭，讓她們與家人相見；二來，也能幫一幫家中的農忙。」

太后聽罷，讚許地笑了笑。「妳的想法倒是不侷限於宮闈之中，甚好。」

寧晚晴淡笑一下。「皇祖母過獎了。」

方才還笑意融融的歐陽珊見狀，神情明顯地僵了僵，但很快又恢復正常。

太后又與眾人寒暄一會兒，便將嫻妃留下，討論春日宴安排，讓其他人散了。

趙蓁隨著寧晚晴出了慈寧宮，隨口問道：「皇嫂，妳的紙鳶做好了嗎？」

寧晚晴道：「妳皇兄說，東宮的紙鳶多的是，到時候隨便取一個就是了。」

趙蓁一聽，頓時疑惑。「以前東宮沒有女眷，哪裡來的紙鳶？」

寧晚晴愣了愣。「或許是珍妃娘娘留下的？」

「怎麼可能？」趙蓁道：「珍妃娘娘在時，殿下還不在東宮呢。再說了，東西保留那麼多年，也不能再用了。」

寧晚晴若有所思。「待會兒我去問問妳皇兄。」

兩人分道揚鑣，寧晚晴便逕自回了東宮。

第四十五章

寧晚晴穿過長廊，路過書房之際，發現福生守在外面，就走了過去。

「殿下在裡面嗎？本宮有事問他。」

福生見到寧晚晴，立時驚慌起來，身子不覺攔在門口。

「啊？不、不在！」

寧晚晴秀眉一挑。「怎麼回事？」

書房門口的氣氛瞬間僵持起來，寧晚晴上下打量福生，總覺得他有些不對勁。

正當她要追問時，于書就從書房出來了。

他見到寧晚晴，先從容不迫地行了個禮，然後道：「太子妃，殿下正在議事，您此時過來，可是有什麼要事？」

寧晚晴見他一本正經，遂斂了方才的好奇，道：「也沒什麼，待殿下忙完再說吧。」

于書微笑頷首。

寧晚晴說完，轉身離開。

福生見寧晚晴走遠，這才鬆了口氣，對于書道：「還好你來得及時，不然就怕太子妃衝進去了。」

于書瞥他一眼。「你編起話本子來，不是挺有本事的，怎麼連隨機應變都不會？」

福生一聽，不高興了。「太子妃於我有知遇之恩，是我的伯樂，我怎能心安理得地騙她，萬一她以後不讓我寫話本子了怎麼辦？」

于書忍不住翻了個白眼。「方才你要是沒攔住太子妃，那可不是寫不寫話本子的事，只怕連東宮的差事都要丟了。」

福生無言了，忍不住道：「話說回來，殿下幹的這件事，為什麼非得瞞著太子妃？」

于書搖了搖頭。「我也不清楚，興許殿下自己也沒有把握。」

福生瞪大了眼。「要什麼把握？太子妃不是已經嫁給殿下了，還能飛了不成？」

于書道：「你懂什麼？這男女之事，豈是一、兩句話能說得清的？」

福生撇撇嘴。「說得好像你自己經歷過似的。」

于書語塞。

寧晚晴「文化薰陶」的法子很靈，最近宮女跟太監們都乖覺了不少。

她還發現，有不少後宮妃嬪都愛看話本子，索性讓福生按照《大靖律典》編起破案故事，打算以此來普及律法知識。

福生本來就愛寫話本子，領了這項差事之後，更是全心投入，日以繼夜都在編故事。他每寫好一個故事，寧晚晴就會立即閱讀，提出修改意見。

就這樣，一個寫、一個看，很快便完成了一本故事集。這本故事集的主角不是別人，正是之前那位「光明大俠」。

這天，趙蓁手裡捧著最新的《光明大俠傳》，正看得津津有味，聽說寧晚晴來了，立刻放下話本，笑嘻嘻地迎上去。

「皇嫂，妳若是不來，我便要去找妳了。」趙蓁挽著寧晚晴的胳膊，問道：「皇嫂，《光明大俠傳》的第二本什麼時候出來呀？」

寧晚晴有些詫異。「妳不是昨日才開始看的，今天就看完了？」

趙蓁兩眼放光，語氣十分雀躍。「只要一開始便停不下來，實在是太好看了！光明大俠明察秋毫，聰明睿智，若是我日後的夫君也能這樣就好了。」

寧晚晴忍俊不禁。「妳這想法，可千萬別告訴嫻妃娘娘。」

趙蓁一愣。「為何？」

寧晚晴道：「妳未必真能遇見書中的人物，如果嫻妃娘娘知道了，肯定要擔心妳嫁不出去了。」

趙蓁不以為意。「這有什麼關係？若是嫁不出去，我便自己過自己的。妳瞧姑母，有自己的府邸，還有一群俊美的幕僚，日子不也滋潤得很？」

「瞎說什麼！」嫻妃的聲音自她們背後響起。「妳這孩子，連妳姑母都敢編排了！」

趙蓁見到嫻妃，忍不住往寧晚晴身後縮了縮。

「皇嫂，妳看，如今母妃對我越來越凶了。」

嫻妃道：「母妃這是為妳好。再這麼沒規矩，以後妳皇嫂便不來看妳了。」

趙蓁撒嬌似的抱住寧晚晴的胳膊。「才不會呢！皇嫂最喜歡蓁蓁了，對不對？」

寧晚晴笑著點頭。「是是是。」

趙蓁得意地笑起來，忽然想起一事，連忙抓住寧晚晴的手晃了晃。

「皇嫂，我有東西要送給妳。」話音落下，不由分說地拉著寧晚晴去了她的寢殿。

臥房中的案桌上，放著兩只紙鳶。

其中一只是寧晚晴見過的白鴿；另外一只更新些，上面畫了一朵盛開的芍藥，明豔奪目，十分生動。

趙蓁抱起芍藥紙鳶，遞給寧晚晴。

「皇嫂，馬上就要春日宴了，妳第一次參加紙鳶大賽，可不能失了身分。所以，我便央求六皇兄，做了芍藥紙鳶給妳，看看喜不喜歡？」

寧晚晴接過紙鳶，有些意外。「這是給我的？」

趙蓁笑著點頭。「是呀。我求了好久，六皇兄才答應做呢。」

寧晚晴一笑。「多謝蓁蓁。還好有妳替我準備，不然我險些忘了這件事。」

寧晚晴將芍藥紙鳶帶回了東宮。

她進了寢殿，順手將芍藥紙鳶放在桌上，轉頭卻發現屏風上正正地掛著另一只紙鳶。

寧晚晴一愣，不由走了過去。

這紙鳶比芍藥紙鳶更大，上面畫著振翅的白天鵝，天鵝脖頸修長，姿態優美，神態淡然倨傲，卻又不失端莊典雅，簡直維妙維肖。

寧晚晴忍不住抬起手，輕輕地摸了摸天鵝紙鳶，她從來沒有見過這麼漂亮的紙鳶。

「喜歡嗎？」

趙霄恆的聲音忽然響起，寧晚晴回頭看他。「這紙鳶紮得真好，是哪兒來的？」

趙霄恆正要開口，忽然瞥見桌上的芍藥紙鳶，眼神微妙地頓了頓，輕咳了下。

「內侍省做的。妳這紙鳶，又是哪兒來的？」

寧晚晴道：「蓁蓁擔心我沒有紙鳶參賽，便央著六殿下幫忙做了一個。」

趙霄恆不冷不熱地哦了一聲。「看來她真的很閒。」

寧晚晴光顧著看天鵝紙鳶，沒聽清趙霄恆的話。「方才殿下說什麼？」

趙霄恆扯了扯嘴角。「沒什麼。」笑容斂去幾分。「既然有兩只紙鳶，要用哪只參賽，隨便妳。」

「隨便妳」這三個字聽起來輕飄飄的，卻讓人覺得不太對勁。

她盯著趙霄恆一會兒，見趙霄恆雖然微微勾著唇角，但眼睛裡已經沒了來時的笑意。

寧晚晴目光下移，落到趙霄恆的手上，趙霄恆卻將手藏到了背後。

寧晚晴心頭一動。「殿下的手怎麼了？」

趙霄恆的表情有些不自然。「不小心碰傷了，無妨。」說罷，轉身要走。

寧晚晴兩步上前，抓住了他的手腕。

趙霄恆一愣，被她拉著轉過身。

寧晚晴低下頭，盯著他的手指瞧。「殿下這傷不像是碰的，反而像是被尖銳之物刺傷的。到底是怎麼回事？」

趙霄恆的臉色僵了僵。「不過小傷而已，愛妃不必擔憂。孤還有事，先回書房了。」

寧晚晴卻含笑開口。「殿下，紙鳶都做完了，還要急著回書房嗎？」

趙霄恆一頓。「胡說什麼？」

寧晚晴眨眨眼。「殿下手上的傷口，是被竹片割傷的吧？」

兩人之間無聲地對視片刻，趙霄恆終於敗下陣來，收回了手，悶聲道：「妳早猜到了？」

寧晚晴莞爾一笑。「沒有。妾身是看到殿下的手指受傷，才猜到的。」

趙霄恆聞言，不知道該說什麼才好，硬著頭皮解釋。

「孤覺得內侍省紮的紙鳶千篇一律，實在無趣，閒來無事，便隨手紮了一個。沒想到，妳已經有了紙鳶。」

寧晚晴瞧著趙霄恆手上的幾道傷口，心中不知不覺溢出一絲甜意。

「殿下這傷口雖然不大，但碰了水還是會疼的，不如妾身幫您上點藥吧？」寧晚晴看著趙霄恆，神情溫柔又俏皮。

趙霄恆的唇角不覺勾起，輕輕點了點頭。

寧晚晴讓趙霄恆在桌前坐下，轉身去找藥。

趙霄恆盯著芍藥紙鳶一會兒，寧晚晴便將托盤端了過來，自然而然地將芍藥紙鳶輕輕推開，將藥罐等物放到桌上。

趙霄恆攤開手掌，修長手指呈現在寧晚晴眼前，骨節分明，煞是好看。

寧晚晴小心地取下他的墨玉戒，拿起一根細小的竹籤，沾上一點藥膏後，輕輕地塗到他的手指上。

藥膏清清涼涼，感覺十分舒爽。

趙霄恆凝視著寧晚晴塗藥。寧晚晴的動作不算嫻熟，甚至還有些小心翼翼，塗了許久，才塗完全部的傷口。

她收起藥瓶，輕聲道：「好了。」

趙霄恆默默點頭。「多謝。」

寧晚晴唇角微揚。「應該妾身謝殿下才是。這天鵝紙鳶，妾身很喜歡。」

趙霄恆微微一怔，眉眼亮了起來，低聲道：「孤試過了，這紙鳶也能飛得很高。」

寧晚晴抿唇笑了笑。「嗯，那妾身就用這紙鳶參賽了。」

趙霄恆的嘴角不可抑止地揚起。「若無其他事的話，孤先回書房了。」又看她一眼，才站起身，離開了寢殿。

思雲和慕雨恰好從外面進來，慕雨一眼瞧見桌上的芍藥風箏，頓時驚喜地奔過來。

「太子妃，這紙鳶好漂亮啊！」

思雲也好奇地走過來看，卻咦了一聲。

寧晚晴疑惑回頭。「怎麼了？」

思雲指著芍藥紙鳶。「太子妃，這紙鳶怎麼破了個洞？」

寧晚晴聞言，連忙走過去，發現芍藥紙鳶的花蕊上，突然多出一個手指大小的洞來……

春風和煦，日光明媚。

春日裡的第一場筵席，終於在趙蓁的殷切期盼中來臨，她早早起了床，換上簇新的鵝黃春裝，對鏡收拾妥當之後，便興匆匆地出了門。

春日宴設在永園，是皇宮之內除了御花園之外，最大的一處園子。

趙蓁想著早些到場準備紙鳶大賽，步履匆匆。

宮女亦步亦趨地跟著，忍不住道：「公主，您小心足下！」

「妳們快點，若是晚了，就占不到最好的比賽位置了！」趙蓁回頭催促，孰料話音未落，她卻迎面撞上了人。
趙蓁哎呀一聲，疼得捂住鼻子，抬頭一看，一張俊逸的面容映入眼簾。
她看得一愣，隨即反應過來。「你這人走路怎麼不看路?!」
黃鈞立即低頭，拱手道：「請公主恕罪，都是微臣的過失。」
黃鈞的身量很高，即便低著頭，也能看見他微微窘迫的表情，和泛紅的耳尖。
趙蓁見黃鈞態度誠懇，又想起是她走得太急，便不好太過怪罪。
「算了、算了，本公主不與你計較了。你不是大理寺的人嗎，為何會來永園？」
黃鈞答道：「回公主，官家召微臣到永園問話的。」
趙蓁這才想起來，每年的春日宴，靖軒帝也會露臉，只怕是為了方便，才讓黃鈞繞過大半個皇宮來找他。
她眼珠微轉，道：「父皇找你問話，可是又發生了什麼新案子？」
黃鈞愣住。「案子？」一抬頭便看見趙蓁清靈的大眼和撞紅的鼻尖，俏麗中又帶著幾分可愛，忙避開目光。「只是例行回稟大理寺的政務而已。」
最近趙蓁看《光明大俠傳》看上了癮，見到黃鈞，就想起斷案如神的「光明大俠」。
聽到沒有新案，她不由溢出一絲失望，嘟囔著。「還以為又有什麼好玩的案子呢……」
黃鈞溫聲道：「七公主，但凡有案子被送到大理寺，要麼是幕後之人位高權重，要麼是案件本身牽連甚廣。沒有新案子，反而是好事。」

趙蓁聽罷，忍不住瞧了他一眼。

「我看旁人都是削尖了腦袋往父皇面前擠，恨不得證明自己的差事辦得天下第一。黃大人倒好，沒有新案子也不著急，難道你不怕自己在父皇面前被冷落？」

黃鈞面色淡淡，聲音卻越發清朗。「若是有朝一日，官家真的不再需要微臣，那說明天下太平，百姓安樂，微臣應該高興才是。」

趙蓁眨了眨眼，笑道：「黃大人倒是與眾不同，本公主算是認識你了。」

銀鈴般的少女甜音繞在耳邊，黃鈞本來平靜下來的心緒又緊張起來，不由退了一步。

「微臣還急著見官家，先告退了。」他對著趙蓁一揖，便快步跟著太監離開。

趙蓁望著他宛如青竹一般挺拔的背影，自言自語道：「真正的光明大俠，會不會就長成這樣？」

一旁的宮女聽了，頓時面面相覷，不知該不該答話。

待黃鈞走遠，趙蓁才想起自己要去永園占位置的事，不禁懊惱出聲。

「糟了！快走、快走！」

趙蓁進永園時，果然已經來了不少人。

紙鳶大賽有一片固定的空地，空地上被劃分成許多賽道，每個人只能站在自己的賽道上放紙鳶。

每當風起，紙鳶線就容易纏到一起。趙蓁想早些去，便是為了挑選兩側相對「安全」的位置。

她見外側已經被趙矜的宮人占了，連忙帶著人去占裡側。

趙矜正在涼亭中欣賞自己的紙鳶，見趙蓁跑得氣喘吁吁，輕蔑地笑起來。

「皇妹，就算妳占到了好位置，也未必能拔得頭籌，何必如此認真呢？」

趙蓁不服氣，忍不住道：「五皇姊怎麼知道我不能拔得頭籌？我這紙鳶是六皇兄做的，可厲害了！」

趙矜一笑。「這麼說來，妳倒是真有幾分機會。六皇弟文武不成，也只會做這些上不得檯面的小玩意兒。」

趙蓁聽了，頓時氣不打一處來。「五皇姊，妳和六皇兄是同日出生，為何非要這般刻薄待人？」

趙矜比趙霄平早了半日出生，所以排行第五。但她身為嫡公主，每年生辰宴都有內侍省操辦。

生辰那天，原本應該所有人對她眾星捧月，偏偏趙霄平母妃早逝，薛皇后為了證明自己賢德慈愛，便讓趙霄平與趙矜一起過生辰。

就算其他人不把趙霄平當一回事，只圍著趙矜打轉，但趙矜仍然覺得趙霄平十分礙眼，故而從小到大，都對趙霄平沒有什麼好臉色。

「趙蓁，妳非要哪壺不開提哪壺是嗎？」趙矜被趙蓁戳到痛處，氣得臉色發白，連頭上的步搖都跟著晃了起來。「趙霄平的母妃不過是一介宮女，如何能與母后相比？就憑他，也配和我同日出生?!」

趙蓁見她變了臉色，心情反倒好了不少，勾起唇角。

「五皇姊何必動怒呢？六皇兄與妳同年同月同日生，早已是事實。妳脾氣這麼壞，六皇兄都沒嫌棄和妳一起過生辰，妳怎麼還好意思怪他？況且，母后不是時常教導我們要兄友弟恭，姊妹和睦，難道妳連母后的話都不聽了？」

「妳！」趙矜抬手指著趙蓁。「好啊，我看妳是跟著太子妃久了，才學得這般伶牙俐齒，看我撕爛妳的嘴！」

趙蓁聽罷，毫不顧忌地對她扮了個鬼臉。「五皇姊若是敢對我動手，我就告訴皇嫂、告訴母妃、告訴皇祖母！」

趙矜想起自己最大的靠山——薛皇后還被關在坤寧殿，氣得臉都綠了，忍不住想上前抓趙蓁，卻被宮人們結結實實地攔住。

「五公主，皇后娘娘還『病』著呢，您千萬不能再節外生枝。」

「公主殿下，退一步風平浪靜，您不能衝動啊……」

「殿下別去，萬一被官家知道了，只怕又要斥責您了。」

趙矜說不過趙蓁，連嫡公主的氣派也被這些宮人攔得沒了，氣得渾身發抖，尖叫起來。

「都給我滾！」

趙蓁帶著勝利者的笑容，哼著小曲兒回到休息的亭中。

「今日心情好，上幾盤好點心，一壺金甜露，本公主要好好慶祝慶祝。」

於是，五公主陣營裡的宮人們，還在著急慌張地安撫主子的心情；而七公主這邊卻是吃吃喝喝，等著開賽了。

第四十六章

不少女眷遠遠看完了這場鬧劇。

她們大多不喜歡趾高氣揚的趙矜，見趙矜落了下風，都忍不住幸災樂禍。

不起眼的角落中，卻有一個身形纖細的女子，蛾眉微攏，低下頭，看了看自己手中的春日燕紙鳶，目光越發哀然。

侍女小若立在一旁，小心翼翼地打量著田柳兒的神色，低聲道：「姑娘，您怎麼了？」

田柳兒斂了斂神，搖搖頭。

旁人還議論著方才的熱鬧，她卻因為趙矜對趙霄平的惡意而感到難過。

那樣溫柔平和、善良寬厚的人，無端被趙矜這樣詆毀……他又有什麼錯呢？

這世間，出身由不得自己選擇，要走的路也由不得自己選擇。這一輩子，彷彿已經看到了頭，無論如何努力地走，都是一條毫無希望的絕路。

田柳兒咬唇，手指不覺用力握緊了紙鳶的稜角。

「田側妃。」清越的女聲打斷了田柳兒的思緒，她茫然抬頭，見寧晚晴來到了身旁，正溫和地注視著她。

田柳兒回神，站起身。「參見太子妃。」

寧晚晴默默打量她一會兒，從袖袋中掏出一方手帕，遞給她。

田柳兒一愣，這才發現，不知不覺間，她已經淚流滿面了，連忙接過手帕，輕輕拭了拭眼角。

「春風裡有沙，讓太子妃見笑了。」

寧晚晴微微一笑。「有沙無妨，春風來就好。」

田柳兒頓了頓，收起手帕，還給了寧晚晴。

寧晚晴垂眸看田柳兒的紙鳶，道：「這春日燕，畫得可真美。」

田柳兒神情緩和不少。「不過是妾身閒暇之時所做，難登大雅之堂，太子妃過獎了。」

寧晚晴笑道：「田側妃不必謙虛，這紙鳶上的春日燕不但畫得妙，連包邊做工也十分精緻。只是……這裡為何會有一顆鈴鐺？」

寧晚晴狀似不經意地詢問，卻讓田柳兒神情微變，不由伸出手，撫摸春日燕上的鈴鐺，聲音沈靜如水。

「這鈴鐺是一位故人所贈，當紙鳶隨風而起，鈴鐺就會發出清脆的鈴音。妾身覺得好聽，就沒有取下來。」

寧晚晴問道：「這位故人，現在何處？」

田柳兒垂眸一笑。「既是故人，人在哪裡，又有何妨呢？」

寧晚晴靜靜看著她，了然一笑。「田側妃說得是。」

春風漸起，兩人沒再說什麼，而是安靜地坐在亭中，欣賞著眼前的春景。

趙蓁聽說寧晚晴到了，便帶著自己的紙鳶，興高采烈地過來。

「皇嫂，妳來了怎麼也不告訴我？」趙蓁說罷，大剌剌地在寧晚晴身旁坐下，目光不經意一掃，瞧見石桌上的天鵝紙鳶，驚喜出聲。「這天鵝紙鳶好漂亮啊！是哪裡來的？」

寧晚晴一笑。「是妳皇兄紮的。」

趙蓁聽罷，難以置信地瞪圓了眼。「皇嫂是說，這紙鳶是太子哥哥紮的？」

寧晚晴頷首。「不錯。」

一旁的慕雨也道：「公主，殿下為了紮紙鳶，可是在書房裡忙了好幾日呢。起初還不讓太子妃知道，到了昨日才拿出來的。」

趙蓁聽了，滿臉羨慕。「早知道太子哥哥這麼會紮紙鳶，我就不去求六皇兄了。」

寧晚晴道：「他們二人紮的紙鳶各有千秋，都是很好的。」

趙蓁這才勉強地點了點頭，摸了摸手上的白鴿紙鳶，眼巴巴道：「皇嫂，等紙鳶大賽結束之後，我能和妳換著玩一會兒嗎？」

寧晚晴眉眼微彎。「可以。不過我不太會放紙鳶，妳拿去玩便好。」

趙蓁小雞啄米似的點頭。「那咱們一言為定！皇嫂不會放紙鳶，我可以教妳呀，我放紙鳶最厲害了！」

寧晚晴微笑頷首。

田柳兒沈默地聽著她們說話，目光卻不由自主落在趙蓁手中的白鴿紙鳶上。那白鴿身上，也繫著一顆小小的鈴鐺，但沒有春日燕上的精緻。

趙蓁坐了一會兒，有些著急地開口。「都快到時辰了，皇祖母怎麼還沒到啊？」

她話音未落，便見到一群宮人開道，太后的儀仗由遠及近而來。

眾人連忙放下手中的紙鳶，快步出了涼亭，俯身恭迎太后。

今日天氣好，太后著了件深紫色的宮裝，整個人看起來高貴典雅，一開口，便是溫和慈愛的聲音。

「免禮。」

嫻妃上前攙扶太后。「石板路滑，還請太后小心足下。」

太后側目看她一眼。「哀家一路過來，見永園兩旁的花草樹木都好生收拾過了，這園子也布置得十分俐落，辛苦妳了。」

嫻妃低聲道：「妾身第一次主持春日宴，若有哪裡不周，還望太后海涵。」

太后淡笑著點點頭，嫻妃便扶著太后落坐。

太后坐定後，溫聲開口。「初春本是灑脫的好時節，諸位既然來了，就不必拘著。等會兒的紙鳶大賽，誰拔得頭籌，哀家重重有賞。」

此言一出，在場的貴女們都躍躍欲試。

大賽上，放紙鳶的線是由內侍省準備的，待紙鳶飛上天，就算是開始比了，紙鳶落地便結束，看誰放出的線最長。

此時，所有要比賽的女眷都領到了內侍省的紙鳶線。

趙矜迅速穿好線，面帶不忿地瞪了趙蓁一眼，彷彿在向她示威。

趙蓁懶得理她，自顧自地穿自己的線。

田柳兒本不想比，但寧晚晴卻拉著她一起下場。

「如今到了春日，妳的身子既然好轉，也該活動一下筋骨了。輸贏不重要，重要的是換一換心情。」

田柳兒知道，寧晚晴是不希望她繼續鬱鬱寡歡，遂點了點頭。

「多謝太子妃。」

內侍省的太監們見眾人準備好了，一聲令下，宣布紙鳶大賽開始。

趙蓁早早找到了風口，待太監將紙鳶托著跑遠了些，就放出紙鳶線，待紙鳶乘風而上，便奮力一拉——

白鴿紙鳶像活了起來似的，一下飛上了天！

她興奮得扭過頭去看趙矜，趙矜的紙鳶卻掉了一次又一次，負責托舉紙鳶的太監已經來來回回跑了好幾個回合，紙鳶還是飛不起來。

趙蓁見了趙矜笨拙的樣子，忍不住笑了，轉頭去喚寧晚晴。

「皇嫂，快看我的紙鳶，飛得多高呀！皇嫂?!」

寧晚晴嫻雅從容地站在原地，一隻手輕搖線錘、一隻手輕巧地拉著細線。她的天鵝紙鳶穩穩地飛在空中，還鶴立雞群般高出眾人一截來。

趙蓁不敢相信地看著她。「皇嫂，妳不是說不會放紙鳶嗎？」

寧晚晴輕輕點頭，笑道：「不錯，但好像不是很難。」

趙蓁撇了撇嘴，小小羨慕了一番。

田柳兒許久不曾放紙鳶了，線錘重新上手，便有一種說不出的親切感。她熟練地調整著紙鳶的細線，讓那隻春日燕重回天空，彷彿正自由自在地振翅高飛。

侍女小若怔怔地看著田柳兒的笑容。即便二皇子出了京城，她們從麗妃手中保下命來，自家姑娘也沒有真心笑過。

沒想到，小小一只紙鳶，就讓她重新展露了笑顏。

永園裡的風越來越大，田柳兒本來自如地拉扯著紙鳶線，可不知怎的，春日燕的線卻突然斷了，瞬間往永園的西南方墜了下去。

這一道弧線讓田柳兒的心情急轉直下，不由追過去，小若卻攔住她。

「姑娘，您在永園等著，奴婢去找吧。」

田柳兒搖頭。「我要親自去。」

小若有些為難，提醒道：「姑娘，太后娘娘還坐在上頭呢。」
田柳兒面色僵了僵，眼底泛起一抹哀色。
寧晚晴知道那紙鳶對田柳兒來說，可能意義非凡，遂出了聲。「妳去吧，本宮幫妳跟嫻妃娘娘說一聲便好。」
田柳兒意外抬頭，看向寧晚晴。
寧晚晴道：「每個人都有珍視的東西。若真的守不住，哪怕留個念想，也是好的。」
田柳兒心頭一動，隨即感激地福身。她與寧晚晴交集不多，但彼此都是通透之人，許多事心照不宣，便可意會。
「多謝太子妃。」
寧晚晴含笑點頭。「快去。」
田柳兒急匆匆地離開了。
紙鳶大賽進行得如火如荼，女眷們使出渾身解數，一時妳追我趕，場面十分激烈。
寧晚晴穩坐第一，趙蓁緊隨其後，兩人的紙鳶甩了眾人一大截。
最鬱悶的當數趙矜。
她的紙鳶明明是極好的，可搗鼓許久，都放不上天。見身邊的貴女們都成功地放起了紙鳶，氣得扔掉線錘，滿臉不高興地回到涼亭裡。

大皇子妃歐陽珊見趙矜面色不悅，下巴微抬，指了指面前的點心。

「若是玩累了，就吃點東西。」

趙矜坐下，氣呼呼道：「皇嫂，妳明明紙鳶放得很好，為何不去比賽？這風頭都讓趙蓁她們搶盡了。」

歐陽珊姿態優雅地端起茶杯。「不過是過眼的風頭，就算全部都讓給她們，又如何？」

趙矜一聽，更不高興了。「皇嫂，如今母后失了六宮大權，皇兄又被拘在府中思過，若我們還不爭不搶，只怕日後這宮裡連我們站的地方都沒有了。」

歐陽珊勾唇笑了下，不以為然。「那我問妳，就算紙鳶大賽奪魁，有什麼用？母后的六宮大權能回來嗎？父皇對妳皇兄的信任能完全恢復嗎？」

趙矜一時語塞。

歐陽珊冷靜道：「妳要知道，『好勝』與『勝』，本就是兩碼子事。『好勝』靠的是一時衝動；『勝』靠的，卻是腦子。」

趙矜想了片刻。「那依照皇嫂的意思，我們該當如何，才能救出母后和皇兄？」

歐陽珊抿了口茶，笑意更盛。「妳且坐在這兒乖乖觀賽便好。其餘的事，就交給我。」

說罷，站起身來。

趙矜問道：「皇嫂要去哪兒？」

歐陽珊笑而不答，轉身離開了涼亭。

田柳兒順著記憶的方向，一路往永園的西南側而去。

她與小若一面走、一面尋找，卻不見紙鳶的蹤影。

小若見田柳兒急得面色發白，道：「姑娘，不如稟告嫻妃娘娘，多派些人來找吧？」

「不可。」田柳兒直截了當地拒絕。「紙鳶丟了，於旁人來說是小事。若小事化大，便會惹來不必要的麻煩。」

田柳兒想起那面容溫和的少年，不忍替他多添一絲困擾。

小若踮起腳，往前看了看。「前面似乎有一條小路，我們過去瞧瞧？」

方才一路上都沒找到紙鳶，田柳兒只能點了點頭。「走吧。」

這條蜿蜒小道雖是不知名，但紅色宮牆的兩旁都種著一排高大的柳樹。

春風輕拂而過，柳條便隨之一蕩，讓眼前的綠意生動起來。

田柳兒被這副景色所迷，向前走去。

小若也覺得此處甚美，亦步亦趨地跟在田柳兒身後，小心地問：「姑娘，這紙鳶不知落到哪兒了，萬一真的找不到……」

「不可能。」田柳兒聲音溫柔，但語氣十分堅定。「我記得紙鳶就是落在這邊，一定在附近。」

小若知道那春日燕紙鳶對田柳兒有多重要，道：「姑娘放心，我們定能找到紙鳶的。等會兒我們出去的時候，也可以問一問侍衛，說不定被人撿到了呢？」

田柳兒停下腳步，沒有回答。

小若輕聲喚道：「姑娘？」

田柳兒似乎還是無知無覺。

小若好奇地繞到她側面，這才發現，田柳兒正定定地看著右前方——柳條隨風擺動，彷彿春日裡一處被風撥開的簾幕。青翠的柳樹下，有一個纖塵不染的身影，靜靜立著。

他手裡拿著一方斷了線的春日燕紙鳶，目不轉睛地看著田柳兒。

四目相對間，有驚喜，有錯愕……更多的卻是無奈。

千般滋味湧上心頭，最終卻只能化為一片深深的苦澀。

田柳兒斂起神色，低下頭，略微福身。「妾身見過六殿下。」聲音輕輕淡淡，掠過細密柳條，傳到楊柳深處。

原本趙霄平唇角掛著一絲笑意，待聽到一聲「妾身」，心裡絞痛起來。但面上不表，只沈聲道：「不必多禮。」

兩人之間，隔著三步的距離，還有漫長的沈默。

小若忙道：「姑娘，奴婢的帕子丟了，去那邊找找。」

田柳兒還未開口，小若便自顧自地離開。

田柳兒知道，小若想為她留出一點見面的時間。

眼下見了面，他仍是那位溫潤如玉的六殿下，她卻是二皇子棄之如敝屣的側妃。

如此相見，還不如不見。

「妳……如今還好嗎？」趙霄平手裡拿著紙鳶，似乎沒有還給田柳兒的意思。

田柳兒低下頭。「妾身過得很好，有勞殿下掛心了。」

趙霄平抿唇，低聲道：「柳兒，這裡沒有旁人，妳一定要與我這般生分嗎？」

田柳兒不敢看他，聲音小得不能再小。「殿下，你我身分有別，這樣見面已是逾矩。」

趙霄平沈默片刻，道：「柳兒，妳不要誤會，我並非想打擾妳。我之所以來到這兒，不過是因為看到熟悉的紙鳶……那瞬間，我還以為回到了兩年前。」

提起紙鳶，田柳兒的眼眶便紅了。

兩年前的春日宴上，靖軒帝一時興起，讓少男少女們一起放紙鳶祈福。

當時，她的紙鳶是一隻活靈活現的金魚；而趙霄平的紙鳶，則是一隻飛鳥。

許是春風弄人，偏偏將他們的紙鳶線糾纏到一起。於是，金魚和飛鳥雙雙墜落下來。

見田柳兒心疼摔破的紙鳶，趙霄平承諾，會親自做一只紙鳶送給她。

於是，田柳兒便有了如今這隻春日燕。

兩人見面的次數雖然不多，但說起話來卻十分投契，情意也如春日的草木一般，悄然滋長，越演越烈。

可好景不長，一次機緣巧合之下，趙霄昀看中溫柔貌美的田柳兒，非要娶她當側妃。

田柳兒心中千般不願，懇求父親田升拒絕趙霄昀。

趙霄昀哪肯罷休，不但讓禮部尚書溫喻逼迫田升，還派了不少人蹲守田府，鬧得田府上下人心惶惶。

最終，田柳兒為了田升的仕途，不得已從了趙霄昀。

那時，趙霄平還被蒙在鼓裡，直到得了趙霄昀要娶側妃的消息，才如夢初醒。

他冒著大雨去田府守了一夜，田柳兒卻不肯見他。

直到天亮，趙霄平才終於死心，離開了田府。

第四十七章

那一別之後，兩人再無瓜葛。

後來，他們在宮宴中偶然遇見，卻形同陌路。

直到今日，兩人才真正重逢，有了說話的機會。

田柳兒強忍著自己的淚意，道：「殿下，這紙鳶的線斷了，故而妾身出來尋找，還請殿下將紙鳶還給妾身。」

趙霄平低聲道：「妳出嫁前不是說，我們之間結束了，為何還留著我送的紙鳶？」

田柳兒咬唇。「不過一只紙鳶而已，放著便放著了。若殿下不願歸還，那就算了。」

田柳兒說完，轉身要走，趙霄平卻一把抓住她的手腕。

「柳兒，妳還要騙我到什麼時候？」

田柳兒一愣。「殿下說什麼？妾身聽不懂。」

趙霄平的薄唇幾乎抿成一條線。「當初妳說我不得聖寵，與大位無緣，故而要與我一刀兩斷，嫁給二皇兄。這話是騙我的，對不對？」

田柳兒怔住，不肯承認。「殿下，舊事重提有什麼意義呢？妾身本就是個愛慕虛榮之人，又已經嫁作人婦，殿下還是忘了妾身吧。」

趙霄平沒有接她的話，也不肯鬆開她的手。「是他逼妳的，對不對？我聽說他娶了妳，又狠狠地欺負妳。早知如此，當初我就該……」

「好與不好，都是妾身的命。」田柳兒打斷趙霄平的話，面色蒼白如紙，聲音也氣若游絲。「殿下，都過去了。」

她掙開趙霄平的手，看了趙霄平手中的春日燕一眼。

「也罷，這紙鳶本就是殿下的，還是物歸原主吧。」

她說完，向趙霄平福身，頭也不回地走了。

趙霄平眸中痛色更甚。「柳兒……」

他看著身形削瘦的田柳兒，忍不住一陣心疼。

若他早些知道她的苦衷，拚了命去爭取一次，結果會不會不一樣？

趙霄平手中那隻春日燕，不但斷了線，還摔出一個大窟窿，再也無法重回天際。

田柳兒快步離開了楊柳小道。

小若見到田柳兒，立即迎了上去。「姑娘，紙鳶呢？」

田柳兒擦了擦眼睛。「紙鳶摔壞了，不要了。」

小若打量她，詫異道：「姑娘，您哭過了？是不是六殿下欺負您?!」

田柳兒搖搖頭。「沒有。當年，即便六殿下以為我見異思遷、趨炎附勢時，都未曾惡語相向，如今又怎麼會欺負我呢？」

小若道：「既然六殿下依然待您好，您可有將自己的苦衷告訴他？」

田柳兒苦笑一聲，搖搖頭。

小若蹙眉。「姑娘的苦，旁人不知道，奴婢卻清楚！當年，麗妃娘娘權傾後宮，二殿下在朝堂上也是一呼百應，而六殿下卻無根基，若是要與二殿下爭搶，只怕會吃大虧。「您嫁給二殿下，不光是為了保護老爺，還為了保護六殿下。姑娘為他吃了這麼多的苦，為何到了現在還不願意告訴他呢？」

田柳兒道：「小若，妳沒有心上人，自然不知我為何甘願隱瞞此事。喜歡一個人，是即便自己粉身碎骨，也捨不得他折損分毫的。」

她聲音惆悵，還帶著一股淡淡的哀婉。「如今我已是二殿下的側妃，無論他在京城也好，不在京城也罷，我生死都是他的人，不可能再改變。既然如此，我寧願六殿下恨我、怨我，也不想讓他為了我的事而傷心懊惱。妳明白嗎？」

小若低頭，小聲道：「奴婢不明白，也不想明白。奴婢只知道，姑娘太不容易了……」說著，忍不住抽泣起來。

田柳兒與小若從小一起長大，感情親如姊妹。小若看著田柳兒一路走來，心裡滿是惋惜和心疼。

田柳兒見狀，反而收起了方才的心情，安慰道：「好了，別哭了，我們回去吧。今日就當沒有見過六殿下，記住了嗎？」

小若這才點了點頭，隨著她走了。

田柳兒與小若離開小道，假山後面出現了兩個身影。

于劍摸了摸下巴。「太子妃讓我們來幫田側妃找紙鳶，可紙鳶沒拿到，卻撞破了田側妃與六殿下的私情，這可怎麼辦啊？」

身邊傳來一陣吸鼻子的聲音，于劍看去，卻發現福生正在抬手拭淚，不由一驚。

「你怎麼了?!」

福生悶悶道：「人人都道『有情人終成眷屬』，可六殿下和田側妃心意相通，卻不能在一起，實在是令人扼腕。」

于劍皺眉。「那你也不必反應這麼大吧？他們都沒有你哭得厲害。」

「你懂什麼？」福生輕瞪于劍一眼。「太子妃說了，幻想豐富、感情充沛之人，才能寫出好看的話本子。像你這種冷心冷情之人，活該一輩子打光棍。」

于劍聳了聳肩。「光棍就光棍，娶媳婦有什麼好？你瞧瞧殿下，以前成日裡便是看摺子、拆消息，運籌帷幄，決勝千里。如今呢？熬了好幾個晚上，就為了給太子妃做紙鳶……對了，也不知道太子妃奪魁了沒有？」

福生氣得又瞪了他一眼。

待于劍和福生回到永園時，紙鳶大賽恰好結束了。

寧晚晴的天鵝紙鳶一舉奪魁，趙蓁比她還高興，還急著幫寧晚晴向太后討賞。

太后笑意溫和地賞了寧晚晴一套精緻的頭面，寧晚晴跪下謝恩。

太后道：「這天鵝紙鳶做得真是巧奪天工，內侍省的差事是越辦越好了。」

趙蓁隨口道：「皇祖母，這天鵝紙鳶不是內侍省做的，是太子哥哥做的。」

此言一出，現場的貴女們紛紛投來羨慕的眼光。

「太子對太子妃可真好啊！」

「當真是神仙眷侶……」

「太子妃這麼美，若我是郎君，也願意為她紮紙鳶。」

趙矜本來就一無所獲，聽到眾人的話，冷不防冒出一句——

「這紙鳶看著精緻非常，想來花了不少工夫吧？皇兄政務繁忙，怎麼還有空為皇嫂紮紙鳶？」

趙矜這話，分明在諷刺太子輕重不分，玩物喪志。

寧晚晴不慌不忙地接話。「五皇妹說得是。每日殿下完成了政務，才能開始紮紙鳶，故而天天只能完成一部分。好在皇天不負有心人，殿下對凡事力求盡善盡美，做儲君如此，做夫君亦如此……」

寧晚晴說著，一臉嬌羞，這模樣再次刺激了貴女們。

「若我也能嫁得如此郎君就好了。」

「太子殿下果然是人中龍鳳，不但能兼顧國事，還對太子妃如此上心。」

「太子妃也好懂太子啊，真感人……」

眾人妳一言、我一語地議論著，就算冷靜如寧晚晴，此時都有些面頰發熱了。

太后滿意地看著寧晚晴，溫聲道：「妳雖與恆兒成婚不久，卻已經懂得夫婦一體的道理，不錯。」

寧晚晴低頭福身。「皇祖母過獎了。」

太后又瞧了趙矜一眼。「妳還沒嫁人，說話便如此不知分寸。依哀家看，該好好學一學規矩才是。」

一聽要「學規矩」，趙矜的臉色難看了幾分，忙道：「矜兒失言，還請皇祖母見諒。」

太后道：「知道失言就好，有空多向妳皇嫂學一學，如今就連蓁蓁都比妳懂事。」

趙矜心裡氣得要命，面上不敢表現出來，只得恨聲道：「是，孫女謹記皇祖母教誨。」

太后點了點頭。「今日就到這兒吧。」

於是，嫻妃扶著太后離開了永園。

趙蓁美滋滋地看著趙矜。「五皇姊，以後可別亂說話了，慈寧宮的規矩可是很難學的。」

趙矜聽了，氣得一跺腳，轉身走了。

趙蓁忍不住笑彎了腰。

寧晚晴瞧了趙矜的背影一眼，忽然想起一事，問身旁的元姑姑。「我記得大皇子妃好像是同五公主一起來的，她人呢？」

元姑姑扶著寧晚晴出了永園，才低聲道：「大皇子妃去坤寧殿了。」

薛皇后被禁足了一段時日，也免了眾人的問安，但大皇子妃和趙矜去探視時，宮人還是睜一隻眼、閉一隻眼的。

寧晚晴若有所思地點點頭。「知道了。」

于劍和福生迎面走來，寧晚晴見福生眼睛泛紅，便問：「這是怎麼了？」

于劍湊過來，對寧晚晴低語幾句。

寧晚晴秀眉微蹙。「你確定沒有看錯？」

于劍點頭。「小人確定。他們說的話，我們都聽得一清二楚。」

雖然寧晚晴早猜到田柳兒與趙霄平有一段情，卻沒想到兩人是這樣分開的。

前世她接了不少怨侶的案子，從一開始的相知相愛，到後來的老死不相往來，甚至鬧到深惡痛絕，總是讓人惋惜。

興許是見多了感情走到盡頭的樣子，所以寧晚晴對此看得很開，合則聚，不合則分。瀟瀟灑灑地來，恣意地走，便是最理想的感情了。

一行人回到東宮時，趙霄恆還沒有回來。

寧晚晴將天鵝紙鳶交給思雲，囑咐道：「好生收起來。」

思雲笑著點頭。「若是殿下知道太子妃奪魁，一定會很高興。」

一旁的于劍忍不住插嘴。「可不是嘛，殿下為了做紙鳶給太子妃，砍了一大片竹園裡的竹子，連手都刺破了。若他知道太子妃得了第一，必然是歡喜的。」

寧晚晴想起趙霄恆手上的傷，心頭驀地軟了幾分。

「思雲。」

思雲應聲。「太子妃有何吩咐？」

寧晚晴沈吟片刻，問道：「妳廚藝如何？」

思雲一頭霧水。

今日後宮舉辦春日宴，前朝也沒有閒著。

趙霄恆下朝後，便去御書房和靖軒帝議事，從戶部的鹽稅聊到禮部官員的升遷，直到傍晚才回了東宮。

他一邁入宮門，就看見于劍和福生眉開眼笑地迎上來。

于劍道：「殿下總算回來了！」

趙霄恆瞧他一眼。「有事？」

于劍一時語塞，福生順勢接話。「沒事、沒事，殿下回來得正好。此時已是用膳的時辰，還請殿下移步花廳，與太子妃共進晚膳。」

于劍忙不迭點頭。「對對對，殿下請。」

趙霄恆疑惑地打量他們。「太子妃讓你們來的？」

福生和于劍對視一眼，于劍道：「其實，也不算是……」

「就是太子妃讓我們來的。」福生毫不留情地打斷于劍的話。「殿下有所不知，今日太子妃在紙鳶大賽上奪魁，太子妃說，全憑殿下做的紙鳶才能獲此殊榮，一回宮便親自下廚，為殿下做了一大桌菜。」

趙霄恆長眉一挑。「當真？」

福生笑道：「殿下去看看，不就知道了？」

趙霄恆嘴角不可抑止地揚了揚，抬步向花廳走去。

于劍跟在福生後面，悄悄拉了拉他的衣袖。「你又沒看見，怎麼知道太子妃做了一大桌的菜？」

福生圓眼輕瞪。「太子妃秀外慧中，聰穎過人，哪有什麼不會的？」

于劍想了想，道：「也對。」

兩人跟上了趙霄恆。

趙霄恆走到花廳門口，思雲和慕雨對他福身，還未來得及請安，他便略一點頭，快步邁進花廳。

花廳之中，果然布了一桌子菜，各種菜色應有盡有。

寧晚晴見到趙霄恆，起身行禮。「殿下回來了。」

趙霄恆輕輕嗯了聲，撩袍坐下，思雲便端來淨手的水。

淨完手，趙霄恆淡然地擦去手上的水珠，狀似不經意地問：「今日的菜如此豐盛，可是有什麼好事發生？」

寧晚晴微微一笑。「今日的紙鳶大賽上，殿下紮的天鵝紙鳶得了第一，皇祖母賞了好些東西，妾身便想同殿下一起慶祝。」

趙霄恆側目瞧她。「還有嗎？」

寧晚晴一愣。「還有什麼？」

趙霄恆輕咳了下。「罷了，吃飯吧。」

寧晚晴點了點頭，開始為趙霄恆布菜。

寧晚晴舀起一勺芙蓉蛋，送到趙霄恆碗裡。「殿下嚐嚐這個。」

趙霄恆用筷箸挑起一點雞蛋，徐徐送入口中。

這芙蓉蛋軟糯多汁，入口即化，一片鮮甜從舌尖漫開。

趙霄恆道：「這芙蓉蛋，做得不錯。」

寧晚晴有些意外。「是嗎？那殿下再嚐嚐這道一品雞。」又挾起一塊雞肉，放到趙霄恆碗中。

趙霄恆繼續品嚐，嚐過之後，道：「似乎比平日裡的雞肉更入味些。」

寧晚晴含笑點頭。「那殿下多吃一點。」

趙霄恆眉間輕動，意味深長地笑了笑。「好，聽妳的。」

寧晚晴見趙霄恆的胃口似乎不錯，遂不住替他布菜。

其實趙霄恆平時吃得不多，但今日無論寧晚晴挾了什麼菜，他都照單全收，還接連稱讚菜色。

于劍忍不住用胳膊捅了捅福生，壓低聲音道：「殿下會不會撐著？」

福生眼底恨不得開出花來。「太子妃飽含心意的好菜，怎麼會讓殿下難受呢？你不覺得他們一個布菜、一個吃菜，看起來琴瑟和鳴嗎？」

于劍頓了頓。「……好吧。」

就這樣，整桌菜有大半進了趙霄恆胃裡。

寧晚晴見他放下筷箸，為他遞上拭嘴的乾布巾。

「殿下真覺得今日的菜色好嗎？」

趙霄恆放下布巾，淡淡笑道：「是。」

寧晚晴點頭，轉而吩咐思雲。「問問御膳房今日掌廚的是誰，送些賞錢去。」

趙霄恆面色微變。「妳是說……這些菜是御膳房做的？」

寧晚晴點頭。「是啊，宮裡的菜不都是御膳房做的嗎？」

趙霄恆冷冷瞥了福生和于劍一眼。

福生本來還沈浸在太子與太子妃白頭偕老的幻想裡，頓時被這一眼嚇得打了個寒戰。

于劍是個直腸子，實在忍不住了，便問：「太子妃，您方才不是說要……」

寧晚晴道：「要下廚？」

于劍和福生齊刷刷點頭，哪怕這桌上有一道菜是太子妃做的，也能救他們的命啊！

寧晚晴無奈地笑了笑。「原本我是想自己下廚的，可我的廚藝實在上不了檯面，只得作罷了。」

趙霄恆面上無甚表情，淡聲道：「罷了，孤還有事，先回書房。」

他說完，站起身來，離開了花廳。

寧晚晴愣了下，這人怎麼說變臉就變臉？不由看向于劍和福生。

于劍忙擺手。「太子妃，不關小人的事。是福生說，您為殿下做了一大桌子菜。」

福生氣得想掐他。「你不是也附和了嗎？這時候想撇清干係，晚了！」

寧晚晴思索片刻，道：「所以……殿下是生氣了？」

此言一出，于劍和福生立時呆住。

福生忍不住道：「殿下的臉都快拉到地上了，這不是很明顯嗎?!」

寧晚晴面色一僵。

前世面對客戶時，只要一個眼神，她就能明白對方想要什麼。

但不知為何，與趙霄恆越熟，她就越不敢猜他的心思了。

第四十八章

月上中天，涼風習習。

如今靖軒帝越來越信任趙霄恆，便將一部分奏摺交給他。

此刻，書房中燈火搖曳，趙霄恆坐在案前，正悶不吭聲地批閱奏摺。

福生端了茶水進來，賠笑道：「殿下可要飲茶？」

趙霄恆沒搭理他。

福生橫了跟進來的于劍一眼。

于劍道：「殿下，這茶是內侍省送來的新茶，您嚐一嚐吧？」

「晚膳吃得太多，喝不下。」趙霄恆的聲音冷幽幽的，簡直能把人凍死。

福生和于劍面面相覷，只得默默退出去。

福生愁眉苦臉地開口。「這下可怎麼辦？殿下定然恨死我們了。」

于劍安慰道：「你別這麼緊張，說不定殿下也沒有多生氣，方才他不是答話了嗎？」

福生道：「你沒瞧見嗎？殿下的眼睛裡簡直能射出刀子來。現在他是忙著批閱摺子，等忙完了，有咱們受的。」

于劍安慰他。「殿下大人有大量，不會同我們計較的。說不定，他睡一覺就全忘了。」

福生忍不住拍了于劍一下。「你以為人人都像你，心比天大？殿下不僅生氣，只怕失望更甚。」

于劍蹙眉。「不過是沒吃到太子妃做的菜，有必要這麼生氣？」

福生恨鐵不成鋼地看著他。「你懂什麼，這是一頓飯的事嗎？」

于劍摸了摸頭，呆愣問道：「除了這頓飯，還有別的事？」

福生嘆了口氣。「你爹娘真不公平。」

于劍聽了這話，不禁有些納悶。「你這話是什麼意思？」

福生道：「你和于書明明是兄弟，可他有腦子，你卻沒有。」

于劍濃眉一豎。「欸，你怎麼罵人呢！」

兩人說話的聲音不小，被夜風送到了長廊拐角處。

寧晚晴盡收耳底，一時心情有些複雜。

元姑姑打量寧晚晴的神色，笑道：「太子妃，奴婢見殿下晚上用的餐食不少，只怕夜裡睡不著。何不邀殿下一起走走，也好消消食？」

「消食？」寧晚晴喃喃重複一遍。

元姑姑應道：「不錯。殿下年幼時，每當積了食，珍妃娘娘便會備上一些酸果兒給他吃，如今宮裡也有呢。」

片刻後，寧晚晴的身影出現在書房門口。
福生瞧見寧晚晴，彷彿看到了救命稻草，立即快步迎上來。
「太子妃，您是過來看望殿下的嗎？」
寧晚晴點頭。「殿下還在忙嗎？」
于劍道：「殿下正忙著批閱奏摺，還有好高一疊呢。」
福生一把捂住他的嘴。「殿下應該快忙完了。外面風大，太子妃不如進去等？」
寧晚晴猶豫一下，才微微頷首。
福生忙叩門，道：「殿下，太子妃來了。」
裡面安靜了一下，須臾之後，趙霄恆的聲音才淡淡傳來。
「進來。」
福生終於鬆了口氣，立即將寧晚晴送進去。

房中燈火通明，將趙霄恆的五官照得十分清晰。
他看奏摺的時候，神情冷肅，一絲不苟，與平日慵懶散漫的模樣完全不同。
寧晚晴低聲道：「殿下還在忙？」
趙霄恆若有似無地嗯了聲。
寧晚晴頓了頓，後退一步。「既然殿下還在忙，妾身就先不打擾了。」

趙霄恆指尖微頓，狼毫筆停下來。抬起眼簾，看向寧晚晴。

她神色淡淡，唇角居然還掛著不合時宜的笑意。

趙霄恆涼涼道：「愛妃想來就來，想走就走，把孤當成什麼了？」

書房中的氣氛凝滯了一瞬。

燈火微閃，或明或暗，像極了一顆跳動著又不確定的心。

趙霄恆安靜地坐著，寧晚晴默默立著，兩人之間彷彿隔著一層紙，誰也不想先捅破。

四目相對間，趙霄恆臉色越發冷。

寧晚晴盯著他的表情，慧黠地挑眉。「殿下的意思，是想讓妾身留下？」

趙霄恆微頓。方才她說要走，就是故意的。

他眸色漸深，目不轉睛地看著她。「若孤說是呢？」

寧晚晴唇角微翹，美目輕眨。「既然是殿下的吩咐，那妾身自當遵從。」說罷，施然轉身，尋了處離趙霄恆不遠的位置坐下來。

「雖然妾身不擅庖廚，卻向元姑姑學了一道陳皮茶，再配上酸果兒，應當對消食有好處。不知殿下有沒有興趣試試？」

趙霄恆沈默地打量寧晚晴，見她笑容明麗、眼神清亮，彷彿有種讓人無法拒絕的能力。

他輕咳了下，道：「既然是愛妃的一片心意，那孤也不好推辭，走吧。」

寧晚晴微愣。「殿下不在書房用茶嗎？」

趙霄恆一笑。「在書房用茶，有什麼趣兒？」

一炷香的工夫後，寧晚晴開始後悔去看趙霄恆了。

春夜裡月涼如水，房頂上的風源源不斷地灌進衣領，冷得她縮起脖子。

寧晚晴坐在屋脊上，抱著膝蓋，不敢亂動，生怕一個不小心就滾下去。

趙霄恆卻若無其事地坐在一旁，身邊還放著一張小小的方几，上面擺著一壺陳皮茶，與幾碟酸果兒和點心。

趙霄恆瞧了寧晚晴一眼。「愛妃不是要為孤煮茶嗎？」

寧晚晴扯了扯嘴角。「殿下，這屋頂上如何生火？萬一點著東宮，可就不好了。」

趙霄恆笑道：「這有何難？讓于劍送個爐子上來便好。」

片刻後，于劍果真提了個小巧的炭爐飛身上來，順便帶了兩塊墊爐子的磚。

他笑容滿面地放下爐子和磚頭，道：「殿下和太子妃慢用，小人先告退了。」

于劍說完，轉身飛了下去。

寧晚晴無法，只得小心翼翼地拎起茶壺，放到炭爐上。

待炭爐燒熱了，寧晚晴伸出雙手，在爐邊烤了烤。

「冷？」

寧晚晴未來得及開口，肩頭就多了一件外袍。

趙霄恆的衣服上染著極淡的木蘭香，十分清新。

寧晚晴攏了攏外袍，低聲道：「多謝殿下。」

趙霄恆輕笑一聲。「第一次見妳之時，似乎也是這般光景。」

那一夜，京城落雪紛紛，萬姝閣內院的長廊上，一個打扮成小廝的姑娘，安靜地在廊上看雪，等人。

寧晚晴想起那一晚，兩人被趙獻發現時的尷尬，也忍不住笑了笑。「殿下還是這麼愛給人披衣。」

趙霄恆道：「除了妳，也沒有旁人。」

寧晚晴微微一愣，看向趙霄恆，卻見他神色如常地拿起棍子，輕輕撥了撥爐裡的炭火。月色籠罩在他的面容上，顯得他越發英俊冷然。

寧晚晴斂了斂神。「成婚前，殿下常出宮嗎？」

趙霄恆道：「愛妃是想問，孤常不常去萬姝閣那種地方？」

寧晚晴硬著頭皮回答。「妾身沒有這個意思……」

趙霄恆不以為意地笑了笑。「去得不少。但孤身子『不好』，一向不招人伺候。」

寧晚晴忍俊不禁。

兩人並肩坐著，寧晚晴抬起眼簾，望向遠處。

皇宮之外，市井之中，夜燈一盞連著一盞，彷彿一條遙遠的星河。

趙霄恆凝神看她。「喜歡宮外？」
寧晚晴毫不猶豫地點頭。「是啊。」
趙霄恆笑了笑。「旁人擠破了頭都想入宮，而妳入了宮卻想出去，當真是與眾不同。」
寧晚晴將下巴靠在膝蓋上。「外面天地寬廣，無拘無束，難道殿下不喜歡嗎？」
趙霄恆沈默，他曾經也喜歡的。
他站起身，徐徐抬手，指向天幕下的東方。
「記得那裡嗎？是我們之前去過的宋宅。孤小時候最喜歡的事，便是離開皇宮，去外祖父家。」
寧晚晴順著趙霄恆所指的方向看去。眾多星辰之中，有一顆，曾是他的家。
她溫聲道：「妾身也喜歡宋宅，那裡才有家的感覺。」
此時此刻，趙霄恆暫時拋卻了儲君的身分，慢慢拾起年幼的回憶。
「我的兩位舅父性格迥異。元舅豪邁直爽，一面教授我武藝、一面又心軟，怕我累著，最後就成了他練給我看。
「仲舅自幼聰明絕頂，不過十幾歲便中了探花，總一副洞悉世事的老練模樣。可他為了讓我快些背書，編寫了不少繞口令。」
寧晚晴聽罷，忍不住道：「仲舅果然特別。」
趙霄恆笑道：「外祖父就更好了，但凡有什麼好吃、好玩的，他總想著留給我。即便他博古通今，學富五車，卻從來不逼我讀書。他總說，人不要為了學而學，就好像人不該為了活而活一樣。」

小時候，趙霄恆並不懂這話的意思，直到外祖父宋摯在牢獄中結束了自己的生命，他才明白，有些人的氣節，不可折，不可辱。

「宮外的人，各有各的活法。」趙霄恆的笑容漸斂，聲音也沈下來。「但宮內的活法，卻只有一種。」

要麼踩著別人，登上權力的頂端；要麼被人當成踏腳石，狠狠踩在腳底。

寧晚晴怔怔看著趙霄恆，忽然問道：「殿下有想過離開皇宮嗎？」

趙霄恆笑了。「如此大逆不道的話，唯有愛妃敢問出口。若是換了旁人……」

「可殿下不是旁人，不是嗎？」寧晚晴目光盈盈，似乎想穿透趙霄恆的面容，看進他的心裡。

趙霄恆卻避開了她的目光。

「愛妃說笑了，孤乃當朝儲君，一人之下，萬人之上，豈能辜負父皇和朝臣的期待？」

寧晚晴凝視著他的眼睛。「殿下韜光養晦這麼多年，當真全是為了皇位嗎？」

趙霄恆抬起眼簾，幽深目光對上寧晚晴的眼神。「愛妃覺得呢？」

兩人目光交織，離得極近，可寧晚晴卻看不透他。

她也不敢再像從前一樣猜測和揣摩他，因為每懂他一分，兩人便會靠近一分……

逐漸拉進的距離，讓寧晚晴莫名有些不知所措。
趙霄恆看出寧晚晴的不自在，收起方才的神情，笑道：「愛妃，茶好了。」
寧晚晴這才想起那一壺陳皮茶，連忙俯下身子，熄了炭火，將陳皮茶倒出來。
「殿下，請。」
趙霄恆坐回到她身旁，氣定神閒地品起了茶，彷彿兩人剛才的無聲尷尬並沒有發生過。
寧晚晴也端起茶盞，輕抿一口。
這陳皮茶聞起來香，喝起來酸中帶甜，但嚥下去之後，卻微微泛起苦澀。
寧晚晴問：「殿下覺得如何？」
趙霄恆一笑。「甚好。對月飲茶，也不失為一件美事。」
寧晚晴點了點頭。「妾身為殿下切一個酸果兒吧。」
酸果兒是京城一帶獨有的水果，吃起來酸酸甜甜，非常開胃，只可惜皮有些硬。
寧晚晴拿起提前備好的小刀，輕輕劃上果皮。不想這果皮太難切，刀刃一下便劃到她的手指上，疼得嘶了一聲。
趙霄恆面色微變，立即拉起她的指尖細看。
白皙的手指上，多了一道紅色的小口子，血珠正一顆接著一顆往外冒。
「妾身沒事，不過是……」

寧晚晴話音未落，就感到指尖一熱——趙霄恆吮住了手指上的傷口。

寧晚晴呆住，一股酥酥麻麻的感覺從指尖延伸到手臂，然後逐漸傳到心臟。

然後，她的心瘋狂地跳了起來。

寧晚晴想抽回手指，但趙霄恆不放手，她只得乖乖坐著。

趙霄恆幫寧晚晴止住了血，才緩緩放開她，從袖袋中掏出一張乾淨的手帕，將她的手指仔細地包起來。

寧晚晴小聲道：「殿下，小傷而已，不包紮也可以。」低下頭，生怕趙霄恆看清她面上的紅暈。

趙霄恆淡淡道：「小傷也是傷。」不由分說地為她包好手指。「天色已晚，今夜就到這兒吧。」

寧晚晴微微頷首，站起身，打算像往常一般，扶著趙霄恆的手臂下去。

趙霄恆卻俯下身子，一把打橫抱起她。

寧晚晴微微一愣。「殿下？」

趙霄恆輕咳了聲。「孤是怕妳手指用力，會扯到傷口。」

寧晚晴抿唇，攀上趙霄恆的脖頸。「那就有勞殿下了。」

趙霄恆笑道：「無妨，明日愛妃莫要找孤賠黃金萬兩就好。」

此時提起兩人的協議，寧晚晴恨不得找個地洞鑽進去，只得假裝沒聽見，閉上眼裝死。

趙霄恆輕笑一聲，抱著她輕輕鬆鬆地飛下了屋簷。

落地後，趙霄恆沒有放下寧晚晴，直接抱著她回寢殿。

思雲和慕雨哪裡見過這等陣仗，連忙將寢殿的門推開，待趙霄恆進門後，又立即幫他們關上了門。

趙霄恆將寧晚晴送到榻上。

寧晚晴還未被人這樣抱過，一時有些腿軟。

趙霄恆見她愣愣地坐在榻上，如瀑青絲垂落臉頰，手上還有個誇張的手帕結，便覺得有些滑稽，唇角微牽。

「愛妃莫不是在等著孤為妳更衣漱洗？」

寧晚晴一驚，道了聲不用，便一骨碌從榻上爬起來，飛快漱洗完，然後又飛快地回到床榻上。

直到蓋上衾被，熄了燈，她的心跳才逐漸平緩下來，完全不記得自己如何更衣漱洗的。

可是，被趙霄恆吮過的手指，卻一直癢癢的，連傷口本身的疼都被掩蓋了……

第四十九章

與東宮的平靜不同，今夜的冷宮來了一位不速之客。

「所有的人都打發走了？」

年輕女子的聲音溫中帶沈，聽起來很有主見。

宮女低聲道：「回大皇子妃，冷宮周圍的侍衛、太監和宮女，已經全被支開了。」

歐陽珊滿意頷首。「進去吧。」

宮女應是，提著燈籠，為歐陽珊照路。

冷宮本就荒涼，到了晚上更加陰森。

歐陽珊面上卻沒有一絲恐懼，反而帶著些許興奮。

兩人信步走到宮殿門口，宮女問也不問，伸手推開了門。

殿中燈火幽幽，光線極為昏暗。

隨著開門的吱呀聲響起，寢殿內傳出了一個警覺的女聲。

「是誰?!」

歐陽珊帶著宮女繞到屏風後面，只見一名蓬頭垢面的女子正撐著身子，趴在榻上。她的長髮遮住大半張臉，唯獨露出一雙驚駭的眼，凸出得有些嚇人。

歐陽珊道：「給麗妃娘娘請安。」

麗妃早已被褫奪封號，廢黜妃位。這「麗妃」二字，她曾經聽了無數次，但此時聽來，卻尤為諷刺。

麗妃艱難地坐起身，用長髮掩住臉，聲音仍然凌厲。

「妳來這裡做什麼？」

歐陽珊一笑。「麗妃娘娘可是母后最關心的妃嬪，如今您入了冷宮，母后自然掛心不已，便差了我來探望。」

麗妃冷哼一聲。「不必假惺惺了，薛拂玉那個老女人，怎麼會這般好心？妳到這兒來，到底所圖為何？」

歐陽珊唇角勾了勾。「麗妃娘娘不愧是執掌過六宮的人，果真料事如神。今日我過來，是為了找娘娘合作。」

「合作？」麗妃冷冷看著她。「本宮到了這等境地，你們怎麼會來找我合作？」

歐陽珊說起了原委。「自二殿下離京之後，太子便處處打壓我們。不瞞麗妃娘娘說，因為太子妃，母后已經被奪了六宮的理事權，而我的夫君大殿下，也受到了影響，如今只能在府中思過……」

麗妃聽完歐陽珊的話，哈哈大笑起來。

「薛拂玉這個老女人素來狡詐，沒想到居然在陰溝裡翻了船！」她看向歐陽珊，幸災樂禍地開口。「皇后權柄被奪，大皇子禁足府中，這是你們的事，與本宮有什麼關係？」

歐陽珊沒有理會麗妃的嘲笑，繼續說下去。

「如今太子一枝獨秀，他的母家和岳家又日益壯大，若是我們再不聯手遏制，只怕日後都要仰人鼻息，任人擺布了。現在二殿下還在東海剿匪，但水匪數十年未絕，豈是三年五載能解決得了？娘娘難道忍心看著二殿下就這樣被流放在外，蹉跎歲月？」

麗妃笑聲漸斂，冷聲道：「官家多疑，他對我們生了忌恨，便不可能再給昀兒機會。既然如此，昀兒遠離京城，也未必是壞事。」

歐陽珊卻說：「娘娘以為太子會放過二殿下？娘娘可知，您這一身傷，是怎麼來的？」

此言一出，麗妃瞬間變了臉色，驀地轉過頭。

「妳這話是什麼意思?!」

歐陽珊這才看清，麗妃原本貌美的臉上，已經布滿嚴重燒傷，一張臉幾乎扭曲得變了形。縱使冷靜如她，也被嚇得後退一步。

她很快平復自己的心緒，道：「我已經查過，在太子大婚那晚，冷宮中的那把火，並非天災，而是人禍。」

麗妃從床上掙扎著起來，一下撲到歐陽珊面前，揪住歐陽珊的手臂，厲聲質問。

「是誰？是誰害了本宮！」

歐陽珊被麗妃這張猙獰的臉驚得反胃，只能強忍著不適道：「麗妃娘娘想一想，您與誰結怨最深呢？」

後宮之中，麗妃除了與薛皇后爭權勢，便是為了兒子與東宮鬥了。

「趙霄恆！」麗妃咬牙切齒地叫起來。「他怎麼敢?!」

「如何不敢？」歐陽珊乘機煽風點火。「麗妃娘娘，之前您多次對他和太子妃動手，他怎能不報復？再說了，就算您被打入冷宮，也有東山再起的機會。唯有毀了您，才是徹底除掉威脅。」

麗妃氣得推開歐陽珊，一把拂去桌上的東西，銅鏡杯盞等噼哩啪啦摔了一地。

歐陽珊繼續道：「麗妃娘娘，這般深仇大恨，您真的打算放過東宮嗎？就算您放過了東宮，東宮也不會給您和二殿下留生路。何不與我們聯手，一起除東宮而後快？」

麗妃雖然氣得胸膛起伏不定，但仍留存著一絲理智，驀然回頭，死死盯著歐陽珊。

「別以為本宮不知道。螳螂捕蟬，黃雀在後，本宮憑什麼幫你們做嫁衣？」

歐陽珊不慌不忙地說：「麗妃娘娘，我爹執掌戶部，管天下錢糧，而二殿下的岳父執掌吏部，如今禮部也算是他的囊中之物。如果我們聯手對抗東宮，定能在朝堂上，將太子壓制得死死的。

「至於二殿下的前程，正如麗妃娘娘所說，父皇已經不會再給他機會。既然如此，與其在東海當一輩子的放逐皇子，還不如成為大皇子的左膀右臂。」

歐陽珊頓了頓，又道：「換句話說，麗妃娘娘還有更好的選擇嗎？」

歐陽珊的話深深刺痛了麗妃。對於麗妃來說，如今除了與薛皇后一脈合作，也著實沒有其他的出路了。

地上的銅鏡中折射出麗妃可怖的臉，她沈默許久，才出了聲。

「需要本宮做什麼？」

房中燈火越發暗了下來，一抹笑意慢慢爬上歐陽珊的面頰，輕聲開了口。

「麗妃娘娘只需想法子，讓二殿下回京城就好。」

麗妃眸色微變，聲音略沙啞。「本宮都落到了這般田地，就算求到官家面前，官家也不會講情面的。」

歐陽珊眉眼微動，從背後湊近麗妃，幽聲說了幾句。

「就算娘娘不能再伺候父皇，可終究為父皇添過皇嗣。父皇最重聲名，也重孝道，您應該比旁人更了解他，不是嗎？」

歐陽珊的聲音充滿了蠱惑，一點一點往麗妃的心裡鑽。

麗妃似乎想到了什麼，不可置信地開口——

「妳是想讓本宮……」

歐陽珊微微一笑。「麗妃娘娘，只要二殿下能回京，我們便能重掌大局。要不要破釜沈舟，您自己拿主意。」

她說罷，轉過身，帶著宮女離開了。

冷宮寢殿的門一開一闔，房中的蠟燭就滅了，整座寢殿頓時黑得伸手不見五指。

黑暗和冰冷如潮水一般襲來，麗妃終於支撐不住，頹然坐倒。

她怔然望向窗外的微光，面上是死寂一般的表情。

一夜過去。

天邊的日光隱約難顯，厚重雲層在空中翻滾著。

眼看春雨將至，但趙霄恆上朝還未回來，寧晚晴便喚來了于書和于劍。

「早上殿下出門未帶傘，誰可以去幫殿下送？」

于劍笑道：「太子妃多慮了，紫宸殿那邊怎麼會缺……」

于書卻連忙打斷了他，道：「太子妃賢德，小人這就去。」說罷，拉著于劍走了。

兩人出了東宮，于劍忍不住道：「哥，紫宸殿自然有傘，為何你不讓我告訴太子妃？」

于書瞥他一眼。「昨日殿下沒有罰你，算你命好。太子妃送的傘，能和紫宸殿的傘一樣嗎？」

于劍聽罷，這才若有所思地點點頭。

于劍和于書到紫宸殿時，恰逢散朝。
其他官員陸續走出來，而趙霄恆還在與靖軒帝說話，兩人只能在外面等著。
過了一會兒，靖軒帝和趙霄恆一齊出了紫宸殿。
靖軒帝的目光掃過于書和于劍，隨口道：「今日恆兒上朝，怎麼帶了這麼多人？」
趙霄恆看到他們，也有些意外。
于書忙道：「回官家，太子妃唯恐等會兒下雨，讓小人來接殿下回去。」
福生跟在趙霄恆身旁，聽了這話，暗暗收起提前備好的傘。
靖軒帝見狀，不由輕輕笑了下。「太子妃對你有心了。」
趙霄恆唇角微牽。「父皇，若無其他事，那兒臣先告退了。」
靖軒帝點頭，趙霄恆遂帶人離開紫宸殿。
沒過多久，沈甸甸的烏雲便一簇推著一簇，由遠及近，滾滾而來。
頃刻之間，大雨傾盆而下。
靖軒帝的腳步停住，立在屋簷下，側過頭去，無聲地凝望這場雨。
雨水淅淅瀝瀝，落在鵝卵石鋪成的小道上，道邊的春泥也被打得溫軟不少。
靖軒帝心頭微動，道：「李延壽。」
李延壽彎腰上前。「官家，小人在。」

靖軒帝沈默一下，問道：「朕的那把傘呢？」

李延壽微愣。「官家說的是哪一把傘？」

長風吹過，靖軒帝衣袍微揚。多年之前，在某個春日裡，也有一名溫柔可人的女子，冒著雨，特地來紫宸殿為他送傘。

女子清亮的眼神，如同春雨一般澄澈，能無形潤澤萬物。

只可惜，春雨仍在，斯人已逝。

那把傘不過是一把尋常的油紙傘，只怕早隨著時光消逝，腐爛在角落裡。

靖軒帝斂了斂神，收起所有情緒，道：「走吧。」

趙霄恆很少自己打傘，今日卻是除外。

福生小聲道：「殿下，外面已經備了步輦，更好避雨，不如小人幫您把傘收起來吧？」

趙霄恆卻淡淡道：「踏雨望春，也別有一番意境。」

說完，他親手撐起寧晚晴差人送來的傘，邁入雨中。

福生見狀，連忙對身後的步輦擺了擺手，自己也打起傘，追了上去。

入了東宮，趙霄恆將傘收起，遞給一旁的于劍，沿著長廊走回正廳。

寧晚晴正在看內侍省送來的冊子，見趙霄恆回來，便問：「殿下可淋了雨？」

趙霄恆笑了笑。「沒有，妳的傘送得很及時。」

寧晚晴莞爾。「那就好。」

趙霄恆說罷，卻見福生抱著三、四把傘，腳步匆匆地從門口經過，身後還跟著幾個抬步輦的宮人。

寧晚晴皺了皺眉。

趙霄恆輕咳了下。「總之，多虧了妳的傘。」

寧晚晴抿唇笑了。

「春雨冰涼，殿下莫要凍著，進來烤烤火吧。」

趙霄恆這才點點頭，脫下身上的外袍。

寧晚晴走過來接下，這才發現，他的外衣染上了一片春雨。心頭一動，找出了一件新的，讓他換上。

房中炭火嗶剝作響，趙霄恆身上也逐漸暖了起來。

寧晚晴怕趙霄恆凍著，端了一杯熱茶過來，遞給他。

趙霄恆一手接過茶盞，另一隻手卻猝不及防地拉住寧晚晴的手指。

寧晚晴微微一愣，詫異地看著趙霄恆，卻見趙霄恆也目不轉睛地盯著她。

指尖相扣，目光相接，溫潤的陳皮茶散發著寧人香氣，空氣裡似乎多了些甜味。

趙霄恆凝視著寧晚晴，忽然問道：「還疼嗎？」

寧晚晴有些茫然。「什麼？」

趙霄恆一笑，將寧晚晴的手指轉過去，指著被刀鋒劃開的傷口。

「孤問的是這個，看起來是沒什麼大礙了。不過，愛妃的臉為何紅了？」

春雨淅瀝，趙霄恆面上笑意更甚。

正當寧晚晴不知如何解釋時，于劍一個箭步到了門口，看到眼前的場景，呆了呆，連忙侷促地轉過身。

「小人什麼也沒看見！」

寧晚晴立即抽回手，橫了趙霄恆一眼。

趙霄恆只好斂去面上的笑意，對于劍涼涼開口。「何事？」

于劍這才轉過身來，面上神情忐忑，道：「麗妃歿了。」

「什麼?!」寧晚晴吃了一驚。「麗妃不是好端端地待在冷宮嗎，怎麼會歿了？」

于劍低聲回答。「今日早上內侍省的人去送飯時發現的，是自縊。」

趙霄恆沈吟片刻。「大理寺的人來了嗎？」

于劍道：「回殿下，已經到了，正在冷宮搜查。」

趙霄恆微微頷首。「孤去看看。」說罷，便站起身。

他剛走到門口，就停住了腳步。側過頭，發現寧晚晴跟在後面，兩人隔著一步之遙。

趙霄恆蹙眉。「妳做什麼？」

寧晚晴理直氣壯道：「殿下，如今妾身協理後宮，後宮出了這麼大的事，怎麼能不去看看呢？」

趙霄恆神情複雜，終究拗不過她。

「罷了，等會兒妳跟在孤身後，不可輕舉妄動。」

寧晚晴忙不迭點頭。「是，我們快走吧。」

於是，兩人一齊出了東宮。

第五十章

趙霄恆和寧晚晴到了冷宮時，冷宮外已被封鎖，不准閒雜人等進出。侍衛們見到趙霄恆，連忙將門打開。

寧晚晴還是第一次來冷宮，即便是白天，冷宮裡依舊陰冷森然。明明是雨後的春日，但冷宮裡的枯木卻沒有一株新芽，處處是頹敗之相。

得知趙霄恆到了，身為大理寺正的黃鈞立即迎出來。

「微臣參見太子殿下、太子妃。」

趙霄恆擺手。「不必多禮。情況如何？」

黃鈞面色凝重。「人是天亮前斷的氣，屍身還在裡面。」

趙霄恆點頭，隨著黃鈞邁入內殿。

此時，冷宮的宮人們都畏畏縮縮地跪在門口。

黃鈞繼續道：「微臣審過了這些宮人，他們夜裡素來躲懶，所以不曾守夜，自然也不知道昨晚發生了什麼事。」

趙霄恆掃了他們一眼，眾人嚇得連大氣都不敢出。

於是，趙霄恆和寧晚晴並未理會他們，進了內殿。

內殿中光線昏暗，瀰漫著一股腐朽的氣息，令人反胃。

趙霄恆抬眸看去，只見半透的屏風後，有幾個大理寺的官員正在巡查。不遠處的床榻上，麗妃的屍身還直挺挺地躺在上面。

她長髮散亂，面色青白，面上的燒傷更加可怖。

寧晚晴不由跟著趙霄恆靠近屏風，趙霄恆卻轉身擋住她的目光。

「別看了。」

寧晚晴一愣。「為什麼？」前世她也經歷過不少案子，並不是第一次見到死人。

趙霄恆語氣堅定。「去外面等著。」

寧晚晴見他如此堅持，不好多說什麼，只得聽話地出了門。

趙霄恆繞過屏風，親自去看了麗妃的勒痕。

黃鈞壓低聲音道：「殿下，微臣已經查過她的傷痕，實屬自縊無疑。」

趙霄恆沈吟片刻。「這兩日，冷宮可有發生過什麼特別的事？或者……她是否見過什麼人？」

黃鈞搖頭。「宮人們都說沒有。若花些時間嚴審，或許能從他們嘴裡撬出些東西來。」

寢殿門外，寧晚晴也在關心同樣的事。

她的目光掃過跪著的宮人們，開口問道：「麗妃娘娘的死，是誰最先發現的？」

宮人們都不敢吭聲，唯有一名宮女低聲答道：「回太子妃，是奴婢發現的。」

寧晚晴循聲看去，只見這宮女有些面熟，回想了一下，問道：「妳是臘梅？」

臘梅頷首。「是。」

寧晚晴記得，臘梅是麗妃的親信，便問她。「麗妃娘娘出事之前，可有什麼預兆？比如這兩天，可有交代過什麼話？」

臘梅不假思索道：「回太子妃，沒有。」

寧晚晴凝神看她。「當真？」

臘梅道：「奴婢所言，句句屬實。」

寧晚晴頓了頓，忽然開口。「來人，搜身！」

臘梅微微一驚，倉皇道：「太子妃，麗妃娘娘的死與奴婢無關啊！」

但旁邊的侍衛不由分說，已經將她架起來。

趙霄恆聽到動靜，趕了過來。

「發生什麼事了？」

寧晚晴指著臘梅。「這宮女可能有異，還請殿下派人搜身，或查一查她的住處。」

趙霄恆對福生使眼色，福生立即上前，動手搜查臘梅。

臘梅一臉驚慌，想要閃躲，無奈被抓住手腳，動彈不得。

福生觸到她的腰際，覺得有些鼓鼓囊囊，手探入她的外衣，一把將東西抽出來，呈給趙霄恆和寧晚晴。
「殿下，太子妃，請看。」
趙霄恆定睛一看，這居然是一封血書。
他與寧晚晴對視一眼，接過血書，兩人一併看了起來。
這血書是麗妃寫給靖軒帝的，裡面字字句句都在訴說她的悔過之心，感念靖軒帝多年來的恩情。她以死謝罪，是希望靖軒帝能記著她的好，多照顧照顧二皇子趙霄昀。
通篇行文如泣如訴，讓人看了很難不動容。
黃鈞冷聲開口。「這血書是麗妃娘娘寫的？」
臘梅驚慌失措地跪在地上，不安地點頭。「是……」
黃鈞怒道：「方才問話之時，為何不說？」
臘梅努力掩飾自己的心虛。「奴婢見麗妃娘娘去了，一時悲痛，沒、沒想起來……」
「妳撒謊。」寧晚晴毫不留情地打斷她的話。「本宮問妳麗妃最近可有交代過什麼話，妳想也不想便答沒有，可見早想好了應對之策。
「妳藏起這血書，也是因為麗妃的命令；妳們想用這血書，去換二殿下回京城。本宮說得沒錯吧？」
一時之間，臘梅面如土色，忙不迭搖頭。「奴婢冤枉！」
話音落下，外面一聲通傳——

「官家駕到。」

趙霄恆眸色一冷。「于劍！」

于劍二話不說，一把捂住臘梅的嘴，將人敲暈，扛去了後院。

于書立即接過趙霄恆手中的血書，一把塞進了內袋之中，神色從容。

趙霄恆居高臨下地掃了眾人一眼。「你們方才可看見了什麼？」

冷宮的宮人們本就不是麗妃的親信，又被今早之事嚇得不輕，一個個頭搖得像撥浪鼓似的，不敢吱聲。

片刻後，靖軒帝的身影出現在門口。隨他一起來的，還有嫻妃。

靖軒帝已經知道消息，面上卻看不出多麼悲痛，只平淡地問了句。

「人呢？」

趙霄恆低聲道：「回父皇，還在裡面。」

靖軒帝又看了趙霄恆與寧晚晴一眼。「你們的消息倒是快。」

趙霄恆不慌不忙地回答。「父皇，太子妃助嫻妃娘娘協理六宮，故而消息來得早些，我們也剛到不久。」

靖軒帝沒再說什麼，輕輕點了下頭，便進去了。

趙霄恆緊隨其後。

嫻妃故意落後一步，與寧晚晴一起進去，低聲問道：「麗妃當真自戕了？」

寧晚晴點頭。「千真萬確。娘娘是如何得到消息的？」

嫻妃道：「今日下朝之後，本宮陪著官家去慈寧宮問安，小坐了約莫一個時辰，才回到福寧殿。孰料一到福寧殿，就得了麗妃出事的消息。」

寧晚晴凝神想了一會兒，又問：「是誰去傳消息的？」

嫻妃想了想，道：「似乎是冷宮的太監，面生得很。」

寧晚晴心頭暗驚，麗妃之死，果真是早有預謀。

若非靖軒帝和嫻妃去慈寧宮，只怕兩人早就得了消息來到冷宮，看見那封血書。

幸好她和太子搶先一步趕到，將血書和臘梅藏起來，否則後果難料！

嫻妃見寧晚晴神色微冷，不由問道：「怎麼了？有什麼不妥嗎？」

寧晚晴搖搖頭，低聲說：「殿下和我都覺得麗妃的死有些蹊蹺……她怕是在用命替二殿下鋪路。」

此言一出，嫻妃頓時明白過來，驚詫不已。「她竟能如此狠得下心？」

寧晚晴道：「人到了絕境，什麼事都能幹得出來。不過……她為何選在這個時候呢？」

嫻妃思索片刻，忽然道：「春獵！」

寧晚晴有些疑惑。「此事與春獵有什麼干係？」

嫻妃用極低的聲音道：「每年春日，官家都會帶著皇子跟公主去春獵，算是皇家的春季習俗，表現好的皇子會得到彩頭。去年大皇子得了頭名，官家便允他去戶部歷練，掌鹽鐵之事。此時麗妃殞命，二皇子便能回來奔喪。過段日子，就可以順理成章地參加春獵了。」

寧晚晴蛾眉微攏，原來他們打的是這個主意。

麗妃不但想讓趙霄昀回京，還想讓他重掌大權，這如意算盤打得可真響！

寧晚晴神色一凜，道：「先進去再說。」

寢殿中，趙霄恆正引著靖軒帝查看麗妃自戕的地點，黃鈞將發現麗妃之死的過程敘述了一遍。

靖軒帝立在屏風前，遠遠地看了麗妃的屍身一眼。

趙霄恆道：「父皇，麗妃娘娘死狀駭人，恐污聖目。」

靖軒帝停下腳步。「罷了……可知她為何如此？」

黃鈞道：「回官家，還未查清緣由。」

話音落下，他便聽見一陣細小的抽泣聲。

靖軒帝回頭看去，只見寧晚晴手裡捏著一條手帕，默默看著地上的碎片，神色黯然。

靖軒帝眸色微眯。「太子妃這是怎麼了？」

眾人的目光都聚集在寧晚晴身上。

寧晚晴連忙斂了神色，低聲道：「兒臣見到一地狼藉，聯想到麗妃娘娘死前的情狀，一時有些唏噓，故而失態，還請父皇見諒。」

靖軒帝審視著寧晚晴。「太子妃這話是什麼意思？」

寧晚晴不疾不徐道：「兒臣聽聞麗妃娘娘之前遭受祝融之災，燒壞了面容。這寢殿裡銅鏡落地，茶盞稀碎，只怕是她不願接受這樣的自己，所以才選擇辭世。」

嫻妃也道：「妾身想起，麗妃姊姊最是愛美，冬日裡要用牛乳泡澡，夏日更要用最豔麗的花汁染手。每當出現時，都是豔壓群芳，讓妾身等望塵莫及。如今她見到自己的模樣，情何以堪……」

靖軒帝聽了兩人的話，不禁想起麗妃這些年在後宮的奢靡用度，和對太子的所作所為，斜眼瞥了榻上的麗妃一眼，露出嫌惡神色。

「已然是廢妃之身，仍不知悔改。到了這般田地，還只顧惜自己的容貌，將皇家顏面置於何地？李延壽——」

李延壽上前。「官家有何吩咐？」

靖軒帝道：「讓內侍省快些安排後事，將此事處理掉。」

李延壽頓了頓，忍不住問道：「是。小人斗膽再問一句，按什麼儀制辦呢？」

靖軒帝冷盯他一眼。「朕早就褫奪了她的妃位，按答應的規矩辦便是。有母如此，老二也不必回京奔喪了，安心待在東海剿匪。」

靖軒帝說罷，便拂袖而去。

嫻妃與寧晚晴交換了一個眼神，立即跟上。

待靖軒帝和嫻妃走後，趙霄恆對黃鈞道：「孤要帶臘梅回東宮問話，稍後再送去大理寺，這裡的事就交給你了。」

黃鈞拱手。「殿下放心，微臣會處理好的。」

趙霄恆點頭，側目看向寧晚晴，唇角不覺揚了揚。「還不走？」

寧晚晴氣定神閒地收好擦眼淚的帕子，看來今日可以收工了。

趙霄恆與寧晚晴一齊回了東宮。

寧晚晴將春獵之事轉述給趙霄恆聽，趙霄恆思索一下，道：「確實有這個可能。不過麗妃之死著實有些突兀，情況到底如何，還要審完才知道。」

他說完，喚來于劍。「臘梅醒了嗎？」

于劍低聲答道：「回殿下，人已經醒了，但是被嚇得不輕，還在哭著求饒。」

趙霄恆點頭。「提上來。」

片刻後，臘梅被于劍帶到了偏廳。

她無力地跪在地上，怯怯抬頭，見趙霄恆坐在主位上，神情冷峻，隱隱帶了殺意。

臘梅嚇得縮了縮身子，立即收回目光。

「妳服侍麗妃多久了？」趙霄恆的聲音彷彿從雲端飄來。

臘梅小聲答道：「回太子殿下，奴婢是自幼跟著麗妃娘娘的，已經二十餘年了。」
寧晚晴心道，難怪麗妃要將後事託付給臘梅。
「本宮問妳，麗妃死前，可有見過什麼人？」
臘梅低著頭。「回太子妃，昨夜奴婢被麗妃娘娘支開了，實在不知道。」
寧晚晴冷聲道：「撒謊！就算妳沒有見到來人，麗妃交代後事時，也一定會告訴妳要與誰裡應外合，妳還想瞞著我們到什麼時候？」
臘梅面上多了一絲慌亂，連忙以頭觸地。
「太子妃明察，麗妃娘娘真的只給了血書，沒有告訴奴婢其他的事。自從燒傷之後，麗妃娘娘總是喜怒無常，為何突然自縊，奴婢也不明白啊。」
可臘梅越是解釋，越是暴露她的心虛。
趙霄恆顯然對臘梅沒什麼耐心，面無表情道：「孤最後問妳一次，麗妃死前，可有見過什麼人，說過什麼話？」
臘梅感覺到強烈的壓迫感，頭皮發麻，還是堅持不鬆口。
「奴婢說過了，奴婢不知道。就算殿下和太子妃問多少次，奴婢也答不出來。」
趙霄恆聽罷，遞了個眼色給于書。
于書會意，走上前來，一把掏出了腰間的匕首。
匕首寒光閃閃，一下照亮了臘梅的眼睛。

臘梅還沒反應過來，一隻手便被于書拉住，壓到匕首下方。

于書冷臉相向。「若還想要這隻手，就老實交代。」

臘梅面色煞白，連連搖頭。

「奴婢真的不知道，求殿下和太子妃饒了奴婢吧，你們不能屈打成招啊！」

第五十一章

于書一抬手，匕首還未落下，臘梅便嚇得尖叫起來。

人在恐懼時，往往沒有冷靜的思考能力。

寧晚晴見臘梅害怕不已，乘機開了口。

「臘梅，本宮知道妳效忠麗妃，可她已經死了，不可能再保住妳，嘴硬只會讓妳吃更多苦頭。」

臘梅哭著道：「奴婢已經說了不知道，太子妃讓奴婢招什麼？」

寧晚晴目不轉睛地盯著她。「妳雖硬氣，但冷宮裡的其他人卻沒有這麼硬氣。昨夜來的人，妳知我知。」

此言一出，臘梅頓時變了臉色。「不可能，娘娘只告訴了我……」

話一出口，臘梅就發現不對勁，寧晚晴在套她的話！

臘梅梗著脖子道：「太子妃別想從奴婢嘴裡套話了，奴婢不會背叛麗妃娘娘的。」

寧晚晴與趙霄恆對視一眼。如今可以確定的是，麗妃之死的背後，可能還有其他人推波助瀾。

寧晚晴直視著臘梅的眼睛。「即便麗妃不在了，妳也效忠於她，可見是個忠僕。不過，妳和麗妃都信錯了人。」

臘梅聽了這話，不由心生疑惑，卻不敢表露出來，只道：「太子妃這話是什麼意思？奴婢聽不懂。」

寧晚晴道：「麗妃娘娘的燒傷雖嚴重，但本宮問過嫻妃娘娘，麗妃治傷最痛苦的時期已經過去了。就算麗妃真的想不開，為何不在事發之後立即尋死，反而要在病情穩定之後自盡？她此時留下血書自縊，就是為了讓二殿下有機會回京，是不是？」

臘梅心中有些慌亂，但依然未置可否，只一個勁兒往後縮，企圖離匕首遠些。

寧晚晴繼續道：「而且，這主意不是麗妃娘娘想到的，而是有人教妳們的。此人也是後宮中人，沒錯吧？」

臘梅避開寧晚晴的目光。「太子妃如何猜測，是您自己的事，為何要來問奴婢呢？」

寧晚晴沒有理會她的否認，反而站起身來，一步步走到她面前。

「事到如今，妳還不清楚自己的處境嗎？」

臘梅本就害怕，見寧晚晴靠近，更加不安，語氣也開始變得不順。

「什麼處境？」

寧晚晴微微一笑。「妳們的計劃，原本應該是麗妃自戕，然後派人去父皇面前通風報信，好讓父皇看到麗妃留下的血書，召二殿下回京。妳們賭的便是父皇會動惻隱之心，但從現在的結果看來，妳們已經輸了。」

臘梅聽罷，面露恨意，依舊不肯出聲。

寧晚晴打量她的神情，知道她已經聽進了這些話，接著說下去。

「人心複雜，世間險惡，若二殿下能回來，之前那位八成會按照約定，成為妳們的盟友，因為二殿下的正妃娘家，還有麗妃娘娘的母家，也是一股不容小覷的勢力。可惜啊，父皇沒打算讓二殿下回來……」

臘梅眼珠心虛地亂轉，有些忐忑地對上了寧晚晴的目光。

寧晚晴一字一句道：「如今，妳們已經沒了與人合作的籌碼，簡而言之，已經失去利用價值。此時妳用命維護那位盟友，有什麼意義呢？難道那人會出手救妳嗎？」

臘梅愣住了，呆呆看著寧晚晴，似乎在思索這話是否屬實。

寧晚晴耐心地牽引著臘梅。「妳信不信，若本宮放妳出東宮，第一個要殺妳的，便是那位盟友。」

臘梅久居宮中，被寧晚晴一提醒，立刻明白她可能面臨的後果，霎時面如土色。

寧晚晴見她神色鬆動，道：「本宮知道，妳不過是受麗妃之託。本宮給妳最後一次機會，只要說出幕後之人，東宮會保妳一命。否則，就算本宮和殿下將妳就地處決，也不會有人說半個不字。」

臘梅無措地看向趙霄恆，趙霄恆淡淡道：「太子妃的意思，便是孤的意思。」

接連威逼之下，臘梅終於崩潰，一咬牙，開了口——

「奴婢招了……是、是大皇子妃！」

寧晚晴神色一頓。「妳是說……歐陽珊？」

臘梅連忙點頭。「就是她。」

寧晚晴和趙霄恆互換了一個眼神。平日歐陽珊看著端莊無害，沒想到能將麗妃送上死路，之前真是小看她了。

趙霄恆對臘梅道：「妳繼續說。」

臘梅道：「昨日深夜，大皇子妃過來，和麗妃娘娘聊了許久。她們說了什麼，奴婢不知，但她走後，我們娘娘便一個人在房中坐了許久，快到天亮時，將這封血書交給了奴婢。「娘娘千叮嚀萬囑咐，要奴婢等到官家，才能將血書拿出來。所以，黃大人來時，奴婢並未提及此事。」

趙霄恆道：「妳們如何能確定，父皇一定會來冷宮？」

「送消息的太監是大皇子妃安排的，她說只要麗妃娘娘按照計劃去做，就一定會想辦法讓官家來冷宮。」

寧晚晴接著問：「妳們為何不直接將血書送去給父皇，反而要等他來冷宮再看？」

臘梅低聲道：「娘娘說，她與官家好歹相處了幾十年，對官家十分了解。唯有見到娘娘的屍身，再看到血書，官家才能相信她是真的悔過。若是先送血書，再請官家來看，只怕官家會覺得我們故弄玄虛。」

寧晚晴聽罷，不由沈默下來。

靖軒帝多疑，是人人皆知的事。麗妃想利用自己的死為趙霄昀鋪路，無可厚非，但還要死得這般機關算盡，也算是因果循環了。

趙霄恆揉了揉眉心，道：「帶下去，送到大理寺好生看管。」

于劍將臘梅拉起來，帶她出了偏廳。

片刻後，寧晚晴側頭看趙霄恆。「殿下怎麼看？」

趙霄恆低聲道：「此事還沒完。」

寧晚晴詫異。「父皇不是說，不讓二殿下回京了嗎？」

「這話沒錯。」趙霄恆眸色漸冷，聲音也跟著沈下。「但歐陽珊出手，便代表著歐陽家要與東宮撕破臉了。」

寧晚晴回憶一下，道：「妾身記得，歐陽珊的父親，好像是戶部尚書？」

趙霄恆點了點頭。「不錯。歐陽家在朝中根基深厚，早年便很得先帝器重，歷經兩代，一直掌管戶部，統管天下錢糧。」

寧晚晴道：「戶部乃六部之首，歐陽家能站穩腳跟，自然不是等閒之輩。不過，歐陽家入仕的子弟好像不多？」

趙霄恆笑了笑。「歐陽家不是入仕的子弟不多，而是人丁單薄。到了這一代，歐陽弘只有一個女兒——歐陽珊，為了延續家族榮耀，便將歐陽珊嫁給趙霄譽。」

寧晚晴想了想，道：「妾身見過歐陽珊的次數不多，但她看起來沈穩大器，進退有度，想來不是個簡單的人物。經此一事才知道，她竟是個狠辣角色。」

趙霄恆道：「歐陽珊確實非尋常世家女。我朝不禁官員經商，歐陽珊在出嫁之前，便打理家中的鋪子，據說能日進斗金。」說著，撥了撥手中的墨玉戒指。

「所以，她嫁到大皇子府，也確實擔得起主母之責。妳別看趙霄譽那副不可一世的樣子，其實懼內得很。歐陽珊進府之後，趙霄譽養的那些妾室、通房，被遣散得一個不剩，他卻敢怒不敢言，因為薛家與歐陽家早就是一條繩上的螞蚱。而且薛皇后對歐陽珊十分滿意，趙霄譽就算不喜歡歐陽珊，也只能聽她的。

「年前，歐陽珊隨娘家人回鄉祭拜，要不是趙霄譽突然開罪父皇，被禁足府中，只怕她也不會這麼急著趕回來。」趙霄恆頓了頓，繼續道：「不過，她居然有本事讓麗妃心甘情願地自盡，這倒是超出了孤的意料。」

趙霄恆說完，忽然發覺寧晚晴目光灼灼地看著他，有些納悶。

「妳怎麼了？」

寧晚晴道：「既然歐陽珊如此有本事，當初殿下為何不廢了你我的婚約，娶她這個賢內助呢？」

偏廳裡燈火跳躍，光影搖曳。

春夜潮濕，爐中熏香順著水氣一點一點滲出，在兩人周圍瀰漫開來。
趙霄恆欺身上前，手撐在寧晚晴座椅把手上方，幾乎將她圈了起來。
「愛妃。」趙霄恆聲音悠悠，還帶著一股疏朗的愉悅感。「妳莫不是在吃味吧？」
寧晚晴一愣，避開他的目光，涼涼道：「歐陽家家底豐厚，歐陽珊又聰穎能幹，本就是不錯的選擇，妾身不過就事論事罷了。」
趙霄恆聽罷，輕輕笑了起來。
寧晚晴忍不住橫他一眼。「你笑什麼？」
「若愛妃真的就事論事，方才就不會問這個了。」趙霄恆唇角微微勾起。眉眼之間，笑意更盛。
寧晚晴有些惱了，赫然起身。「殿下不願回答就算了，何必東拉西扯？妾身身子不適，先告退了。」說罷，轉身就走。
此時，于劍回偏廳覆命，恰好聽到了兩人最後的對話。
他望著健步如飛的寧晚晴，忍不住問道：「殿下，太子妃當真身子不適嗎？」
趙霄恆乜他一眼。「胡說什麼？」
于劍立即反應過來。「小人該死！」
趙霄恆這才徐徐展露笑意。「太子妃，可是好得很。」

臘梅被送到大理寺之後，黃鈞即連夜審問。天亮時，便將案子的奏報呈交給靖軒帝。由於大皇子妃教唆麗妃自戕一事沒有物證，所以大理寺的上報只能暫時略過這一點，只道麗妃是自己想不開，才了結性命。臘梅則繼續被拘在大理寺，以備之後作證。

靖軒帝見結果在他的意料之中，很快批覆。內侍明白了上頭的意思，立即動手處理麗妃的後事。

宮人們知道靖軒帝早已厭棄了麗妃，懶得用心去辦，只草草找了口棺槨，將人裝了，就送出宮。

麗妃去世的消息，一日之內傳遍後宮，掀起不少波瀾。不少人藉著向嫻妃請安，來探聽口風，但嫻妃都避而不答，只溫和地提醒眾人，要謹言慎行，安分守己。

眾妃嬪得了嫻妃的提點，這才安下心來，三三兩兩離開了雅然齋。唯有一人落在後面，似乎欲言又止。

此人不是別人，正是前段時日得寵的張美人。

嫻妃看出了她的心思，開口道：「張美人請留步。」

張美人一聽，停下腳步。

嫻妃走上前。「方才妳一直沒有說話，可是有什麼心事？」

張美人抿了抿唇，道：「娘娘慧眼。其實妾身也沒有什麼大事，不過是許久沒見官家，乍聽麗妃娘娘噩耗，不知官家如何了……」

張美人本就生得秀氣嬌美，說起話來更是溫柔，任由誰看了，都是我見猶憐。

嫻妃在後宮多年，聽了張美人這話，立即會意。

「官家身子康健，未受太多影響，妹妹不必憂心。這段日子，官家事忙，少來後宮，待他有空，本宮會提醒他多去看看妹妹的。」

張美人聽罷，忙道：「多謝嫻妃娘娘！既然如此，妾身就先告退了。」

張美人對著嫻妃福身，離開了雅然齋。

嫻妃的侍女春桃立在一旁，忍不住道：「嫻妃娘娘，張美人可是皇后的人，您是真的要幫她嗎？」

嫻妃淡淡道：「後宮表面風平浪靜，實際上卻風雲四起，如今我們能站上雲端，不過是因為有人從雲端跌落。世事無常，與人交惡，不如廣結善緣。再說了，不過舉手之勞，幫一幫她，也未嘗不可。」

春桃道：「可是，官家來看您的工夫都不多，您還捨得將官家推給張美人嗎？」

嫻妃沒有答話。

十一年前，當她眼睜睜看著珍妃死在她面前時，她就對那個男人死心了。

帝王心性，薄情至此，有什麼好在意的呢？

她能在後宮活到現在，靠的從來不是男人。

張美人帶著宮女芬兒離開雅然齋後，逕自回到了自己宮中。
芬兒為張美人奉上茶，張美人卻依舊愁容不展地坐在榻邊。
芬兒放下茶盞，低聲問道：「美人，嫻妃娘娘不是答應會幫您，您怎麼還如此憂心？」
張美人搖了搖頭。「嫻妃是後宮裡出了名的老好人，她幫我並不奇怪。但官家來不來看我，又是另外一回事了。」
芬兒略一思索，便明白了張美人的擔憂。
張美人是薛皇后一手提拔起來的，如今薛皇后因親蠶禮之事惹得靖軒帝不快，連帶著張美人也失了寵。
張美人出身寒微，一朝飛上枝頭，母家遂每月向她討要大筆銀錢。以前靖軒帝經常過來，賞賜頗豐，尚能滿足母家的需要。如今連她自己都過得捉襟見肘，又如何去補貼母家呢？
張美人一面為自己的前程憂心、一面又害怕受到父母的責備，不得已才去求嫻妃。
芬兒只得安慰道：「美人，不如您去信與老爺、夫人商議，勸他們節省些？」
張美人一聽，細細的柳葉眉蹙了起來。
「不可！父親與母親自幼便輕慢我，一門心思全在弟弟身上，現在見我在宮中做了主子，態度才略有好轉。若此時讓他們知道我的境遇，不知要說什麼難聽的話了。」
芬兒嘆了口氣。「既然您知道老爺和夫人是衝著您的地位，才肯給好臉色，又何必榨乾自己，去補家中的窟窿呢？尤其是二公子那邊，他日日在外花天酒地，吃喝嫖賭，可是個無底洞啊。」

張美人想起這事，也覺得生氣，又透著無奈。

「我畢竟是家中長女，無論他們待我如何，我都要活得體面，讓他們好好瞧瞧。」

芬兒知道張美人的性子，即使不滿家中所為，可為了面子和讓家人高看一眼，總愛打腫臉充胖子，勸也勸不住。

「美人，若官家還是不來，咱們如何是好？」

張美人一咬牙。「人總不能在一棵樹上吊死。」

夜色漸深，月光透過窗櫺，靜靜灑落在帳幔上。

黑暗中，趙霄恆無聲睜開了眼。側目看去，只見交錯的光影照上寧晚晴熟睡的臉龐，顯得優美而沈靜。

趙霄恆盯著她一會兒，才安靜地起身。

他並未點燈，默默披上外衣，繫好腰帶。

臨走之前，趙霄恆又回過頭，看了寧晚晴一眼。

柔滑的衣料順著光潔的小臂滑下一截，露出如玉的皓腕，十分耀眼。

趙霄恆走過去，輕輕拉起寧晚晴的手，塞進衾被中，才轉身出了門。

于書立在門口，見趙霄恆出來，壓低了聲音道：「殿下，周副將已經等候多時了。」

趙霄恆點點頭。「走吧。」

趙霄恆向書房走去，于書怕驚動人，不敢大聲說話，小心翼翼地為他提著燈籠照路。

「殿下，您所謀之事，不打算告訴太子妃嗎？」

趙霄恆面色淡淡。「為何要告訴她？」

于書低聲道：「太子妃聰穎靈慧，又明辨是非，寧侯爺與咱們大爺更是忘年交。若他們知道殿下一心想查清當年之事，一定會幫我們。如此一來，不是如虎添翼嗎？」

趙霄恆頓了頓，沈聲開口。「為元舅翻案，為外祖父和母妃討回公道，這是孤的責任，卻不是她的責任。

「此事事關重大，一著不慎，便會觸及父皇逆鱗。連我們自己都沒有把握，又如何能將他們拉下水？」

于書知道趙霄恆不想拖累寧晚晴，可若不借寧家的勢力，實在太過可惜。

「可是，殿下與太子妃已然成婚，如何能真正分得開？」

趙霄恆停下腳步。「事發之前，孤自會保她萬全。」

他說罷，看向于書，神情冷峻，語氣鄭重。

「當年玉遼河一役，寧侯能率眾星夜行軍，第一個趕到戰場助元舅一臂之力，已是極為難得。不是什麼人，都可以利用的。」

于書明白過來，忙道：「是小人失言，請太子殿下責罰。」

趙霄恆斂起神色。「罷了，不許再提此事。」

于書拱手。「是，殿下。」

——未完，待續，請看文創風1222《小虎妻智求多福》3

將軍百戰死，壯士十年歸／途圖

2022年8月出版

夫人好氣魄

前世的她早已習慣自己承擔一切，也不太習慣與人親密相處，
自小照顧她的奶奶去世後，她的心更是沒有對別人打開過，
直到入了將軍府，她才慢慢試著接受身邊的人，
老夫人總讓她想起奶奶，而和藹的婆婆則彌補了她缺失的母愛，
這些沒有血緣的親人，讓她更加堅定了想護住這個家的決心……

文創風 1091 **1**

意外發生前，沈映月是獨力掌控百億業務、手下菁英無數的高階主管，
豈料一睜眼，她就穿成了大旻朝赫赫有名的鎮國大將軍莫寒的夫人，
原來大婚當日，將軍接到了邊關急報，於是撇下新娘，率軍開赴邊疆，
然而世事無常，幾日前將軍戰死的消息傳回了京城，原身便傷心得一命嗚呼。
將軍夫人是嗎？這頭銜倒是新鮮，也算是史無前例的跳槽了，那便試試吧！
説起這莫家，確實是忠臣良將，門前還豎立著一座開國皇帝親賜的巨大英雄碑，
碑上刻著的一個個名字都是為國犧牲的莫家兒郎們，包含將軍及其父兄、姑姑，
但，如今的將軍府竟只剩好賭的二叔、酗酒的四叔及流連青樓的堂弟等廢柴？

文創風 1092 **2**

當真是虎落平陽，瞧著將軍不在了，如今連個熊孩子都敢欺到頭上來！
小姪子是莫家大哥留下的獨苗，這些年來大嫂一直將他保護得無微不至，
然而卻因為很少磨練他，以至於他在外也不懂得如何保護自己，
在學堂受了同窗的欺凌，回家後大嫂也只叫他忍耐下來，不要聲張，
倘若沈映月不知情也就罷了，既然知曉，便沒有裝聾作啞的道理，
她雖然冷靜自持，但向來秉持著人不犯我、我不犯人的信念，
即便對方是個熊孩子，該打回去的時候她也不會手軟，
不過小姪子太嬌弱，得找個武師父教導才行，只有自己強大了，別人才不敢欺！

文創風 1093 **3**

莫寒生前一直率領莫家軍與西夷作戰，如今這支軍隊尚有十五萬人之多，
從前手握兵權對將軍府是如虎添翼，而今若還抓住不放恐要招來殺身之禍了，
然而龍椅上那位也不知是怎麼想的，遲遲不肯解決這燙手山芋，
所幸的是，莫家此輩中僅剩的男丁、將軍的堂弟莫三公子一向是紈袴的代言人，
雖説沒有人把他當成兵權繼任者，但難保平時眼紅將軍府的人不落井下石，
還好她這人向來不知何為難事，執掌中饋後就一肩挑起將軍府內外的大小事，
三公子有心疾不能習武無妨，改走文臣仕途一樣能帶領莫家走出康莊大道，
即便他莫老三再是坨爛泥，她也會把他穩穩地扶上牆，成為莫家的頂梁柱！

文創風 1094 **4** 完

莫寒懷疑朝中出了內鬼，以至於南疆一役中了埋伏，己方死傷慘重，
為了查出真相，他詐死回京，還易容化名為孟羽，成了小姪子的武師父，
一開始沈映月只是懷疑他的來歷，畢竟他説解甲歸田前曾待過莫家軍，
但除了將軍左臂右膀的兩大副將外，其餘同袍似乎都不認得他？
再者，他一個普通小兵，為何兩大副將都如此聽從他的指揮？
後來漸漸與他接觸後，又發現他文韜武略無一不精，實在非常人能及，
果然，他根本不是什麼副將的表哥、平凡的路人甲乙丙，
他根本就是將軍本人，是她素未謀面的夫君啊！

2023年12月出版

醫妻獨大

文創風 1212~1214

她允諾醫治他，他則答應入贅，待傷癒就離開，
小倆口過起假夫妻的生活，由她這一家之主獨力負責養家，
她一邊開藥膳湯鋪及醫館賺錢，一邊為人治病積攢功德，
直至他皇子身分揭曉的一刻，她才看見他頭頂上赫然出現一條黑龍，
此行她要渡的劫便是「黑龍禍世」，莫非……這黑龍指的就是他？

君子論跡不論心，論心世上無完人／踏枝

江月是孤兒出身，偶然間被師尊撿回家收養才沾上了仙緣，
身為靈虛界的一名醫修，她天分佳又肯努力，修為在二十歲時達到高峰，
但隨著年齡漸長，她的修為卻不升反降，師尊擔心地尋來大師為她卜卦，
大師說她得去小世界歷劫，修為才能再升，於是師尊就揮揮衣袖送走她，
豈料她竟附身在山上洞穴裡一個剛因病殞命、與她同名同姓的少女身上！
原身之父是藥材商人，日前運送一批貴重藥材時遇山匪搶劫，不治身亡，
由於原身是獨生女，傷心過後便與柔弱的母親一同為江父操辦起身後事，
那夜挨著感情甚篤的堂姊一起燒紙錢時，原身因身子撐不住便打起瞌睡，
半夢半醒間，原身突然往火盆栽去，幸好堂姊出手相救，卻燙傷了自個兒，
愧疚的原身得知山裡有個隱世的醫仙門，遂帶著丫鬟想去求醫診治堂姊，
哪知上山不久竟遇暴雨，丫鬟下山求救，發高燒的原身則在洞內躲雨直至病逝，
然後，一身靈力消失、只剩高超醫術的她就取代了原身……這下該怎麼辦？
且眼下最棘手的是，她聽見了山洞外響起此起彼伏的狼嚎聲！
正當她擔憂之際，洞裡又進來個血流不止的少年，血腥味引得狼群更加接近！
老天，她不會才剛來這世間，一條小命就要交代在狼群的肚子裡吧？

窈窕淑女，君子好逑／夏言

2023年11月出版

繡裡乾坤

即便被拒了兩次婚，他依然癡心不改，
人家小姑娘走到哪裡，他就要跟到哪裡，
別說什麼男人的骨氣與尊嚴了，
他根本連堂堂定北侯的面子都不要了！
只要能順利把心愛的姑娘娶回家，臉面值幾個錢？

文創風 1205 1

上有兄長、下有妹妹，在家排行老二的雲意晚從小就不得母親喜愛，
本以為十指都有長短了，喜愛當然也有多寡之分，不須在意，
然而向來不爭不搶的她，前世卻被母親逼著嫁給定北侯顧敬臣當續弦，
理由只是為了照顧因難產而逝的喬家表姊獨留在侯府的新生幼兒，
她不懂，身為一個母親，到底要多不愛，才會這麼對待自己的親生女兒？
結果，她在懷孕四個月時被一碗雞湯毒死，連凶手是誰都毫無頭緒，
死不瞑目的她如今幸運重生，她發誓今生定要查明凶手，不再糊塗度日！

文創風 1206 2

顧敬臣雖長得高大英俊，但因常年征戰沙場，身上帶著肅殺之氣，
前世嫁給他後，由於他面容冷峻、難以靠近，她一見他就懼，何談愛他？
今生她但求表姊能長命百歲，如此她便不用嫁他當繼室，迎來短命人生，
但也不知哪裡出錯，太子要選正妃，喬家表姊竟一心一意要去參選！
不應該啊，莫非……她的重生改變了相關人物的命定軌跡？
還是說，表姊是在落選太子妃後，才退而求其次地當了侯夫人？
若真如此，那顧敬臣肯定是愛極了表姊，不然哪個男人容得下這種事？

文創風 1207 3

雲意晚發現自己花了大半個月、耗費不少心神繡的牡丹絹布不見了！
好在上面沒有繡名字，且見過那幅精緻繡件的人也不多，
否則萬一落入不懷好意的外男手中，說是她私相授受，那可就麻煩了，
經過查訪，得知竟是母親派人偷走，謊稱是妹妹所繡，送給喬表姊選妃參賽，
而靠著她的繡件，表姊的刺繡表現第一，成為太子妃人選的最終十人！
母親最重權和利，卻沒讓她去選妃，還偷她的繡件贈人參賽，這極不合理，
況且，她可以明顯感覺得出母親對表姊的偏寵，這當中莫非有什麼隱情？

文創風 1208 4

不論前世或今生，母親都一手主導著雲意晚的婚姻，
第一樁婚約，她被許配給商賈之子，在對方的姊姊成為寵妃後解除；
第二個無緣未婚夫是個窮書生，在即將考上狀元、平步青雲前也成了前任。
前世的她只以為是巧合，然重生後為了追查死因，她竟意外發現自己的身世，
原來她與喬表姊在同一天出生後就被「母親」與「外婆」故意對調了！
只因當年她的生母永昌侯夫人懷她時，有一名道士說腹中孩子帶有鳳命，
她們想讓表姊當皇后，而她當然是一生不順最好，怎可能為她說一門好親事？

文創風 1209 5 完

她萬萬沒想到，他兩次求娶她被拒這事竟鬧得人盡皆知，他還當眾認了！
難道說，其實從頭到尾都是她誤會了，他兩世喜歡的人根本是她？
是了，回想過去，包括危急時救她、替她查明身世並找齊證據等等，
若非一心關注著她，他又怎會每件事都能適時地出手相幫？
在他不畏世人取笑，第三次親自上門求娶時，她終是應了他這份真心，
無奈好事多磨，在兩人大婚之日，太子竟在大庭廣眾之下派人擄走她！
太子這又是為了哪樁？難不成……是因為她擁有鳳命的命格？

文創風
1221

小虎妻智求多福 2

國家圖書館出版品預行編目資料

小虎妻智求多福 / 途圖著. --
初版. -- 臺北市 : 狗屋出版社有限公司, 2024.01
冊 ; 公分. --（文創風 ; 1220-1223）
ISBN 978-986-509-487-4（第2冊 : 平裝）. --

857.7　　112020320

著作者	途圖
編輯	安愉
校對	陳依伶
發行所	狗屋出版社有限公司
地址	台北市104中山區龍江路71巷15號1樓
電話	02-2776-5889～0
發行字號	局版台業字845號
法律顧問	蕭雄淋律師
總經銷	知遠文化事業有限公司
電話	02-2664-8800
初版	2024年1月
國際書碼	ISBN-13　978-986-509-487-4

本著作物由北京晉江原創網絡科技有限公司授權出版

定價290元
狗屋劃撥帳號：19001626
網址：love.doghouse.com.tw　E-mail：love@doghouse.com.tw